庫JA
〈JA1222〉

クロニスタ
戦争人類学者

柴田勝家

早川書房
7739

願わくはこれを語りて平地人を戦慄せしめよ

――柳田國男『遠野物語』

目次

クロニスタ　戦争人類学者

登場人物

シズマ・サイモン……………………統合軍人理部隊、准士官。文化技官《クロニスタ》
デレク・グッドマン…………………統合軍人理部隊、軍曹
フランチェスカ・ギセリ…………統合軍心理医官

モーリス・チャイルドバート……統合軍人理部隊、伍長
エルラン・アルシニエガ…………陸軍少佐
クラウディーナ・シサ……………陸軍少尉
サンドラ・ハーゲンベック………統合軍准将
ディエゴ・サントーニ……………人類学者

ヒユラミール…………………………謎の少女

第一章　太陽に覆われた民

シズマ。

男の名前だった。名前の持つ不思議な響きは、このアンデスの山嶺の東西を問わず、初めて会った全ての人間に興味を持たせた。

その度にシズマは答える。

「僕の祖父は日本人なんだ。シズマは静かな馬という意味になる。日本なら、ありふれている名前だと思うよ」

砂に汚れた黒髪に、所々が雪焼けした肌。どこから来たのか、シズマはそう訊《たず》ねられる。

「西から、もしくは東から」

髭はなく、目元に爽やかさがある。幼く見えるのは、彼が日本人の血を引くからか。一つ、手の指だけがギター弾きのように無骨に筋張っていた。

「仕事をしているんですよ。文化人類学者といって、色んな民族を調べる仕事をね」

民族とは何か、ある時、ある街でシズマは訊ねられた。自己相《iPhase》で辞書を呼び出せば解るようなことを、あえて。丸焼きの天竺鼠《クイ》を切り分けながら、料理屋の店主が不思議そうに、そう聞いた。

「民族は人の集まりのこと。血縁関係や、土地、あるいはイデオロギーを同じくする人々が、自分達を指して言う単位」

そんな面倒なことを言うやつがいるのか。店主が聞いた。

「結局は、自分達で言っているだけだったよ。自分は他人とは違うって。そう言いたい人達のことを指すだけの言葉さ」

シズマの説明に満足したのか、他の客より僅かばかり多めに肉をよそって、店主は次のテーブルへと移動していった。

あるいは、シズマは人に告げる。

「僕は軍人なんだ」

ラパスの街で。シズマに懐いた子供らとの別れの段で。シズマを迎えに来た大人達に怯えないように。

「僕は軍人で、これから戦争に行くんだよ」

どうして。シズマの袖を引いて、従前まで一緒にサッカーに興じていた少年が訊ねる。不安そうに、伸びきった己のシャツを握り込む。

「人を殺しに行くんじゃないよ。誰かを助けに行くんだ。僕のような仕事をしている人が必要なんだよ」

シズマの立つ戦場は、いつであれ対立と破壊の種が蒔かれた沃野《よくや》だった。しかしシズマは、そこに別の暴力を注ぐようなことはしない。

その仕事は、ただ知ること。

シズマは話しかける。今にも銃を取って、自分を抑圧してきた麻薬の元締めを撃ち殺そうとする少年に。見せしめの為に妻をレイプされ、その死体を鉄橋から投げ落とされた男性に。息子を謀殺した政治家の車へ、背中に爆弾を背負って近づく老婆に。

お互いに言葉を重ね、紛争の萌芽を摘み取ることを目的にして、ただ多くのことを知り、聞き、言葉をかける。短期的な悲劇は避けられないかもしれない。しかし、シズマが知ったことは資料となって、後の政情に影響を及ぼす。

「僕は」

シズマは自分の役職を答えようとする。

「僕は、軍属の文化人類学者なんだよ」

シズマは少年の手を取った。

「僕は戦争が起こらないように、民族や文化といったものを理解する手助けをするんだ」

戦争の先触れ、あるいは銃後の不和を治める為に。

「民族や文化なんていうものが、未だに人に必要な限りは」

シズマは少年と別れ、彼の所属する人理部隊《Human Terrain System》の人間と共に、新しい戦場に向かう。

シズマを乗せたトラックには、人理部隊と陸軍部隊が併せて詰め込まれている。人理部隊の方はシズマのような文化人類学者、言語学者、社会学者、あるいは医療技師、またはインフラ設備のプロフェッショナルが並んでいる。そうして、およそ戦闘とは無関係の職業人が、銃を手にして戦場に立つ。

「二十世紀の頃から、アメリカは非西欧文化圏と戦争を繰り返してきた。日本、ベトナム、ロシア、南米。そして中東」

シズマの向かいに座るアルフォンソが、突如として声をかけてきた。シズマは、この陸軍の小隊長が言おうとすることを理解している。

「つまりだ、私は君ら人理部隊の意義を大事にしたいんだ。常に理解及ばぬ異民族と戦い続けた国家、その頭痛持ちの国家を救う、鎮痛剤のような存在として」

人間の地形の組織《ヒューマン・テレイン・システム》。そう名付けられた部隊の必要性は、二十一世紀の初めに女性人類学者モンゴメリー・マクフェイトによって提唱された。アフガン・イラクを相手にしたアメリカの対テロ戦争の中で、異文化への無理解と不寛容が生んだ数々の悲劇。それらへの対抗策として、米軍は対立するあらゆる民族を人類学の視点から理解し、戦争に活かそうとした。

あらゆる営為が戦争の道具となる時代。いくらかの学者が軍人として戦場に旅立ち、村々を巡っては諸部族の社会形態を対象化し、侵略と統治に効果的な手を打っていった。村民のゲリラ化を防ぎ、崩壊した都市に入り、秩序だった社会を作っていく。無数のカエサルが、各々でガリア戦記を残していった。

　しかし一定の成果は上げつつも、学問そのものを人殺しの手段にすると非難され、やがては紛議の中で姿を消した。それが再び息を吹き返したのは、世界から民族というカテゴリがなくなってから。

「僕らはね、いつまでも異民族というのを理解できないんだ」

アルフォンソが寂しく呟いた辺りで、トラックが小石を蹴り上げ始めた。悪路に入る。目的地は近い。

　ボリビア。アンデス山脈に刻まれた国境線。共和制アメリカと大西洋世界との、二つの文化相の衝突地点。サンタ・クルスのイゲラ。革命の守護聖人たる聖エルネストが死んだ場所。すでに起きてしまった戦争だった。ガス田の権利とメスティーソの民族自立を訴えた過激派組織によって、散発的な戦闘が繰り広げられた。地域住民のいくらかが犠牲になり、いくらかが過激派に忠誠を誓った。ボリビア国境軍の進行で、一応は沈静化したものの、未だに悪腫は取り除けないでいる。

　交渉の準備は整っていた。シズマは事前にレポートを提出し、民族主義者の持つ基本的な思想と、その社会組織の形成と発達に関するモデルを示した。このレポートに則《のっと》れば、不必要な対立を生むこともなく、また組織そのものを緩やかに解体することが可能なはずだった。

　戦後処理の望むべき形を提供する。それがシズマの仕事。

　過激派の代表と協議を行う為に、路端で焼かれた死体を横目にトラックで悪路を走った。

「彼らは民族なんてものを信じている」

車中で、アルフォンソがシズマに声をかけた。

「同じ認知圏、同じ自己相。意識と感覚。我々は全ての財産を共有している。一つの家族だ。さて、では今の文化人類学で、民族の定義はどうなっているのかな」

大学では歴史学を学んでいたんだ。アルフォンソは冗談めかして、小さく笑って呟いた。

「民族とは、認知圏と自己相を同じくしている人の最小単位です。大尉殿」

「じゃあ私と君は同じ民族だな。シズマ・サイモン准士官」

自身もメスティーソの血を引くアルフォンソが、愛嬌のある眉を下げて言う。シズマの無表情な顔も、いくらか綻んでそれを受けた。

「君は東洋人《エル・チノ》と言われたことはあるかい？」

「いくらか」

「部隊の人間からなら、僕が許さないけどね」

「誰から言われようと、特に気にしません。差別語の寿命は、その概念よりも少しだけ長いようですので」

シズマの薄い笑みに、アルフォンソは大きく口を開けて笑った。よく笑う、気のいい上官をシズマも尊敬していた。

「君は東洋人の顔をしている。名前も。だが僕と同じだ。僕と同じく共和制アメリカの一員。君の脳にあるのは、コミュニタリアニズムの十字の御旗。遺伝子《ジーン》も模倣子《ミーム》も、僕と君とを分かたない」

「理解しています」

この時のアルフォンソの言葉を、シズマは深く胸に刻む。忘れないように誓った。

「民族なんていうものを掲げて、他の人間と争うようなことを、僕らは許しちゃいけないのかもな」

シズマはアルフォンソの気持ちに心を添える。

この優しく繊細な人物は、旧来の区分けならば同族であっただろう人々の暴力行為に胸を痛めている。歴史学の中にあるように、より生物的な意味での民族単位の紛争があったならば、あるいはその悲嘆も明瞭だったかもしれない。しかし民族という概念を違えた今となっては、遺伝子上の兄弟達を一方的に排斥しなくてはいけない。

「民族の自立なんて。すでに彼らは民族ですらないのにな」

アルフォンソの言葉を最後に、トラックはイゲラの村はずれに着いた。何も言わず、人理部隊がぞろぞろと降り、協議を行う場所である小学校を目指して歩く。シズマは最後尾につけていた。

会談の準備が整うまで、部隊員達は村を歩き回り、周囲を警戒していく。シズマも同様に歩いていたが、そこで一人の少年を見かけた。黒い髪を短く刈り揃えた少年。他に見かけた子供達とは違い、一人だけ民族衣装を着込んでいる。

「君は自己相を持っていないんだな」

シズマがケチュア語で話しかけると、少年は驚き、それでも顔を綻ばせた。周囲の人間が英語しか喋らない中で、自分達の言葉を話してくれるのが嬉しかったのかもしれない。

やがて部隊は小学校の校庭へと入る。群衆が見守る中、すでに民族組織の幹部達も集まっているようだった。

民族組織の代表者——ポンチョをまとった中年男性だった——が、協議の場に案内する為に先頭のアルフォンソに近づく。間もなく握手が交わされ、この地での紛争は全て終わりに向かうはずだった。

そこでシズマは見た。

ことの成り行きを見守っていた村の住民。その中から一人。先程の少年が、いつもの登校風景を再生するように、どこか胡乱《うろん》な、けれど確かな足取りで近づいてくるのを。

誰も止めなかった。小さな笑いすら起きていた。

銃声があった。

三発の銃弾が放たれた。一発が代表者の腰に、二発がそれを庇《かば》ったアルフォンソの胸に。

アルフォンソは何一つ言い残すことなく、即座に絶命した。

倒れ込み、腰から血を流す男に、少年は引き抜いた拳銃を突きつけた。

再びの銃声。

撃ったのはシズマだった。その場の誰よりも冷静に判断できたから。躊躇《ためら》いは無かった。

協議が中断に追い込まれれば、この村でまた虐殺が起こる。男を殺させてはいけない。

少年は肩から血を噴き出して倒れた。

それで終われば、その場の誰もが僅かな悲しみを抱えるだけで済んだ。

しかし、人はあまりに愚かで。

倒れ伏した少年は、胸に隠していた炸裂榴弾に手をかけた。それはその場の多くの人間を殺傷し得た。

「殺せ！」

少年の挙動に気づいた誰かの言葉をきっかけに、二つの集団が少年に銃を向けた。

それまで民族という旗を掲げて争っていたはずの大人達が、生存という最小目的の為に手を取り合い、何も知らない子供を銃火に晒していく。

シズマは銃を構えるだけだった。

自分のしたことは過ちだったか。未来の悲劇を防ごうとしただけだった。

「僕の仕事か」

それは夢の風景だったかもしれない。どこかの街で、シズマは答えていた。浅黒い肌の少年に。小学校に行きたいと言っていた、小さな男の子に。

征服者《コンキスタドール》に付き従い、歴史書《クロニカ》を記した文官の名を告げた。誰が最初に名乗ったのかは知れないが、シズマのような軍属の文化人類学者はそう呼ばれていた。

無自覚に、その名前を名乗っていた時期もある。しかし、この日、シズマは自分の仕事の本質を理解できた。

シズマは構えていた銃を下ろす。

少年の死体が、無数に穿《うが》たれた銃創から、ひたすらに血を流し続けている。

「難民の子供か。何をするか解ったもんじゃない」

陸軍の誰かだったか、民族組織の誰かだったか。小さな呟きが聞こえた。後悔などしない、殺すことが当然であった。シズマ以外の全員が、その黒い気持ちを共有した。

シズマは、どこかの街で、全身から血を流す少年の亡霊に、初めて自分の職業を名乗った。

「僕は文化技官《クロニスタ》なんだ」

1.

シズマが自分の思い出を語る時は、いつだってあの日のことから話す。

チチカカ湖畔を走っていた。友人と一緒に、大量の物資を載せた日本製のＳＵＶ車で。

ハンクハーキーの白い崖と、青い湖に挟まれた国道。それら二つが太陽に燦然《さんぜん》と照り輝いている。他に車影は無く、道はただただ長く伸びていて、そこを走っているだけで学生の頃に感じた「自分が世界の中心だ」なんていう感覚を思い出させた。

同道二人。そんなちっぽけな万能感に、共に身を浸した時期もあった。しかし、それも遠い青春の残照。今では両者ともに軍人となり、この日もまた任務の途中であった。

シズマはハンドルを握るデレクの方を見る。

愉快そうに聞き慣れない歌を唄っていた。独特の節回しだが、どこか懐かしくも思える。

「ああ、マナウスの恋の歌だよ。知らないのか？」

視線の意味に気づいて、デレクが答えた。シズマは知らないと短く返した。

「日本人なら皆知ってると思ってたがな。演歌だよ、エンカ。マリーザ・タノグチ、ブラジルの歌姫、エンカの大御所。リオの灯、カサトマル郷愁《サウダージ》。良い歌ばかりじゃないか。どうして知らないかな」

シズマは曖昧な笑みを返す。別に自分が日系だから気を使って演歌などチョイスしたわけではない、と。デレクはいつであれスノビズムを信奉している。

「もう数曲はリサイタルを頼むとするよ。その間に僕は寝させて貰う。余計なお喋りが減るのは嬉しいね」

「言うじゃないか。だがまぁ聞けよ、シズマ。アメリカの長距離トラック運転手はカントリー・ミュージックを愛したし、日本のトラック運転手も演歌を愛した。長い距離を移動する時には、故郷を思い出させる歌が似合うのさ」

隣の英国人の長口上が終わるまで、シズマは僅かの間、目を瞑《つぶ》っている。眠るわけではない。ただ日差しが眩しかっただけだ。

シズマは懐かしんでいた。おそらくはデレクも。昔の自分達を思い出していたはずだ。

「早く仕事を終えたいもんだ」デレクがぼやいた。

「エリートビジネスマンは地方勤務が苦手だもんな」

「そうじゃない。フランチェスカから食事に誘われてるんだよ。お前もだぞ、シズマ」

「初耳だ」

「言っておいてくれって言われてたのを、今になって思い出した」

シズマの握り拳がデレクの肩を打った。

「フランのやつ、今度はどこの国の料理に挑戦するつもりなんだ？」

「わからん。だが、ワニの肉を頼んでいたのは見た」

「嫌な予感しかしないな」

学生時代の共通の友人の名が出たことで、当時の思い出話が自然と交わされ始める。取り留めもなく。過去に戻ったように。

ふと、フロントウィンドウから差し込んだ太陽光が、二人の視界を覆った。シズマは光を防ぐように咄嗟《とっさ》に右手を掲げたが、それと共に不随意に指先が痙攣した。

「まだ痛むのか？」

右手をさするシズマに、デレクは憐れみの視線を投げ放つ。

「大したことじゃないさ」

「数年前の部隊での事故だろ」

「事故じゃない。もっと嫌なものだ」

「俺は知らないけどよ、そんなになるようなら、それこそフランチェスカのカウンセリングを受けろよ」

奇妙な縁だと、シズマは思っていた。

文化人類学者のシズマと、インフラ事業の管理監察の任を担うデレク。そして心理カウンセラーのフランチェスカ。経歴を違える三人は、今では共に軍属となっている。それは軍隊が武力以外の方法で治安維持を行うようになったからだった。

「シズマ、俺はお前が心配なんだ。過去に何があったか知らないが、戦闘時に受けた心的外傷をだ、そのまま放置しておく人間がどこにいるっていうんだ」

シズマは治まってきた右手の震えを意識するのと共に、一人の少年のことを思い出す。無数の銃痕を晒して、血に塗《まみ》れたあの少年。最初の引き金に指をかけたのは、この右手だ。

「カウンセリングで認知治療を受ければ、確かにこの痛みからは逃れられる。でも、それで僕の自己相から辛い過去を取り除いたところで、事実が変わるわけじゃない」

「自分のリアルな記憶を大事にしたい、ってか」

チチカカ湖の水面を、無数の光がすべっていた。

ふと対向車線の長距離旅客バスとすれ違う。元は観光用だったものが、今では土地から土地を渡る人々の便利な足になっていた。

「見ろよ、聖なる棄民様ご一行だ」

「その言い方は感心しないな」

「文化の多様性と個性を信仰する巡礼者達《ピルグリム》、だ」

デレクは、とある評論家の言葉を引用して言い直す。

「うんざりするぜ。アイツらのキャンプはいくつあって、そのいくつが俺達の明日の宿になるんだ?」

「全部に物資を配り歩くわけじゃない。今回が最初のテストケースだ。少しの話をして、不満があれば聞き届ける。それだけだ。それに彼らは蛮族でもなければ、エルフでもないさ」

「話が通じる相手、って言いたいわけだ」

デレクはハンドルから手を離し、自動走行に切り替えてから、買い物袋に詰め込まれたゴールデンコーラを摑んだ。

「例えば、例えばの話をするぜ、シズマ。お前の使ってる自己相デバイスはダリラ社のだよな。俺のは京機《ジンジー》のだ。会社は違うが、二社で通信はできる。共和制アメリカの人間が、大西洋世界の人間と意思疎通できるのと同じだ」

右から左へ、デレクは指でチチカカ湖上に刻まれた国境を示した。

「僕は君と意思疎通ができているか不安だよ」

「いいから聞けよ。俺が言ってるのは、アイツらが俺らと違うってことだ。アイツらは自己相なんて持ちあわせちゃいない。脳神経の大事な部分が劣った原始人だ。だから俺らが通話しようとするのに、石を打ち鳴らして応える。言葉も通じさせない、文化も合わせない、相互理解を捨てた人間。演歌の素晴らしさも理解できない」

シズマは肩を竦《すく》める。

「そんな人々を理解するのが、今の僕らの仕事のはずだ」

「そりゃそうなんだけどな」

二人を乗せた車は、国境線上にある水門の街デサグアデロに入っていく。

街の中心にある水門橋は、チチカカ湖の最もすぼまった地点。この数十メートル余りの切れ目こそ、ペルーとボリビア、つまり共和制アメリカと大西洋世界との境目であった。

街に入ると、フロントウィンドウに土埃がつく。人が増えた分だけ、地面の塵が舞っている。デレクは小さく舌打ちをしてから、駅前のスタンドに停車させた。車の充電が行われている間は、二人で外に出ていく。数十年前ならいざ知らず、治安警備に血道を上げる国境の街で、まさか軍の車に手を出す不届き者もいまい、と。

乾季の中央アンデス。空は高く、緑灰色の山嶺を映す。雑踏の声に紛れて、遠く静かに湖の波の音。

「デレク、少し歩こう。買い足す物があるんだ」

「案の定、部隊からの物資はケチだったってか？」

「そうじゃない。軍からの支給品だけじゃ人の歓心は買えないのさ。僕達が身銭を切っていると解れば、それだけで信用される」

「原住民に渡す煙草が必要なわけだ」

二人は軽口を言い合いながら、近くの商店に入っていく。飲み物の他、食糧、医療品、雑貨、そしていくらかの煙草と、大量の菓子類を買い込んだ。

「おい、シズマ」

買い終えた品々を梱包しながら、デレクは往還道の一角を示した。

「見ろよ、我らが父親だ」

一人の老人が露天で店を開いていた。くすんだ色の単色の織物を羽織って、日に焼けた肌を縮ませて。

「難民の老人だ」シズマが荷物を受け取りながら答える。

自己相を持たぬ難民の群れを、社会は管理しきれていない。故に、全ての行動が自己相によって記録づけられる社会では、そうした人々の生活の保障は無い。

「ドルは無理。貨幣なんて使えないだろ、ありゃ。なら物々交換だ」

デレクは自分用に買っていた蒸留酒《シンガニ》の瓶を携えて、老人の前へと向かった。

老人の目の前には、奇妙な形の野菜、焼き物、織物や木工細工といった民芸品がある。本物の歴史があるわけではない。古《いにしえ》のインディオの文化を真似て、ほんの十数年前から作られ始めたものだ。

「ほら、可愛い人形だ」

デレクが手にしたのは、民族衣装を着た少女を模《かたど》った人形だった。藁を束ねた髪に赤い羽根飾り。モザイク文様の麻の服。顔には樹脂製の丸ボタンが二つ。

好奇の目に晒されるのもすでに慣れたのか、目の前の老人は何も言わずに前方を見つめる。

「親父さん、こいつと交換だ」

酒瓶を差し出した。老人がそれを受け取ったのを見て、デレクが背後のシズマに振り返る。得意げな笑顔を伴って、手元の人形を高々と掲げてみせる。

「こういう買い物も悪いもんじゃないな」

そんな言葉を残し、デレクはシズマを置いて、街の端々に散る露天商を渡り歩く。ある程度は裁量に任せていたが、いよいよ裏路地にまで入り込もうとしたところで声をかけた。

「あまり一人で離れるなよ」

「問題ないだろ、治安の良い街だ」

去っていくデレクを視界の隅に置きながら、シズマは買い込んだ物資を車に積み込みに引き返す。

「おおい、シズマ」

鮮やかなペンキで彩られた建物に挟まれた路地、日陰の中で、デレクがシズマの方に向かって手を振っていた。

「ちょっと交渉してくれよ」

「持ち金が足りないわけじゃないだろ」

シズマは疲れた様子で歩いて近づく。そして路地に一歩入った時点で、デレクが何故ずっと手を振っていたか理解した。背後には二人の若者——彼らもモザイク文様の麻織物を着た難民だった——、その一人がデレクの腰の辺りに古い非認証式の拳銃を押し付けていた。

「だから言っただろう。自分でなんとかしてくれ」

「違うんだよ、コイツら英語もスペイン語も通じないの」

熱に浮かされたような顔で、拳銃を持っていない方の若者がデレクの体を探り、換金できそうな銀ボタンやタイピンを外していく。若者らは声を潜めて話し合う。その目はすでに次の獲物としてシズマを見定めている。

「ケチュア語だ」

「その辺の言語パッチはまだ当ててないんだよ。だからさ、いつものあれ、ちょっとくれよ」

溜息一つ。シズマは徐《おもむ》ろに己のズボンを指差した。

若者の一人が声を荒《あら》らげ、より強くデレクの腰元に銃を押し付ける。

「ポケットに紙が入ってる。自己相を書き換える為のウェアさ。悪いが、それを取ってくれないか。変なことはしない」

そうケチュア語で伝えた。訝《いぶか》しがる若者に、シズマはさらに付け加える。

「彼が君らの言葉で話したいことがあるそうだ。貸し金庫の番号でも教えるつもりらしい」

一人がようやく納得したのか、シズマのズボンのポケットから何枚か束ねられた紙を取り出した。シズマは差し出された一枚を指先でなぞってから、デレクの方へ渡した。

文化代相《アカルチュレイトウェア》。シズマの自己相から転写されたコードが、複雑な回路を紙の上に描き出した。物理的接触による相の上書き、及びモジュールの機能追加を行う為の、簡易な補助用の代理自己相。

「悪いね。で、何秒よ?」

受け取った方のデレクは、それを素早く己の舌の上へと乗せた。

「三秒」

デレクが頷いた。舌を引っ込め、紙を飲み込んだ。

直後、デレクの背後にいた若者がその姿を失認し、驚きの表情を浮かべた。屈んだのだと気づいた瞬間には、拳銃が掌打を受けて弾き飛ばされ、手の先に力を込めた時には足の腱に強烈な蹴りが入っていた。

風切音の後、悲鳴が路地に響く。恐慌に塗れた声音は、自己相で翻訳されるまでもなくデレクにも理解できていた。

金品を奪っていた方の若者は、仲間が倒れ伏し、その喉元に革靴が添えられているのを、ここでようやく認識した。

「こんなもんか。次からは二秒でいいぜ」

代相で自己相を書き換え、量子信号によって運動神経の伝達速度を一時的に上げる。軍の制式の相に脳神経を調整《チューン》しているデレクにとって、自己相を持たない人間との戦闘は、動かない人形との訓練より容易《たやす》いものだった。

ようやく事態を飲み込んだ若者の片割れが、声を上げて路地から飛び出していった。

「なんだお前ら、って言ってやがる。というかシズマ、神経速度だけじゃなくてケチュア語のパッチもつけてたのか？」

「言った通りに。どうせ後で必要になる。それより追わなくていいのか？　あの男、お前から盗んだ物はそのままだぞ」

「やっちまった」

詰めの甘さを笑うのは後にし、男を追って路地を抜けた。元の往還道に戻ったところで二人が見たのは、自分達が乗ってきたSUV車に、今まさに乗り込もうとしている男の姿。

冗談だろ、とデレクが溜息を吐く。

SUV車は駆動音を響かせ、駅前の通りを走り始める。近くで商売をしていた老女が驚いて転ぶ。

「デレク、ロックは？」

「キーだけ。そして、さっきから盗難中だ」

その直後、加速を終えた車がシズマ達の横を通り過ぎようとする。一瞬、土埃をまとったフロントウィンドウ越しに、運転者はシズマの顔を見ていた。

シズマが指先で虚空を弾いた。自己相から車内の機能相にアクセスする為の知覚信号《パーセプチュアルコード》。

一秒後、シズマの目の前を車が全速で駆け抜けた。風を裂く金属の音と、地面がタイヤを焼いた臭いが散った。

アンデスで暮らす多くの難民は、絶えず山々を渡る。そうした勾配の中で暮らすうちに、垂直方向に対する視野偏重が生まれた。それは平地の人間と比べてあまりに僅か、日常生活では感じ取れない程度の差異。

シズマは、その小さな差異を知っている。他者の認識の違いを理解している。

車は人混みを意に介さずひた走り、国境線上の橋を渡って、街の外へと向かおうとする。

シズマが機能相にアクセスし調整したのは、フロントウィンドウの遮光角度。僅かコンマ二度の変更。

人間の認知には、必ず小さな違いがある。距離感、温度、音響。そして光に対する過敏性。フロントウィンドウを通じて屈折した陽光は、垂直方向に広く伸び、車内の人間の視野を光で満たした。

刹那の轟音。

目を眩《くら》ませた車中の人物が、ハンドル操作を誤っていた。橋の欄干に突っ込んだ車に、国境を示す愉快な色の垂れ幕が落ちてくる。

「さすが軍用車両。丈夫にできてやがる」

「日本車だからさ」

シズマとデレクが軽口を言い合いながら車に近づく。デレクは車内で気絶している男を引きずり出し、盗まれた物を一つずつ取り返していく。

「機能相に履歴残っちまうな。事故の処理はごめんだ。運転ミスったことにしといてくれ」

「それだと次からは僕が運転するハメになる」

男はそのまま橋の上に放置した。人々の視線が集まる前に、二人は早々に退散することを選ぶ。

「こんなのが、この街の日常なんかね」

残った荷物を手早く積み込み、車を発進させた。デサグアデロの街を出て、しばらくしてからのデレクの呟き。

「これからも難民の数は増えていくよ。その分だけ、治安は悪くなる」

シズマとデレクを乗せた車は、アンデスの急峻を縫って南進する。チチカカ湖の支流から生まれたアワラマヤの澱《よど》んだ湖畔と、不揃いに生える木々に目を落としながら。青い空に飛ぶ鳥の名前も知らず。何も不安はない。いつか二人で馬鹿をやったと笑える、そんな気楽な旅だと言い聞かせて。

いつの間にか、巡礼者の群れが、難民の行進が、何もない道々に広がり始める。民族という、最大にして最小の認知圏から逃げ出そうとした人々。

車はなおも進んでいく。かつては先住民コミュニティが栄えたというヘスス・デ・マチャカの地より西南に六キロ。やがて二人は、難民の居留地に至る。

2.

民族とは何か。

いつの頃かシズマは話していた。ユマ砂漠の星空の下、焚き火を挟んで。隣には薄着のデレク、正面にはスカーフでアッシュブロンドの髪を覆うフランチェスカ。

「人類は、大きく二つの民族で分けられているんだ」

シズマとデレクが二人だけで、キャンプの準備を整えた。後ろで応援していたフランチェスカは、今では冷ましたココアを啜《すす》っている。

「共和制アメリカの人間か、大西洋世界の人間か、でしょ」

フランチェスカの返答に、シズマは首を振る。

「違うね。正解は自己相を受け入れた者と、受け入れなかった者。そうだよな」

デレクが、やがて戦友となる学友に言葉を向ける。

「そう。僕らは全員が自己相を持っている。日系の僕も、イギリス生まれのデレクも、イタリア人のフランも。その時点で、文化的な差異はいくらだって埋められる。国家の多様性も遺伝子の多様性も無い。認知圏の違いで民族を分けることはできないし、個性なんていうものは人格《キャラクター》モジュールの組み合わせに過ぎない。デレクが舞台俳優の、フランが漫画のモジュールを模倣《エミュレート》しているみたいにね」

共和制アメリカと大西洋世界は、その文化圏を異にするが、そこで暮らす大多数の人々が自己相を持っている。パーソナルな感覚を全て、小さな機械と脳内に築かれた可塑神経網《プラスチックニューロン》で補塡する人々。

共有された自己。日々の体調から、五感の全て、思い出、記憶、感情に至るまで、個人は脳内に築かれた自己相にライフログとして保存される。そうしたパーソナルデータは、成層圏に浮かべられた無数の通信雲《クラウド》を介して、絶えず巨大なデータの海にアップデートされる。そうして平準化された、人類という種の基準値――それが〈正しい人〉という概念。

人々は生体通信によって、その集合自我にアクセスし、常にフィードバックを行うことで、あらゆる感覚と認知を一致させ続ける。全ての人々に、英語を中心とした言語データが反映され、かつては人種ごとに違えていた言葉や意識のニュアンスまでも、正確に感覚上で走らせられる。あるいは感情は？　怒り、喜び、悲しみ。民族的な特性が色濃く出るそれらでさえ、あらゆる人々の間で共有されている。誰かの感じた痛みは、自己相によって平準化させれば、即座に修飾されて消え去る。個人の大きな不幸は三十億人の小さな幸せで上書きされる。それが自己相社会。今では個人の意思は、総体としての自己という水瓶から汲まれた一滴となる。人間は互いの差異に色をつけ、自己相によって補色調和を引き出す道を選んだ。

デレクがふと立ち上がり、胸に手を置いた。

「我らが師曰く！　二十一世紀に世界を覆った、あのインターネットは今や人々の体の中、脳の内で再現され、全ての情報が共有された！　即ち、多様性を受け入れる時代精神の完成形こそ自己相の普及と認知圏の一致であった！」

「似てる似てる。サントーニ先生だ」

「他者を受け入れること、その果てにあったのは限りない同一性だった」

デレクの講義を遮って、シズマが口を開く。

「だけど、中には自己相を受け入れない人もいた。脳をいじって可塑神経網を作ることを受け入れなかった。自分の人生が、絶えず誰か他人のものになっていくのに耐えられない人々がいる。自分だけの感情、自分だけの経験。自己相社会には、そんなものは存在しないからね」

「でも、それって大変じゃないの？　買い物とか旅行とか、私、だいたい自己相デバイスで焚き火の色が反射する。

フランチェスカに優しく教え諭すように。

デレクはシズマの言葉を継ぐ。冗談めかして、それでいてフランチェスカに優しく教え諭すように。


「自己相がなけりゃ、地下鉄にも乗れないし、マレーデリで美味いロティラップを買うことすらできない。社会の一員としての生活がままならない。同じでない者を社会は認めず、迫害と拒絶はやまない。だから、そういった人間は逃げ出したのさ。二十世紀のヒッピーみたいに、ボヘミアニズム、移動する民族のように」

ロマンティシズムを込めて、デレクは「国なんて無いさ」と、世界で最も有名なイギリス人の非殉教者の歌を唄った。

「そうして彼らは、国境線上の山々を移動しながら、自給自足で暮らしている。かつての先住民族を真似て、独立した民族のように振る舞う。彼らのような人々を、ニュースじゃ難民と呼んでる」

「きっと世界は一つになる、って、まぁ、そういうことさ。一つになりたがらないやつらを抜けば、そら、一つになった」

「フラン、デレクに酒を渡したな」

「ちょっとだけだよ」

シズマの抗議も、デレクの歌に掻き消される。それに自棄《やけ》になったシズマ自身も、見守っていたフランチェスカも、やがてはこの砂漠のヘルデンテノールに合わせて唄い始める。

「あ、今、流れ星見えたかも」

この日、星を見に行こうと二人を誘ったのはフランチェスカだった。愉快な夜の中でも、時折空を見上げては、二人の知らない星の名前を告げた。

「寝る時は二人で車使っていいからね。私、星を見ながら寝るのが夢だったんだから」

「ダメだな」

「ああ、ダメだ」

「どうして？」

「毒蛇に咬《か》まれて死んだフランチェスカを運びたくない」

「あの車、高かったもんな」

「死なないってば！」

散った火の粉に、三人の笑顔が映えた。

3.

デレクが煙草に火を点けた。難民達に渡すより先に、自分でも味を確かめると言って。

夜でも二人の影がある。星の良く見える丘だった。遠く背後の峰を越えればチチカカ湖も目に入るだろう。

「懐かしいもんだ。だだっ広い所で星を見てると、あのユマ砂漠のことを思い出す」

「フランを車に押し込んで、交代で火の番をした」

デレクの吐いた煙が、高く昇って星の光に紛れた。砂の混じった風が強く吹き始める。

「村に戻ろうぜ、少佐殿にどやされたくないからな」

二人は荒涼とした崖を降り、尾根を辿って下っていく。

少し行くと、背の低い麦が風に揺れている。僅かばかりの畑を耕し、生活の糧を得ている小さな村だった。生きるのに適しているとは言い難い風土、苦難の道、一代を経て人の住み着いた開墾地。

二人が木柵で区切られた細い道に入ると、そこでようやく村の人間に出くわした。

赤髪を編んだ少女だった。ひしゃげた黒い山高帽、服は赤地に青、黄色で描かれたモザイク様、白抜きで花の描かれた典型的な民族衣装。スカートを揺らしながら、走って逃げる鶏を追いかけている。

少女は捕まえた鶏を胸に抱えたまま、シズマとデレクの方を向き、動こうともしない。軍人を見慣れないのか。もしかしたら、この村で生まれ育ち、他の土地に行ったことすらないのかもしれない。初めて出会った異邦人に、少女は声も上げられず、幼い顔を歪めることしかできない。

「お嬢ちゃん、こんな時間まで出歩いちゃ危険だぜ」

デレクの言葉に、少女は小さく呻《うめ》いた。怯えた表情を見せ、振り返って駆け出していった。後に残った鶏の羽根が地面に落ちる。

「おいおい、こっちは優しくしてんだぜ。嫌うことはないだろ」

「自分達の言葉を話せると思ってなかったんだろう。彼女みたいに村で生まれて外に出たことのない人間にとっては、僕らの方が異民族なのさ」

英語で短く話してから、二人で周囲の景観を確かめる。

「おい、ほら。さっきの子。可愛いもんだ、遠巻きに俺らを見てる」

デレクの声に促され、シズマは赤髪の少女を見ようと辺りを見回す。その時、一陣の風が吹きつけ、夜の冷気がシズマの首筋に当たった。その冷たさに、思わず振り返る。

そこに彼女はいた。

夜の月の下、白いケープを羽織り、淡い金色の髪を大気に溶かして、青い眼で、彼女がシズマを見ていた。十四、五歳のように思えた。しなやかな肢体を鋭く張って、小さな丘の上に立っていた。寒さに抗うように仄《ほの》かに赤く染まる頬。その産毛が天上の星を散りばめたように、儚《はかな》い光の粒子を反射している。

「君は――」

刹那、少女の青い瞳が、シズマの黒い瞳と交わる。その直後、風に白いケープが舞い、彼女はそれを手にすると、口元を押さえつつ体の向きを変える。金髪が風を掻く弦のように揺れている。その手には、夜の煌《きら》めきを跳ね返すナイフが握り込まれていた。

シズマは彼女が立ち去る間際まで、その姿を見続けていた。

明らかに他の難民とは姿を違えた彼女。何か、シズマが感じ取った何かが、強い香りのように残っていた。

「デレク、今の少女、見たか？」

「あ？　だから、あの井戸の辺りにいる子供だろ。さっきの」

「違う、丘の方だ。白人の少女がいた」

「白人？　この辺の難民に白人はいないだろ」

デレクからの言葉に、シズマは首を振る。自分が見たものを信じたかった。

それ以上の問いかけは止めにし、二人して村の方へと歩いていく。セメントボードを組んだだけの簡素な家が、疎《まば》らに並ぶ村の道。いくつかの窓にはオレンジの灯火の色がある。完全電化された周囲の村と違い、未だに火を熾《おこ》して使っているのだろう。それが意図的な伝統の創出であれ、外の世界を知らなければ疑うべくもない。

星を映す小さなアワラマヤ湖を視界に置きながら、シズマとデレクは村を横断して宿営地へと戻る。難民の家よりも広く頑丈とはいえ、設営されているのはテントと簡易な発電設備、それに給水車が一台。良いものとは言えないが、目下のところ誰にも不満は無い。人理部隊の任務でなければ、もっと劣悪な環境に置かれていたかもしれない、と。

「おかえりなさい。サイモン分隊長、グッドマン軍曹」

二人がテントに入ったところで、モーリス・チャイルドバートが声をかけてきた。ギアナ出身の統合軍人理部隊の伍長で、前職は都市工学を専門に扱うコンサルタント業をしていた。

「近隣のキャンプ地はいかがでしたか？」

シズマはモーリスが淹れてくれたコーヒーを受け取りつつ、静かに首を振った。

「難民の移動が多いようです。複数のキャンプ地を渡り歩いているらしく、これが続くようであれば把握も難しくなります」

「難民を乗せたバスとすれ違った。あれが引っ越しの最中だったんだな」

自前でミネラルウォーターを用意しながら、デレクが付け加えた。

「軍の手から逃げ回る難民が数多くいます。武装難民や不法行為を働く者も多い。陸軍による弾圧や、統合軍からの自己相の敷設要求を拒んで各地へ逃げる」

「上から抑えつけて、自分達と同じになれ、では反発も生まれるよ。僕らの仕事は、より良く知り、彼らの望んだ社会を提供することだ」

「注射が怖くて予防接種から逃げる子供みたいなもんだろ」

コーヒーを啜るシズマに、横からデレクが笑みを浮かべて返す。

「彼らは本質的に移動する、自由な人間達なんだ。そこを踏まえた上で、もう一度居留地の管理計画を見直す必要がある」

シズマの言葉を受け、モーリスは即座にテーブルに据え置かれたファイルを開き、挟まれた透明なシートをなぞって自己相の転写を行う。慣れた様子で、難民居留地の管理に関する新しいレポートを打ち込んでいく。

シズマにとって、付き合いはデレクの方が古いが、今の人理部隊に配属されてからはモーリスと過ごした期間のほうが長い。電化設備と通信事業を担うデレクに比べて、社会地理学を専攻するモーリスと組んで、未だ戦火の燻《くすぶ》る土地に入ることの方が多い。

いずれにしろ、その都度、それぞれの専門家でチームを組んで――この時は、最少人数の四人で構成されていたが――諸問題に当たる。多角的に住人の文化を知ることこそ、人理部隊が採る唯一の戦闘教義だった。

「ところでモーリス、ホアキンはどうした?」

「副隊長なら陸軍の皆々様のところですよ」

簡易ベッドに腰掛けたデレクが、背後に手を伸ばしてテントの一部をめくった。乾いた風が外の冷気を運んでくる。シズマも僅かに身を乗り出して、大型のテントが張られた辺りに視線を送る。陸軍の中隊が宿営する一角だった。

「アルシニエガ少佐に報告することがあると言ってました。分隊長にも伝えたいようでしたが、外に出られてましたので、ひとまずと」

「不在だったなら、軍用の相に通信でも入れりゃいいだろ」

デレクが煙草を取り出そうとしたところで、モーリスが手で制した。難民キャンプでは軍人は禁煙が課されている、と。

「相にログを残すわけにもいかないらしく、直接に話したいことだそうで」

シズマの表情が曇った。最年長のホアキンは軍事心理学者であり、かつ脳神経工学《ニューロテクニクス》の技師でもある。チームではシズマと同じく、人間の認知圏に手を加える立場だ。その人物が、内密に話があると言えば、おそらくは自己相に関する問題が起きたことを示している。

「噂をすればだ。帰ってきたぜ」

声に促されてシズマが外を見ると、陸軍のテントからこちらに向かってくるホアキンの姿があった。中年太りの腹を防弾ベストで覆って、砂利をすり潰すようにして歩いてくる。

「お帰り、アミーゴ」

今度はデレクがコーヒーを差し出す。それを受け取るやホアキンは一息に飲み干してから、視線だけでシズマを外に呼び出した。

「報告の件ですか」

追ってきたシズマが訊ねると、先を歩きながらホアキンは頷いた。無精髭についたコーヒーの雫《しずく》を拭いながら、煩わしそうに陸軍のテントの方を見遣る。

「ああ。だけど、アルシニエガ少佐から口止めをされてしまった。チームだけで処理できる問題じゃないから、浮島《イスラ・フロタンテ》の方で判断するとね」

「司令室行きの案件だ、と」

「残念だ、何を見つけたか先に貴方に話しておけば良かった。いずれ貴方にも知らされるとは思うが、一時的に難民の診断レポートは本部付きになりますよ」

シズマの眉が小さく動いた。ホアキンは太い指でもって足元の小石を拾い上げ、それを遠くの茂みに向かって投げた。

「私は今でも学者のつもりだが、上はそうは思ってくれないらしい。どこまでも軍人で、どこまでもシステムなんだ。私らのような眼が確かなデータを手にしても、それを使うも捨てるも彼らの長い腕次第、といったところさ」

夜空に飛んだ小石が、どこかで音を立てた。それを呼び水にするように、遠く荒野の向こうで無数の礫《つぶて》が巻き上げられる音が響く。シズマの身を刺す砂が、一方向に定まり散っていく。巨獣が空気を吸い込むような、空恐ろしい音。

「さすがに到着は早い」

ホアキンは自らの薄い頭髪が風に乱されるのをそのままにし、一方でシズマは遠く山影を越える航空灯を見た。星が動いているように思えた。風を切る轟音が近づく。翻るテントを押さえつつデレクとモーリスも外へと出てくる。

シズマは自らの頭上を渡る怪鳥を確かめる。

ＣＶ‐１５５《フォルスラコス》。クアッド・ティルトローターの羽ばたきは、後に砂礫《されき》を残すだけで、その軌跡は美しいとは言い難い。それでも不安定な斜面を捉える恐鳥の脚は太く、航空機から伸ばされた降着アンカーが大地を抉《えぐ》って姿勢制御を行う。やがて複雑な風紋の中央に巨鳥は舞い降り、静かにその羽根をたたんだ。

「司令室、統合軍第十六多角戦術群」

モーリスが自然と呟いていた。このアンデスの大空に恐鳥を飛ばすことができるのは、他でもなく、ただ一軍のみ。

　巨大輸送機の到着を知り、陸軍のキャンプからぞろぞろと人員が姿を現す。先頭に立つ浅黒い肌をした禿頭の巨人、陸軍少佐エルラン・アルシニエガが部隊の人間を制し、一人でシズマら人理部隊の方へと歩いてくる。

「シズマ・サイモン准士官、及びホアキン・ロサド曹長」

　遥か上から見下ろすアルシニエガ。今更、この男の威容にたじろぐことはない。しかしシズマの眼に疑問の色が滲《にじ》む。背後では、陸軍部隊が輸送機から降りてきた人員と共に、様々な機材を運び出している。中にはシズマも見知った医療部隊の人間の姿もある。

「これより、この居留地で自己相の敷設手術を行おうと思う」

　シズマは隣のホアキンの顔を見た。首を振る。従わざるを得ないと、その立場を無言のまま示していた。

「難民の頭に自己相を植え付けたい、と」

「ぜひとも、協力をお願いしたい」

　アルシニエガの分厚い唇が、優しく笑みを作った。

4.

フォルスラコスの名は、新生代に南米大陸を支配した飛べない恐鳥にちなんで名づけられた。最大積載量七十八トン。アンデスの山奥にまで鉄道車両を運び込める戦略輸送機は、都市の大病院以上の設備と人員を居留地に運んできた。目的は一つ、自己相を持たない難民に手術の機会を与えること。恐鳥のけたたましい鳴き声は、この地に福音をもたらす為のもの。

シズマとホアキンは、怪鳥の腹の中に潜り、あてがわれた一区画で手術の準備に取り掛かる。シズマは隣のベッドに寝かされた難民の脳をモニタリングしている。人間の認知と知識に関する微妙なばらつきをパターン化し、抽出する作業。特定の波長の光に対する反応部位、形状認識、記号と象徴に対する結びつけ。古くは霊長類に施していた知能テストを、今また人ならざる人々に受けさせようとしている。

シズマの額に汗が滲んだ。データを参照していたホアキンも、その変化に気づいた。

「分隊長、貴方は今、きっとこう考えている。難民として自由に生きていた彼らを、我ら社会の全てが再び内側に組み込むのは、果たして正しいのか、と」

機能相デバイスに映された無数のデータを、シズマは次々と自己相に放り込んでいく。機械的に。人間の仕事ではないというように。

「僕ら人理部隊の目的は、彼らのような難民を自然に社会に組み込むことです。一方的に管理することじゃない。その果てにあるのは、いつだって同じ。異なるアイデンティティを持つ者同士の対立です。そんな舞台を今更再演する必要はない。まぁ、デレクあたりなら、これを人類史上に残るロングラン公演だと言うでしょうね」

ホアキンが小さく笑う。

「分隊長の悩みも解るよ。その為に、今まで貴方が多くのレポートを上げているのも知っている。こんな風に、別の民族を自称する者達を無理矢理に同化させるものじゃない、って」

「アメリカ大陸の先住民、チベット人、ウイグル人、クルド人、ロマ……。彼らはどこへ行ったんでしょうね。言語、通貨、宗教、文化の全てを、より巨大な何かによって覆ってしまう。残酷な同一化。同化政策なんて、今世紀の初めには葬られたはずなのに」

シズマが認知パターンを調整《チューン》していく。特質化した部分を削り、平均より低いものを引き上げる。言語野に刻まれた反応をコピーし、バックアップとして据え付けられた人工脳に転写、人類が共有する知識相の奥にしまい込んでおく。

「多文化主義が生んだのは、統合主義《インテグラリズム》という取り替え子《チェンジリング》でした」

船酔いに似た胸中のわだかまり。ホアキンはシズマが小さく吐き出したそれを受け、なお無感動に注射器の調子を確かめている。

「デレク君の言う通り、君は難民に同情的すぎるよ。文化人類学者の悪い癖だ。未開民族は純粋だと信じている。アルカディアの住人を探し続けているんだ」

「僕は、そこまでは」

「手術の提案をした時、彼らは大人しく従ったよ」

ホアキンは別施設で行われる手術の手順を確かめている。脳をいじる為の残酷な器具を手に、どこか愉快そうに目を細めた。

「彼らはね、難民としての生活が長すぎたんだ。彼らの大部分は、思想や信条があって不自由な生活を続けているわけじゃない。ただなんとなく、周囲の人間、友人とか親が難民として生きているから、自分だけ逃げ出すわけにはいかないって、そういった理由で苦しく徒労に満ちた日々を過ごす。それが一斉に救われる機会があれば、断る理由なんてないのさ」

ホアキンは伝道者の表情でシズマを見据えた。銀のロザリオをメスに持ち替え、聖書を自己相手術に関する議定書《プロトコル》に置き換えて。

「共同体を作るのはいつだって意志じゃなく、なんとなく生きてしまう、その惰性なんだ」

「そうだとしたら、彼らのほうが、よっぽど人間らしいですよ」

シズマはそれを最後の言葉にして、暗い色をした部屋から出る。しばらく嗅いでいなかった、叩きつけられるような鉄臭さ。壁面に固着ベッドの並んだ通路を抜け、尾羽根の位置にあるエアステアを降りる。

輸送機の外に建てられた施設では、今も一人ひとり、難民の脳に自己相を植え付けている。ポリマーガラスの向こうで、麻の服を着た男女が、化学繊維で身を覆う医師達によって可塑神経網の増設手術を受けさせられているはずだ。合成高分子に包まれた人工の神経網は、経鼻注射によって第三脳室の数ミリの隙間まで泳ぎ、その地に根を張る。そして代相によって自己相を変化させる度に、可塑神経網は大脳を走り、選択的知覚を生じさせる。

「かくして、哀れな男の脳に文明人としての知性の輝きが灯る」

デレクの声だった。

どれほど立っていたのか、シズマが自らの足の重さに気づいた時、横には薄く笑みを浮かべた親友の姿があった。

「こんな時代じゃ、『マイ・フェア・レディ』も楽しめないな」

シズマの肩を叩きつつ、デレクが自分の冗談に笑ってみせる。「気を揉むなよ」横を向いて付け加えた。視線の先に大型のテントが張られていた。手術を待っている難民達が、そこに詰めているという。

「シズマ、こんな話を知っているか。古代ペルーじゃ、優れた脳外科手術が行われていたらしいって話だ。血が溜まるのを防ぐのに、頭を切り開いたんだ」

自らのこめかみをつついてみせ、デレクがおどけた笑いを漏らす。

「ああ、知っている。千年以上前、アンデスで栄えたプレ・インカ文明は優れた医療技術を持っていたんだ。人工的に穴が開けられた頭蓋骨が多数出土している。経験と知識によって穿頭《せんとう》手術を手にしていた」

「そんな偉大な先祖達に倣って、今またやつらは脳をいじるのさ」

デレクは喋りつつ足を進める。シズマもそれを追って、難民達のいるテントへと向かう。

「お前は、自己相を敷設することで難民達から文化が消えるかもしれないと思ってる。この居留地で暮らし始めて、独自の文化を作ろうとしているやつらが、明日には俺達と何一つ変わらない存在になる。お前はな、貴重なサンプルが無くなるって惜しんでるだけなんだ」

「そんなつもりは」

そこまで言って、シズマは口を結ぶ。

「受け入れようじゃないか。やつらが俺らと同じ自己相を手に入れるというなら、俺らと同じ国家の人間になるというのなら、俺は諸手《もろて》を上げて歓迎するぜ」

シズマは答えない。ただテントの向こう、布一枚隔てた先で響く、ケチュア語の調子に意識を合わせている。

未知への不安、そして期待。焦燥。喜び。

様々な感情が声に乗って漂っていた。どこにも自己相への拒否感を示すものはない。しかしシズマにとって、手術を受け入れた難民達は、楽園を逃げ出そうとする愚か者にも見えた。文化と文明の荒野は果てしない。理知の光は冷たく、頭上を照らそうとも、襲い来る獣を追い払えはしないのだから。

「おっと、あのお嬢ちゃんだ」

テントの端、僅かにめくれた箇所から中の様子が垣間見えた。そこに民族衣装をまとった少女の姿があった。先頃、シズマとデレクを見て逃げ出した赤髪の少女。

「彼女の両親は今まさに手術を受けているはずだよ。彼女は今は一人。きっと不安なんだろうさ」

「そういうことなら」

デレクはずかずかとテントに入り込み、赤髪の少女の前まで進み出る。逃げ出すこともせず、ただ泣きそうな顔を浮かべる少女に対し、デレクはその場で膝をつくと、腰のバッグから小さな人形を取り出した。酒瓶一つと交換で手に入れた、赤い羽根飾りをつけた人形。目の前の少女によく似た、民族衣装をまとった形代《かたしろ》。

「やぁ、我が麗し《マイ・フェア・レディ》のイライザ。驚かないでくれよ。今日は君と友達になりたいっていう子を連れてきたんだ。ほら、この子だ。名前は無いからな、君がつけるんだ」

　手元で愉快に人形を動かし、デレクは少女に微笑みかける。

「名前《スーティ》」少女が呟く。「名前、イライザ？」

　聞き慣れない名前を繰り返しただけ。それでも響きが気に入ったのか、少女はデレクの冗談にちなんで、その人形に花売り娘の名前を与えた。怯えた表情も薄れ、藁を束ねた人形の髪を撫で始める。

「お友達と仲良くな。これで手術も怖くないよな」

　デレクは赤髪の少女の頬を一度だけ撫でてから、シズマの方に振り返る。砂に塗れたデレクのブーツを、少女はどこか名残惜しそうに見ていた。その様を知っているのは、ただシズマだけ。

「あの子が自己相を手に入れたら、俺の冗談の意味も通じるだろうさ。馬鹿にしたって怒られなきゃいいが」

　デレクは喉の奥から、引きつった笑いを絞り出す。

「ようやく人理部隊らしい仕事をしたな」

「なんだよ、俺はいつも真面目にやってるぜ」

シズマの腰に握り拳を当て、デレクが口を尖らせる。

「それじゃ、俺はモーリスのところに行くわ。居留地を正式な村として作り直すんだとよ」

立ち去るデレクを見送り、一方でシズマもホアキンのところへ戻ろうと踵《きびす》を返した。

シズマは自省する。確かにホアキンの言う通り、自分は難民に対して感情を捧げすぎているのだ、と。難民達には難民達の生き方があり、外部からの圧力でさえも、その大きな生き方の一部に過ぎない。民族というものを自称するには、常に選択がつきまとう。より大きな他者に自己を埋め込むか、否か。

「僕はきっと――」

シズマの呻きは、天に輝く無数の星々の中に溶けた。

小石の転がる音が聞こえた。空に張り付いた石が零《こぼ》れ落ちたように。シズマは音の方向を確かめる。

「君は」

シズマは彼女を見た。

複雑に絡んだ奇岩の上に腰掛け、流星の尾によく似た白金の髪をなびかせていた。夜よりも黒い目と、空よりも青い目が交差する。少女がつまらなそうに蹴った石が、新たに奇岩の上から転がり落ち、シズマの目の前まで辿り着く。

「そうか、君は本当にいたんだ」

間の抜けた言葉だと思ったが、すでに口にしてしまっている。その恥ずかしさを紛らわせるように、シズマは大仰な身振りで会話を試みる。

「ここの人間なのか？　どこから来た。名前、そう、君の名前を聞かせてくれ」

シズマは矢継ぎ早に質問を投げかけるが、彼女は一向に興味を示さない。ただ夜空の星を眺めている。シズマが隣にいることすら、気づいていないように見えた。

「君の名前、ああ、どの言葉を使えばいい」

シズマは自分の方を指差す。言語が通じないのか、ただ無視されているのか。前者であれば善処する。後者であれば、ただ悲しむしかない。

「名前《ネーム》、名前《ノンブレ》、名前《スーティ》だ」

語りかけ続けて、その行いが馬鹿らしく思えてきた。その瞬間、少女の乾燥していない唇が小さく開いた。

「ヒユラミール」

声。溶けてしまいそうな、細い声だった。

「ノム、バ、アイ。名前《スーティ》」

シズマは最後に付け加えられたケチュア語によって、彼女が自分の名前を名乗ったのだと理解した。前半は、シズマの自己相《クレオール》にも無い言語だった。彼女だけ別の居留地から来た人間で、未だに翻訳されていない現地化語を使ったのだろうか。

ようやく取れた小さなコミュニケーションが、シズマには何よりも嬉しく思えた。自己相社会の内側では、決して手に入れられない感動でもある。

「さっきも会ったな」

彼女は何も言わず、岩の上からシズマの肩越しに遠くを眺めている。

「君は手術を受けないのか？　強制じゃないだろうが、君の仲間のほとんどが手術を受ける。そうしたら君は一人になるな」

脅すような声音でシズマは言い放つ。本心ではなく、どこか自嘲めいて。対する彼女は膝を抱え込むと、自らの顔を埋めてみせ、どこか惚けた視線でシズマを見据えた。

「ひとり」

突然の言葉に、シズマは何も返せなかった。

「みんながみんなになって、ひとり、いなくなる」

少女はただたどしく言葉を作っていく。自己相を持たないだけでなく、彼女自身がケチュア語や英語を母語としない集団に属していた証拠だった。

「僕は、それで良いと思っているよ」

あえてシズマは英語で伝えた。自己相があれば誰であれ伝わり得たニュアンスを、彼女には隠したかった。言葉の意味を悟られないように、野辺の花に語りかけるつもりで。

「君たちは君たちのままに、いつまでも」

シズマが力なく呟いた時、彼女はふと息を漏らした。

「戦い《アウカイ》」

一瞬、言葉の意味を掴み損ねた。

「終わらないの、戦い。いつまでも、すぐに」

　ケチュア語と英語の単語を混ぜた言葉だった。シズマが彼女に対して何事か言おうとしたところで、遠くで何かが爆《は》ぜる音がした。乾いた音が断続的に、ぱ、ぱ、ぱ、と。

「戦争の足」

　少女が虚空に指を這わせた。シズマがその示す先を目で追う。遠く向こうで、何か黒い物が大地を駆けている。光の条《すじ》が二つ、湖面の波紋と灰色の大地の凹凸を照らして滑っていく。光が瞬いた。そして、ぱ、ぱ、ぱ。また音が響いた。それを受け、今度は黒い物に相対するように、いくつかの獣のような影が動いていく。それが陸軍の早期警戒用ドローンだと、シズマはすぐには気づけないでいた。

《警告。特殊管理地域に入ります。特殊管理地域においては――》

　無感動な合成音声が、シズマの通信ログにまで響いた。そして轟音。獣の影と、抉れた地面が空に舞い上げられた。警戒用ドローンが機雷としての機能を発揮し、それに触れた物を爆炎に包んだ。視界の端が赤く黄色く、明滅を繰り返す。穏やかな湖面が、燃え上がりながらも走る大型旅客バスの姿を映した。

　ここに至り、シズマの自己相に軍用の通信ログが緊急で割り込みをかける。アラート、アラート。騒がしい機械音が脳内に響き、不安と高揚の感情を一方的に与えてくる。

　シズマは見た。地上に現れた死の形象。焼かれたバスから身を乗り出し、炎をまとってなおも掲げた小銃を撃つ人間の姿。幾つものドローンが体当たりを繰り返し、その都度に炎は激しくなる。しかし、迫り来るバスは一台で終わらず、次から次へと炎の洗礼を浴びて道々を埋めていく。目指す一路。陸軍のいるテントに向かい進みゆく、地獄からの巡礼行。

次にシズマが振り返った時、少女の姿はすでに無かった。

「戦争《アウカイ》」

口の中で、何度もその言葉を繰り返した。シズマの脳の奥で、乾ききった星に火が灯る。燎原《りょうげん》の火のように、感覚野を焼き尽くして、人間として持ち得る最低限の感情だけを模倣《エミユレート》する。

シズマは燃え盛る地獄に向かい立つ。

5.

遠くで小銃の音が断続的に響く。

ボリビア陸軍の官給品から漏れた古いガリル・エースが、自己相を持たない人間達の手を介して銃器としての本分を全うしていく。あの戦闘を起こしたのは別の居留地から来た難民達だと、シズマにはすぐに理解できた。自己相を持つ者同士であれば、武力衝突の可能性が発生した時点で議定書《プロトコル》に基づいて戦闘行為の可否が判断され、大抵の場合、自動的に武器にロックが掛けられる。プロトコルを無視して発砲できる者——そして発砲される者——は、この地には難民しか存在していない。

しかし、事態の趨勢《すうせい》は間もなく決するだろう。

古い戦争の形。テロほどに効果も無い、二次元平面上で十分に処理できる戦場。民衆暴動の位相と同じもの。しかし、人の命が卓上に置かれているのも事実で。

シズマは走りながら、自らの自己相に認証された機能相反応をマッピングする。相を通じて共有された現在地の情報映像が、思考の奥で浮かんだ。近隣の地形に赤い点が表示され、それらが次第に包囲陣形を形作っているのが解る。突発的な急襲に対しても、陸軍は慌てることなく部隊編成を確かめて対応している。

シズマは集落の石塀に頭を隠しつつ、自己相に浮かんだルートを進んでいく。やがて難民達のいるテントの端まで辿り着いた辺りで、一際大きな破裂音が響いた。砂を巻き上げた白煙が検出され、アマトール爆薬を詰めた簡易な擲弾《てきだん》が近くに投げ込まれたのだと解った。

「シズマ！」

テントより後方、前線の三十メートル圏内、家を囲む塀の横でデレクが声を上げた。視界にはないが、隣にモーリスがいるのも解る。お互いの位置は常に自己相で確認できていた。

「状況は？」

「難民の暴動。解るのはその程度だ」

頭を下げつつ合流したシズマに、デレクが手元のCCW《Collective Combat Weapon》を取って渡す。シズマは小銃の機能相にアクセスし、即座に自己相との紐付《リンク》けを行う。武器の方がシズマの感覚に合わせることで、射撃時に補正をかけ、他の訓練された陸軍部隊と遜色ない働きをみせる。

「規模はおよそ五十人ほどのようです」

モーリスが冷静に告げる。この程度の衝突ならば、これまでも経験してきた。

「大方、フォルスラコスが飛んできたのを見て、軍の弾圧が始まったとでも思ったんだろう。アイツらはホロコーストに怯えているんだ。噂話なんてものが、アイツらの恐怖心を煽ってやがる」

デレクが憎々しげに呻いた。

「なんにせよ陸軍のやつらが早々に鎮圧するだろうよ。こちらには犠牲者も出ない。難民の中に死人は出るだろうが、元より墓に刻む名前も無いんだ、大したことじゃない」

それ以上の悪態に付き合う理由も無い。シズマは思考映像として脳内に流れる戦場の平面図を広げ、指でサインを作って横の二人にも共有させた。

「陸軍部隊が集まっているのはどっちだ？　難民のテント側じゃない。輸送機の方だ」

赤い点が明滅しながら、一点を取り囲むように陣形を作っていく。マーキングされた青い点は難民達で、その背後にあるのは巨大輸送機、そして設営された医療施設。

「あの難民達は単に国家へ反旗を翻したわけじゃない。医療施設を破壊して、仲間を解放しようとしているんだ。コミュニティから逃げ出すことを赦《ゆる》さず、自分達と同じ側でいて貰いたいから。どこで伝わったか知らないが、自己相の敷設手術が彼らの過激な行動の発端だ」

デレクとモーリス、二人の顔が歪む。ふと、その一瞬、遠くの戦火が仄かに陰影を作った。

次いで起きる爆音。パラパラと小石が空を舞い、近くに落下してくる。シズマ達が石塀から顔を覗かせてみると、離れた場所で一台のバスが横倒しになり炎上していた。

「自爆したんだ」

モーリスが呟いた。恐怖の感情が糸を伝う雫のように、シズマとデレクに届いた。さらに後から追いかけるように、思考映像の中で赤い点がいくつか消失した。

「自棄になって道連れかよ。非加速弾で撃たれてりゃ良かったんだ。死ぬまで戦うなんざ、馬鹿のやることだ」

燃え盛る炎の中で、無数の黒い人影が体を揺すっている。焼け爛《ただ》れた肺胞を吐き出して歌い、炭化していく指先で祈りの形を作る。一人、二人、三人。バスから這い出した者達も、炎のケープをまとって踊りながら死んでいく。

そして、またどこかで爆音が響く。爆薬を抱えて飛び込む亡者の群れ。炎の柱が増え、祭りの熱狂は高まっていく。陸軍の青年が一人、ケブラーマスクの向こうで泣いていた。通信ログに入った「嫌だ」という言葉を最後に、青年の自己相のシグナルが消えた。

「おい、何人か死んだのか？　兵士一人と難民とじゃ、レートが合わないだろ！　いつだって同じだ。カミカゼ、聖戦主義者《ジハーディスト》、追い詰められた人間は命でツケを払うつもりなんだ」

シズマはデレクの言葉を静かに受け止める。日本人の血を引こうとも、共和制アメリカの人民として湧いてくる感情は同一のものだった。

「人間の特性だと、僕は思っているよ。どこかで振りきれてしまうのさ。集団の生存の中で、個の生存がどこまでも希釈されてしまう、そんな一点があるんだ」

シズマは指を上げ、移動を示すサインを作る。知覚信号がルートを検出し、自己相の中で映像を作り、前線に向かって伸びていく。

「おい、シズマ。前に出るのか」

「向こうにはホアキン副長がいる。自己相に反応はあるが、通信ログにアクセスする余裕はないみたいだ。戦闘の中にいるのかもしれない。それなら僕は分隊長として、彼を援護する義務がある」

「陸軍に加勢するってのか？　仕事が違うだろ。お前はただの文化技官だ」

「ホアキンが、言っていたよ。学者である前に軍人なんだ、って。それなら僕らにもやはり、戦場を作ってしまった責任がある」

足を踏み出すシズマに、デレクは何か言おうとし、すぐに口を噤《つぐ》んだ。「死にたがりが」

それでも小さく呟いた言葉が、風に乗って大仰に響いた。

シズマは難民達の脅威をいかに取り除くか考えている。自己相を持たない人間達に対し、外から行動を抑えつけることはできない。その為に文化技官として選んだ方法が、語り、伝える行為だったはずだ。

「フォルスラコスまで走る。陸軍の人間にも援護して貰う」

通信相にシズマのログが乗る。前線で指揮を執る陸軍の小隊長は同意の感情を示したが、背後で詰めているアルシニエガから個人的に通信《コール》が飛ぶ。

《サイモン准士官、状況と目的を説明してくれ》

「フォルスラコスの指向性音響装置《スクリーチ》を使います。一時的に多数を無力化することができます」

《自己相を持たない人間相手には使えない。可聴域を指定しても、近くにいる部隊の人間にも効果が及んでしまう》

「ご心配なく」

アルシニエガが言葉を重ねるより先に、シズマはバックグラウンドで打ち込んでいたプランを提出し、そのまま前線に辿り着く。銃声はなおも響く。陸軍はすでに暴徒を追い込み始めているが、一方で難民達も、横倒しになったバスを陣地として数カ所に籠もっている。

「弾幕で難民達を抑えちゃいるが、自爆してくる相手に無理に出るわけにもいかない。包囲にも綻びが出る頃だろうさ」

デレクの言葉通り、所々の起伏で陣形を作る陸軍の連携も乱れてくる。焼け落ちたバスの黒煙が風に乗って、陸軍部隊の一群を包み、それから逃げ出した一人が銃火に刈り取られた。

「アンデスの風も、アイツらに味方しているんでしょうか」

「回り込もうとすれば狙われる。一気に駆け抜けて、フォルスラコスのステアまで行った方が良い。援護はできるか？」

シズマに対し、デレクとモーリスが頷いた。

「三年前、俺は暴動難民を撃ち殺したことがある」

「自分は一年前。敷設した機雷で三人の難民の家族を殺しました」

特別なことじゃない、誰もが心の中で繰り返している。自己相社会にある限り、国民への殺人行為でさえなければ、そこには一切の痛みは生じないだろう。シズマ達の感情は、すでに軍人として相応《ふさわ》しい形に塑《つく》られている。

シズマは走る。三人の先頭となり、蛇のように戦場をのたうつ煙を避けて、要所で散る陸軍部隊を縫い止めるように。走るごとに、数人の難民が小銃を提げて撃ってきた。男も女もいた。子供はいなかったが老人はいた。ようやく難民達は点滅する青い駒から、人間としての相に落とし込まれた。

デレクの撃った弾丸が、飛び出してきた老人の胸に吸い込まれた。心臓を強く打ち、白い髭をした老人は絶命する。銃が非殺傷距離調整《レンジコントロール》されていたとしても、人の命は容易く消えていく。死んでいく野蛮人達、愚かなバルバロイ。デレクは何度も唱えていた。そして地面に伏した死体に振り返ることもなく、先を行くシズマの後を追う。

輸送機の手前、医療施設の入口付近ではすでに何人かの難民が倒れている。息のある者もいれば、死んでいる者もいる。施設の方に問題が無いのを確認し、フォルスラコスの尾羽根へと近づく。連絡を受けた機内の人員が、シズマ達の為にエアステアを降ろす。

鉄の階段に足をかけたところで、シズマの神経網に星が散った。感覚が引き伸ばされる。

シズマの可塑神経網は代相によって、すでに他の兵士と同等の位相になっている。動体視力の向上。激しく燃え上がる認知の渦。千分の一秒。量子信号でスキップされたシズマの視界認識は、二十メートル先から自分達を狙う銃口の照り返しを捉えた。

体を捻《ひね》り、左手でハンドガンの銃把を取った。間延びした感覚の中で、シズマは引き金に指をかける。

視界の彼方で、血塗れの少年が銃を構えていた。

静止した時の舞台袖で、緩やかな発砲音が響き、シズマの目の前で血飛沫《ちしぶき》が舞った。

銃撃を受けたモーリスが倒れ込み、次の一瞬にはシズマの感覚を同期したデレクが小銃を撃っていた。炎の影の向こうで倒れたのは、名もない難民の中年男性。

「撃てただろ、シズマ」

肩先から血を流すモーリスを引き起こしながら、デレクが冷たく言い放つ。

「すまない」

それ以上の会話は無かった。

モーリスは鎖骨を撃たれていたが、自己相が感覚を修飾したことで痛みに倒れることもない。仲間の手当てをする為にデレクは輸送機の奥へと進み、一方でシズマはステアの近くに陣取る。機能相デバイスを開き、指向性音響装置《スクリーチ》の調整を行っていく。

都市部での群衆暴動を想定して備えられた非殺傷兵器。人間の聴覚に作用して、平衡感覚を喪失させる不快音を発するもの。通常ならば自己相を持つ人間相手に使われるそれを、今回は難民相手に調整して使用する。つまり、難民以外の全ての人間の自己相を紐付けし、それらの可聴域へ選択的にノイズを掛けて音を相殺する。複雑な個人の自己相の一つ一つを見極め、その聴覚認知に適合したノイズを作る。この戦場にあって、認知圏に手を加えられるのはシズマとホアキンのみで、後者は辿り着けないでいる。これは自分の仕事だ、と、シズマは状況を理解していた。煩雑な作業ではあるが、いつもの仕事と大差ない。人間の相を色分けして、放り込むだけ。

陸軍部隊、医療従事者、そして診断の済んだこの居留地の難民。自己相にリンクされている最後の一人までデータに上げたところで、指向性音響装置を起動させる。

怪鳥の背に取り付けられたスピーカーから、無音の啼き声《スクリーチ》が撒き散らされた。

シズマはステアから降り、周囲を確かめる。自分には聞こえない音が、僅かな大気の震えとなって肌で感じられた。数メートル先で、一人の難民の青年が呻いて倒れた。遠くでは、さらに多くの難民達がその場に膝をつき、脂汗を垂らしながら、あるいは嘔吐を繰り返して、激しい眩暈《めまい》を耐え忍んでいる。

陸軍部隊は前進し、倒れている難民達を次々と拘束していく。意識を保てる者は小銃を取るが、崩れた平衡感覚の中では引き金に手をかけることもままならない。

戦闘は終わったのだ。銃声が止んだなか、シズマはあえて耳を澄ませてみる。砂の擦れる音より微かに、金属を擦り合わせるような音が聞こえている。

静寂の戦場を、ただ歩いていく。

人間の認知は曖昧で、脳が認識できない音はノイズとなって知覚されない。意識されないものは、存在していないことになる。雑踏の話し声が聞こえないように、夜の虫が鳴かないように。知覚と認知は、意識によって選択されたものに過ぎない。人々は、自己の相によって選択されたものしか見えず。

それが為に、その時シズマが見たものも、そうした幻影に過ぎないと思えた。

炎に揺らめく、金色の波。夜に照らされた陶磁の如き白い肌。

彼女が立っていた。

指向性音響装置が効いていないという事実。シズマは彼女が自己相を持っていないことを知っている。では何故。シズマの脳裏を駆け巡る疑問は、目の前の光景が全て覆い隠した。

彼女が陸軍兵士に囲まれている。金色の髪にまとわりつく火の粉と煤《すす》、右手に握り込まれた短刀。それは不可解な異分子。それが全ての答え。彼女は、自己相や難民といったもので捉えきれるものではない。しかし、確実にそこに存在している。

「ヒユラミール」

名前を呼んだ。そうすることで、幻を現実に引き寄せようとした。

彼女は微笑んだように見えた。

次の一瞬で、彼女の姿は消え、再び視界に戻ってきた時、あとに二人分の命の緒を引きずっていた。血振り。彼女の短刀から飛び散った血が、足元の岩を染めた。どう、と音がして、彼女の背後にいた陸軍の兵士二人が踊るように倒れた。

認知の相が、酷く酷く、早鐘のように鳴っている。目覚めろ、目覚めろ。

落としかけていた自己相のエミュレートを、再び従前のものと合わせる。早く、静かに。

「彼女は――」

シズマは自分がハンドガンを構えたのに気づき、ようやく仲間が目の前で殺されたことを悟った。彼女は仲間を殺した。彼女は我々を殺そうとしている。シズマと同様の感覚を得た兵士達は、即座に彼女を小銃で狙う。

跳弾。跳躍。どちらが速かっただろうか。

不可視の距離で、彼女が一人の兵士の首を裂いた。ぱ、ぱ、ぱ。自己相の反応が消え、小銃は自動的にロックされた。

「敵だ！」

誰かの声。シズマの聴覚は、それを静かに反芻《はんすう》する。悲鳴と怒号、小銃の音は掻き消える。残ったのは布の切り裂かれる音。肉と腱が分断される音。怪鳥の啼き声の中で、喧騒の中で、その微細な音ばかりが届いてくる。

意識が聞くことを選択した音だ。

彼女を取り囲んでいた数人の兵士は後退し、入れ替わるように援護射撃が足元に広がった。しかし彼女は、銃弾が迫ることを当然のように受け入れ、体を捻って軽やかに跳ぶ。ピューマのように。踏まれた小石が、その位置を変えることさえなしに。

後退した兵士の数人がシズマの脇を通り抜けた。敵。シズマは自然と、対峙する彼女の思考をトレースした。本来なら自分も下がるべきだった。一方で、意識とは別のところで、体は彼女の前に立つことを選んだ。戦力にならない自分が盾になればいい。神経を走る光が、骨が、筋繊維が、それぞれ選択をし、それぞれ答えを出していた。

生存本能を超えて、理性と意思が自らの死を手段として選んだ。

シズマの手が、走り来る彼女の視界を遮る。予期せぬ動きを警戒し、彼女は反射的に背後に跳び退く。金色の髪が慣性に逆らい、中空に軌跡を残す。

直後、彼女は短刀を構え直し、シズマへ向かって踏み出す。邪魔になるなら殺せばいい。獣じみたシンプルな選択。

シズマが新たに紙片を咥《くわ》える。すでに代相で自己相を何度も書き換えている。首を狙う一閃が、僅かな動きでかわされた。人間の知覚の限界まで早く。スキップ、スキップ。視覚、聴覚、触覚。返す刃、風を切る音。軌道を読んで回避。量子信号が脳を燃やしていく。

さらに振り上げた彼女の腕の流れ。矢のような一突き。裂かれた空気が水飴のようにうねる。防御。遅い。左腕を差し出す。心臓を狙った一撃は、上腕の筋肉で受ける。布が破れた。薄い毛に刃が絡む。皮膚に冷たい鉄と誰かの鮮血のぬめり。押し込まれた肉、裂けていく肌。破れた血管が刃に堰《せ》き止められ、そこに血が溢れる。痛みは認知野で修飾されている。鋭敏な触覚は変転し、ぷつりと肉の切られた音を届けた。

「ヒュラミール！」

量子化された感覚の先で、ようやく現実が追いついてきた。彼女の一撃はシズマの心臓を捉えることなく、腕を切り裂くだけで終わった。シズマは上腕に短刀を刺したまま、絡ませるように彼女の細くしなやかな腕を取り、同時に右手で握ったハンドガンを突きつけた。

純粋な軍人ならば、機能相と自己相を結びつけていられたならば、意識を生じさせる暇もなくトリガーを引いていたはずだ。それで終わりだった。殺して、それで終わり。

しかし、シズマは迷った。

「――ノム・バ・アイ、シズマ」

銃声は。

「僕の名前だ」

――

迷った瞬間、様々なイメージが浮かんだ。自己相の外で、自分が彼女を撃った後の全てを予測しようとした。選ばれる未来を想像した。それが過ちだとは思えないままに。

「シズマ」

彼女は一瞬、きょとんとしてから、小さくシズマの名を呼んだ。

しかしその直後、彼女は短刀から手を離し、転がるようにして身を伏せた。

銃声があった。鉄板を打ち付けるような音が、続けざまに三発。標準化されたCC《Collective Combat》W《Weapon》の中でも、特に大口径弾を放つ際に響く音。黒い蛇《トリリティクコアトル》。そうあだ名される特徴的なバトルライフルを扱うのは、この地ではアルシニエガしかいなかった。

「准士官、下がれ!」

腕に短刀を突き刺したままシズマは一歩後退し、その後をフルロード弾が地面を這うように抉っていく。当たれば体のどこかが千切れるような威力に晒されても、彼女は怯《ひる》むことなく、新たな対峙者――銃を構えるアルシニエガの方へ駆け出す。

彼女は跳ぶ。退くこともせず、間断なく空気を貫く弾を避けて。流星の尾を追って、虚しく銃弾が群青の空に吸い込まれていった。

肉薄する彼女に対し、アルシニエガは蹴りで間合いを取る。自己相に刻まれた白兵戦モジュールの基本。しかし彼女は突き出された足を踏んで、なおアルシニエガの首を狙う。獣のように、鋭い犬歯を剝き出しにして飛びかかる。皮膚が破れた。だが歯に食い込んだのは大動脈ではなく、ハイポリマーと金属繊維で作られた人工血管、それは致命傷にはなりえずに。

「昔の傷でね」

今度は違えることなく、採掘機のような二つの腕を使って、アルシニエガが彼女を捉えた。

「嫌になるよ」

彼女の右腕を捻り上げながら、もう一方の手で頸部を押さえつける。唸り声を上げていた彼女も、やがて静かに頭を垂れた。そうして鉄の男は戦闘を終了させた。

「サイモン准士官」

アルシニエガは首の調子を確かめるように頭を振っている。その顔に感情はなく、未だにエミュレートを続けているように見えた。シズマは止血ジェルを塗ってから、腕の短刀を引き抜き、その視線に応えた。

「この少女について、君の意見が欲しい。つまり、人理部隊の指揮官としての」

地面に伏した彼女の頭を引いて、その姿を見せつける。

「私はね、正直に言って殺してやりたい。仲間が何人も死んだ。たかが難民の暴動でだ。今更、難民を一人殺したところで、それを裁く者なんていない」

「少佐」

「戦争犯罪はね、人道に対しての罪として問われる。そして我々の社会は、彼らを人として扱わないんだ」

シズマは、それ以上は言葉を継げなかった。

右手には拳銃がずっと握り込まれていた。タクティカルグローブの中が汗で湿っている。

「その銃で撃てば良い。簡単だ。私は君を罪に問わない。この場の誰もがだ。罪は無い。あったとしても、我々はすでにそれを共有している」

シズマはハンドガンで狙いを定める。右腕だけでも、照準は正確に自己相が補ってくれる。多くの軍人が戦場で蓄積していったデータを元に。自分以外の誰かの意識の集合体が、自分に誰かを殺す為の力をくれる。

殺せ。殺してしまえ。シズマの感情が、自己相の裏側でがなり立てる。殺せ、殺せ。それはその場にいる全ての人間の、自己相を手にした人々の感情でもあった。

両腕を摑まれたまま、彼女が顔を小さく上げた。意思の無い光が、青い瞳の奥で揺れていた。死を恐れてなどいない。他の難民と同じように。

銃を構えたまま、シズマは動かない。

全ての選択の向こう側で、定まった未来が大口を開けて待っている。自分はそこに飛び込めばいいだけのはずだ。

――

「シズマ」

彼女の声。柔らかな響きで、どこか嬉しそうに。

「名前。シズマ」

突然の言葉にシズマはたじろいだが、その次には自らの選択を受け入れ、構えた銃を下ろした。

この殺意は誰のものだろうか。自分の自己相に埋め込まれた感情は、認知圏を同じくする無数の他者のものでしかない。

「彼女を拘束してください」

シズマの言葉を聞いて、アルシニエガが目を見開く。なぜ。奇妙なものを見るように、冷めた視線を送ってくる。

「彼女は猛獣でもなければ、人権のない存在でもありません」

アルシニエガは激昂することもなく、それでも顔をしかめながら、彼女を他の難民達と同じように拘束するよう指示した。

「裁かれるのは変わらないよ」

彼女を連れていく前、アルシニエガが最後に残した一言だった。

何かが次々と零れ落ちていくようだった。

シズマは何も言わず、ただ戦場となった荒野に残り、消えていく炎を眺めていた。その最後の灯火が消えれば、アンデスの夜も乾いた風の中で終わる。

遠く薄暮の空に、名も知らない星が浮かぶ。

「モーリスは病院に運ばれたが軽傷、ホアキンも無事に保護されたってよ」

いつの間にか横につけていたデレクが、シズマに声をかけた。

「そうか、良かった」

「――どうして撃たなかった」

デレクの冷たい声が風に乗って届いた。

「見ていたのか」

「遠くからな」

シズマは自分が何に従い、何に従わなかったのかを考えた。

自己相、自分を自分たらしめているもの。しかし戦場で最適化された行動と思考は、共有されたより大きなものの営為の一部に過ぎない。

運命。人はかつて、それをそう称したはずだ。

「自分で選んだんだ。自己相を通して、その場にいた全員が、あの少女を殺せと言ってきた。でも、それは僕の答えではない気がしたから」

シズマの言葉に対し、デレクは鼻を鳴らして答える。砂と、そして人の焼けた嫌な臭いばかりが漂っていた。

「九人だ。陸軍の兵士が九人も死んだ」

「難民はもっと死んだよ」

シズマの言葉に、デレクは苦いものを飲み込んだように顔を歪め、それでもいつもと同じ顔を作ろうと、何度も唇を上げる。

「やつらと比べるなよ。自己相社会の人間が死んでいいわけがない。犯罪で傷つくことなく、事故に巻き込まれることもない。俺達は秩序と調和の王国の人間だ」

デレクはそう言ったが、シズマにはそれが受け入れられなかった。どこに平和があるというのだ。一つの社会の為に、他の小さな社会を壊していく。それが仕事だ。その代償として死ぬこともある。軍人として、戦場で死ぬ。

「僕らは軍人だ」

シズマの言葉に込められていた感情は、難民達が命を擲《なげう》った瞬間のものと同じだった。デレクはそれを感じ取り、小さく毒づいた。

「日本人は、いつだって死にたがりだ」

いつもなら、同じ認知圏の中の人間として笑えた冗談だったかもしれない。けれども今は、シズマはただ微笑むことしかできなかった。何一つ感情を表さずに。

デレクは振り返り、その場を後にしようとした。その時、自分達を見つめる小さな視線があるのに気づいた。

「名前ね」

少女、赤い髪の少女が、手元に民族衣装をまとった人形を摑んで立っていた。

「名前、この子の名前は、イライザにしたよ」

流暢《りゆうちよう》な英語だった。すでに少女に対しても、自己相の敷設手術は済んでいた。同じ価値観、同じ言語、同じ認識。晴れて自分達と同じ国民となった少女に。

少女の前まで歩いたデレクは、その手に握られた人形を奪い取ると、力任せに地面に叩きつけた。呆然とする少女の前で、今度は砂と血に塗れたブーツでそれを踏み砕く。織物は破れ、樹脂製のボタンが千切れ飛び、四肢は分かたれて、人形は形をなさなくなった。

少女は泣いていただろうか。

背を向けて立ち去るデレクに、シズマは振り返ることもしなかった。

耳に届くのは風の音、鳥の声、そして昇り始めた太陽により掻き消されていく星々の悲鳴。

6.

「君がしたことは、きっととても正しい行いだった」

シズマに向かって、サンドラ・ハーゲンベックが優しく語りかける。白髪を留めた古い髪飾りも、顔に刻まれた皺も、その高潔な笑みを作るのに一役買っている。

「彼らは、難民という人達は、私達と同じ国民になる価値があるのだから」

浮島《イスラ・フロタンテ》、統合軍の基地に向かう大型の軍用汽船の中、波の揺れを感じさせない応接室――ジノリにマイセン、そして老ブリューゲルの絵と、あえて大西洋世界の文物で彩られていた――で二人は対峙する。

「私も昔は文化技官《クロニスタ》だったよ」

シズマは自分を呼び出したこの統合軍准将の胸元に光る勲章を数えようとし、十から先は面倒になって止めた。

「准将は、歴戦の勇士と聞いています」

「人より長く歩いただけだよ」

サンドラは自分の左目を指差す。そこにある眼帯が覆い隠すのは瞳の色ばかりで、軍人としての鋭敏さ、そして輝かしい経歴は消えるものではない。

「私が前線に立っていた頃はね、単一国家同士の対立が消え去った後だ。今の難民達のような存在が現れ始め、各地でテロ、つまり持ち運びできる個人的な紛争を繰り返していた時代でもあった。私はそういった過去を引きずって、ただここにいるだけさ」

「准将、自分を呼んだわけをお聞かせください」

「お婆さんの昔話は嫌いかい？　後でレポートの提出を求めるかもしれないぞ」

サンドラは自分の冗談の出来を値踏みし、小さく口角を上げる。対するシズマは目を細めて抗議の意を示す。

「今回の件は痛ましい事故だったよ。難民との戦闘に生き延びた者達も、仲間が次々と死んでいくのを目にした。戦闘ストレス反応《CSR》の可能性もある」

シズマの視線をかわすように、サンドラは手元の紅茶に口をつける。

「軍服を身にまとい、銃を手にし、戦場で死ねば、それは軍人だ。しかし、彼らも故郷では別の仕事をしている。運転手、漁師、期間工、教員、スポーツ選手。今じゃ流行《はや》りのアクセサリーを付け替える要領で、誰もが軍人になれる時代だ。本職の軍人は私のような事務方ばかりさ」

「何を仰りたいのか、自分には解りかねます」

「認知治療で、彼らの心的な痛みを取り除こうと思う」

シズマの手が握り込まれた。丁寧にアイロンがけされたズボンに、強く皺が残る。

「彼らの自己相を標準のものに再復《リジューム》するんだ」

「それは、人を殺した記憶を薄れさせるだけです」

「事実と経験を切り離すだけさ。物語にならない事実は、記憶の中では意味を成さない。難民を撃ったという事実は、昨日の朝食で魚のムニエルを食べたのと同じ位相になる」

「なぜ、それを自分に伝えるのですか」

「それは君が人理部隊の指揮官だからだよ。君は部下の自己相へのアクセス権があり、なおかつ代相を扱う技術がある。君の同意が無ければ、いくら認知治療を行っても無意味だ」

「僕が気に食わなければ、勝手に自己相を書き換えると？」

「そんなことはしないさ。君は私と同じ側の人間だ」

シズマは何も言わなかった。

人を殺した痛みさえ平準化し、個の感情を三十億人分の自己相に離散させる。この世界の誰かが人を殺したところで、自分に関係なければ痛みは無い。事実は、顔のない誰かの物語として記憶される。

「受けてくれるね」

シズマはただ、自己相にアップされた約款《やっかん》にサインを添えた。

自身もまた、無数の自己相によって生かされている一人の人間に過ぎない。今更、自分一人がそこを抜け出してしまえるものか。

シズマが感情を抑え、紅茶を一口含んだ。それで一区切りついたものとしてサンドラが声を上げた。

「ところで、これを君に渡しておこう」

サンドラはサイドテーブルに置かれていた箱を取り上げ、静かに中を開いてみせた。そのアンティークの小箱に納められていたものは、大西洋世界の美意識とはかけ離れた存在。

「これはあの、アルシニエガ少佐が取り押さえた少女が使っていたナイフだ。君を傷つけたものでもある」

シズマは箱に詰まっていた短刀を取り出すと、改めて電灯にかざして眺めてみる。こうして明るい光の下で見れば、その刃の冴えと柄《え》に刻まれた意匠は単なる山刀ではないと解る。

「処分しても良かったんだが、君に託そう。難民の文化研究の資料にでも使ってくれ」

サンドラが自分を揶揄《やゆ》していることは、すぐに理解できた。しかし何を思うこともない。

シズマは箱ごと短刀を受け取ると、敬礼を一つ残して、応接室を後にした。

デッキに出るまでの短い廊下は太陽の光が溢れ、それに反射する波紋の陰が揺らいでいた。影と明かり、光と陰。二つが交差し、複雑な文様を作っている。

シズマが後部甲板に出ると、強い風が前髪を散らした。大海の如く広がるチチカカ湖の遠景が視界を満たす。遥か水平線に横たわる山嶺が、蜃気楼のように光を放っていた。

燦々《さんさん》たる太陽の光は、真昼の星を覆い尽くす。

シズマは、己の脳内に築かれた可塑神経網で絶えず発火する、意識という陽光を知る。総体となった自己。共通し、共有された巨大な認知圏の火球は、個という相で結ばれるべき星々を消したのだろうか。

「難民たちは、自由意志の中で死んでいったのだろうか」

シズマはサンドラから託された箱を開けると、そこに納められた短刀を手に取った。

何思うことなく、それを首筋に当てる。

その途端、シズマの自己相に警報が鳴り響いた。脳内のいかなる箇所で意識が発生したのか。まるで猟犬のように、可塑神経網は自死の危険性を嗅ぎつけてきた。

自己相の通信ログには無数の相談窓口がアップされ、興奮を抑える為の代相の書き換え法まで丁寧に伝えてくる。

その刹那、シズマは大きく声を上げて笑った。

「自分への殺意ですら、お前は許してはくれない！　彼らを殺すのには躊躇なんてしなかったというのに！　国民が死ぬのは、どうしても嫌なんだな！」

シズマは太陽に向かって叫んだ。船が波を切る音と、吹き荒《すさ》ぶ強風が、その声を散らしていく。

高笑いの最中、シズマの自己相に一件の通信が入った。優しげな子犬のイメージアイコン。フランチェスカだった。

軍属のカウンセラーを務める友人。それが為に、シズマの自己相で発生したアラートが連絡されたのだろう。テキストメッセージ上で様々な文言を並べて心配する旧友に対し、シズマは思いつく限りの言い訳を添えて返した。

「大丈夫。大丈夫さ。うん、そうだ、今度、デレクと食事に行くよ。新しい料理に挑戦しているんだろう？」

シズマの声が届いたのか、自己相の向こう側でフランチェスカが微笑んだ。それから先は、他愛もないお喋りが繰り広げられる。いつかの夜のように。

「フラン、いつまでも君は君のままでいてくれよ」

その呟きは届いたか、あるいはすでに風の音に紛れて聞こえなかったのか。通信イメージ上のフランチェスカが微笑んだ。しかしそれは誰のものでもない。自己相が認識した表情データの蓄積、楽しさという感覚を模倣《エミュレート》して、笑顔というモジュールで包んで再生しただけ。

あの砂漠で見た星を、シズマは何度も思い出そうとしていた。自分だけの記憶、自分だけの感覚。自己相データに紐付けされたプロフィールでもなければ、他人が参照できるライフログの中の画像でもない、あの一瞬を留めておきたかった。

「僕は結局、自分が他人になるのを恐れているだけなんだ」

すでにシズマの声を聞く者はおらず。

高い空が、広い湖が、ただ強烈な青を与える。肌に、眼に、耳に、体の全てに青だけを伝えてくる。清冽《せいれつ》な色の外で、真昼の星は、その影さえ現すことなく。

シズマの手に握り込まれた短刀だけが、太陽を跳ね返し、小さな光を湖上に示した。

第二章　湖上の十字軍《クルセイダー》

1.

あの村の名前をシズマは思い出せない。

アマゾンの源流域、アンデス東麓に広がる高温多湿なセルバ地域の村だった。ジャングルを掻き分けて辿り着く、花々と蜂鳥《はちどり》の群れる、乱雑ながらも美しい地域だった。

緑の山と高い木々の中、僅かに開けた小さな盆地で、ひっそりと人々が暮らしていた。栽培される野菜を都市に卸すことで、かろうじて共和制アメリカの貿易圏に引っ掛かっているような土地。

学生だったシズマはそこに、学費と調査費用の援助があるという理由で訪れた。在りし日のインカ帝国の生活を見ようなど、そこまで大それたことは考えていない。ただ、共和制アメリカの中で別の社会の形を確かめておきたかった。

村長はすでに九十を越す老齢。壮年の村人が整ったカッターシャツを着ている中で、一人だけ、数十年も前のロックバンドの意匠が施されたシャツを着ていたのが印象的だった。

「君は東洋人だ」

短い白髪の下、たるんだ頬と歯の抜け落ちた口で、村長はシズマに笑いかけた。

「僕は、この村の文化を調査しに来ました」

到来の目的を告げると、村長はにこやかに村人達にシズマを紹介した。若者が多いわけではない。村の中で子供は三人だけ。大人はトマト畑かリンゴの果樹園で働き、一部の若者が近くの製油所で働いていた。

「君は、国からの依頼で来た」

シズマはこの村で生活し、その社会形態を調査、報告することで学費を援助される。若い学生の研究旅行としては破格の待遇だった。

「良く生きなさい、君は若い」

老人の言葉にシズマは深く頷いた。村長は自己相の手術を受けていないが、代わりに世話役の壮年男性が村長の分まで便宜を図ってくれた。

穏やかな日々だったように思う。

ジャガイモ畑を耕し、果樹園での仕事を手伝った。時折、村の三人の子供に請われて一緒に遊んだ。自己相を介していれば、もっと複雑なオンラインゲームもできただろうが、ここではそれも叶わない。祖父に教えられた日本の古い遊びをやってみせた。

「森に入る時は気をつけなさい」

ある日、村長のそうした忠告を聞き入れず、シズマは一人で村の近くの森へと分け入った。

いつも遊ぶ子供達がおらず、若者達が街へと出ていたから。シズマの好奇心の矢を向けるには、それだけで十分だった。

艶《あで》やかなランの花々。放射状に広がるアナナスの葉、地面を覆うコケ類。木々のざわめきはウーリーモンキーの渡り、あるいはナマケモノの緩慢な移動。赤い頭のアンデスイワドリが枝に止まって、特徴的な扇状の尾羽根を持つオナガラケットハチドリが鳴いた。あるいはシズマが昆虫学者なら、目の前を飛ぶ青いモルフォ蝶に驚喜したかもしれない。

踏み入れば踏み入る程に、その鮮やかな生物の相に魅了された。水音に気づけば、森の奥で滝が清涼な飛沫を散らしていた。足元を這うシダですら、不気味と思うことはなかった。

だが、やはり人跡至らぬ深い森は、それだけで人間を容易く殺し得る。日が暮れ始めた頃に、シズマは辿ってきた道を見失った。未だマッピングされていない土地だった。

毒虫も、大蛇も、何一つ恐れなかった。ただ一つ、夜の闇を恐れた。

シズマが後悔と絶望の淵にあった時、ふいに森に灯りが現れた。その正体を確かめる間もなく、光の向こうで何かが吠えた。それによって、シズマを狙っていた獣達の気配は消えた。

わけも解らず、シズマは光を追った。

シズマが追えば、その分だけ光は遠ざかる。不安な中、シズマは祖父から聞かされた日本の昔話を思い出す。

山の人、あるいは狼と呼ばれるものの話。害意があるのかも解らない相手が、山奥で迷った人を導いて救ってくれるというもの。

やがて光を追った先で、シズマは村へと続く一本道を見つけることができた。光はいつの間にか消えていた。

ふとシズマが振り返ると、星明かりの中で何かが立っているのを見つけた。

長い毛に覆われた姿。巨体を揺らすこともなく、ただ二本の足で直立していた。その瞳は青く、こちらを静かに見つめていた。シズマが何か言葉をかけようとした瞬間、それは背後へと跳び、深い森の中へと消えていった。

「それはウクマールだ」

村に帰ってきたシズマに対し、村長は叱るでもなく最初にそう言った。

「森の中に住む人だ。アンデスの山奥に暮らしている。我々の知らない人々だ」

村長は畏《おそ》れを込めて、その名を呼んだ。

シズマはそれに似た存在を知っている。ロッキー山脈のビッグフット、サスカッチ。ヒマラヤ山脈のイエティ。コーカサスのアルマス。そして、祖父から聞いた日本の山人《さんじん》の伝説。世界各地で語られる、人類とは別の山の人間達。大型の類人猿やクマの見間違い、あるいは歴史的に山奥で隠れ住む人々、そんな現実的な理屈をつけて、多くの人々はそれを知識の向こう側に追いやった。

「あれは山奥で暮らしているのですか」

「ウクマールの正体は、我々も解らない。若い者は信じてもいない。だが俺は知っている。俺も昔、山で迷った時に彼らに出会った」

村長はシズマに、ウクマールと呼ばれる山の人のことを語ってみせた。一晩中、村長の家のリビングで。世話役の男の呆れ顔をたまに見遣りながら、シズマは村長の遠くを思うような声を聴き続けた。

ただ懐かしかった。かつて祖父が同じように、シズマに日本の昔話を語り聞かせてくれた。もう二度とあるまいと思っていた、あの穏やかな時間の再現。

やがて世話役の男が老人を寝室へと連れて行くと、残されたシズマは村へと出て、早起きな働き者達が鶏の世話をしているのを横目に歩く。アンデスの山嶺を真っ赤な太陽が染め始めた。

あの山のどこかに、自分を救った存在がいるとしたら。

シズマは自分の胸に沸き起こる静かな興奮に、ようやく気づいた。学業を続けている中、どことなく感じていた喪失感は、この時になって初めて満たされた気がした。

シズマは旅の目的を果たし、その三日後に村を発った。

帰ってから仕上げたシズマのレポートは詳細なもので、国防総省の担当者もその出来に満足気だった。ただ、自分が山奥で出会った存在と、老人から聞いたウクマールの話は書かないでいた。それらだけは、いつまでも自分の胸の中の感動にしておきたかった。

「君のレポートは、完璧だった」

大学の中庭で、そう声をかけてきたのは、統合軍の広報部の人間だった。個性のない顔の男。自己相での照会を経て、男はシズマを訪ねた理由を述べてきた。

「セルバ地域の散村におけるコミュニティと社会的ネットワークの要点。非常に興味深い。彼らは自己相社会にいながら、自己相を持たない長老格を中心にまとまっていたんだな。それはデータを眺めているだけでは気づけなかった」

「何が、言いたいのですか」

「重要な素質なんだ」

男はそこから始まる美辞麗句を、次々にシズマに浴びせかけた。共和制アメリカに必要な才能、統合軍が求める人材、自分達と違う存在を冷静に捉える眼。

「君は文化技官になるべきだ」

次の授業に向かうシズマに、男は叫ぶようにそう付け加えた。最後に、とだけ言って、人理部隊と呼ばれる軍の組織についてのパンフレットデータを送ってきた。

「考えておきます」

そう言い残して、その場は別れた。

自分がどこへ行くのか、何をしたいのか、シズマはそれほど真剣に考えてこなかった。

数年後、シズマは人理部隊に属していた。

心境の変化は確かにあった。だがそれを言葉にして語るには、いくらか勇気が必要だった。おそらく、その心の動きを誰かに伝えることなど、永遠にないのかもしれない。シズマはそれを理解している。

シズマはあの村の名前を思い出せない。

自己相で検索すれば出てきたはずの名前は、すでにいつかの段階で削除されていた。自分がどこかの段階で情報をアップデートした時に、確かに記憶していたはずの情報を欠いてしまっていた。

人理部隊の任務でセルバ地域を訪れた時に、あの時の村を探そうと思い立った。ふと昔を思い出し、自己相の中ではない、自分の脳の記憶を頼りに村を探した。

あの村があった場所は、更地になっていた。

単なる記憶違いだと思いたかった。しかし、開けた盆地から見た山の姿は、角度も影も、何もかも同じだった。あの純朴な村人達が、僅か数年の間に姿を消していた。

「どこへ」

森の奥に問いかけるように、シズマは呟いていた。

帰ってきてから、シズマは人理部隊の記録を漁り、当該地域が統合軍の差配で移転させられていたことを知った。

前世紀から続く極左勢力の残党が作った村だという。あの温厚そうな男性達が、あの年老いた村長が、かつては数多くの人々を虐殺してきたのだという。

テロリズムの温床、内戦の導火線、様々な呼ばれ方をして、その村の社会形態が詳細にデータにまとめられていた。統合軍は、その村を自己相社会を脅かすものと規定し、村人を半強制的に移住させ、自己相の管理下に置いたのだ。

その呼び水は、シズマが学生時代に作った報告書だった。

国防総省は学生や学者を使って、軍人では立ち入れない見地から戦争を仕掛けていた。シズマがやらずとも、他の誰かが報告し、結局は統合軍によって村は消されていただろう。

これが人理部隊の、文化技官《クロニスタ》の戦争の方法だった。

「僕が見たのは幻だったのかもしれない。でも僕は、確かにあの人を見た。山の奥で暮らすウクマール。彼らと僕らに、なんの違いがあるんだ。僕らもまた、明日にでも社会から追われて、幻になってしまうかもしれないのに」

話しかけた相手は、いつか隣で笑っていた。

誰に向けた言葉だったか、シズマは思い出せない。

2.

「調子はどうだ、ええ、モーリス！」

病室に響くデレクの声に、ベッドの上のモーリス・チャイルドバートが顔をしかめた。

「グッドマン軍曹、貴方の声で今にも傷が開いてしまいそうです」

モーリスなりのジョークにデレクは声を上げて笑い、シズマもまた頬を緩めた。手にした見舞いの花は、そのままサイドテーブルへ。窓の外に広がるチチカカ湖の変わることのない青さ、それ以外の色彩を欠いた軍病院なら、この程度でも目の保養になるだろう。

「サイモン分隊長まで、わざわざ自分の為にありがとうございます」

「元はといえば、僕の判断ミスだ。すまなかった」

シズマが頭を下げると、モーリスは慌てて手で制そうと肩を上げ、小さく呻いた。

「申し訳ありません、分隊長。まだ自分は万全とはいかないようで。例の難民の居留地はどうなりましたか？」

「武装難民と接触があった一部の難民は、そのまま統合軍の方でこっちに移送しているよ。残りは、引き続きあの居留地で暮らしている。とはいえ、あんなことがあったんじゃ、すぐに人理部隊が入ることもないだろうさ」

「ま、しばらくは俺達の出番も無いってわけだ。お前もゆっくり休んでろよ」

デレクが浮かれた調子で拳を突き出し、モーリスもまたそれに応える。

「それよりも、だ。モーリス、再復《リジューム》の処置はまだ受けてないのか？」

「ええ、まぁ」

モーリスの表情がにわかに陰り、横で控えるシズマの顔を捉えた。

「僕のことなら気にしないでくれ。君は君で再復処置を受けた方が良い。あの戦闘では、陸軍の兵士の多くが心的外傷を負った。君も再復して、自己相をクリーンに保つべきだ」

シズマの言葉を受け、それでもモーリスは険しい顔を崩さない。

「自分はそれでも構いません。ですが、分隊長、貴方は再復処置をなさらないと聞きました。

今までもそうです。激しい戦闘や、難民の虐殺の現場に居合わせて、ずっと再復を受けないというのは、その、こちらとしても心配になります」

「君の配慮には感謝するよ。でも、自己相の扱い方は個人で向き不向きがある。僕は再復が苦手なんだ」

シズマは深く息を吐く。

記憶をリセットする。不安や憂鬱を取り除く。自己相を持つ者なら誰でも行う、精神の健康を保つ為の儀式。常に〈正しい人〉であることを望まれる人々の輪に、どうしてもシズマは馴染めないでいた。

「ま、この頑固者のことは諦めて、お前はお前ですっぱりと再復しちまうんだな」

片目を瞑りつつ、デレクは大仰に笑った。

「モーリス、僕はね、再復を受けてこんな馬鹿になるのが嫌なだけなんだ」

シズマの軽口に、デレクが脇を小突いて返す。

そうして他愛無い雑談が続く。デレクとモーリスは、ふざけて病室を往来する女性看護師の品定めに興じ始めた。シズマはその輪から少し外れ、窓辺に椅子を引き寄せて、遠くチチカカ湖の波を見る。

デレクはすでに再復を受けた。

居留地の夜、シズマとの間に生じた感情のすれ違いももはや無い。デレクの脳内で結ばれた感情と認知の結節はすでに解かれ、可塑神経網《プラスチックニューロン》によって自己相にストレージされた過去の正常な状態を上書きされている。難民を殺した記憶も、シズマと対立しそうになったことも、自分の物語の外に押し出して、いつものように、あの舞台俳優めいた人格《キャラクター》をなぞっている。

デレクだけではない。モーリスも、ホアキンも、誰であっても、自己相の舞台に上がれば、用意された役を演じるだろう。個人の純粋性などは無く、共有された意識の脚本の中で、それぞれが相応しい役割を果たしていくだけ。

シズマは湖に反射した太陽の光から、思わず目を背けた。

「おい、シズマ。そろそろ行くぜ」

振り返れば、見舞いを終えたデレクが病室の入口で待っていた。シズマも頷き返し、モーリスに挨拶を済ませようと立ち上がる。その時、モーリスの方から小さく声がかけられた。

「分隊長、あの、副隊長のことですが」

「ホアキンがどうかしたか？」

「いえ、聞いておられませんか？」

シズマが首を振ると、モーリスが寂しそうに口の端を上げた。

「では、きっと自分にだけ先に言ったのかもしれません。副隊長も、悩んでおられたようですから」

「大丈夫だ、話してくれ」

ベッドの上で、モーリスが首を動かして、シズマを真正面で見据える。その目には、何か強い意志が込められているように思えた。

「副隊長は、軍を辞めるそうです」

シズマは数秒ほど押し黙り、最後に「そうか」とだけ返した。

人理部隊は、目的に応じて度々再編されるが、軍を辞める人間が多いことも、その理由の一端になっている。いかに自己相で軍人になりきろうとも、年配の学者では根本的に体力が追いつかない。そして、それ以上に、学問を戦争に使うことの是非に、思い悩む者が多いのも確かだ。

「ホアキンは、どこまでも学者だったんだよ。きっと学問を人殺しの道具にしたくはなかったんだろう」

何かに言い訳するように、シズマは一息で言い遂げた。

「僕とは違う」

最後にそう付け加えると、シズマは静かに病室から去った。背後のモーリスへ手を振るデレクを引き連れて、白い廊下を歩いていく。

電灯の淡い光が、シズマの目を細めさせる。

浮島は、三十六に区分された大規模浮上構造物《VLFS》が雪の結晶のように繋がって構成されている。約七百平方キロメートル、チチカカ湖上に築かれた国境都市。共和制アメリカ軍が駐留している第一キャビンから第六キャビンまでは、一般人の立ち入りが禁止されているが、それらを除けば、残りは商業区として開かれている。各キャビンは、必要に応じて増設されたものであり、数が下る程に新しいものになる。それは一方で、より雑多な人間の流入も意味している。

シズマは、デレクに連れられて第二十七キャビンの一角を歩く。すでに日は暮れた。薄暗がりにオレンジ色の燈籠、黒い屋根瓦に朱塗りの柱。目につく毒々しい看板の色は、このキャビンが華僑の投資により造られたことを示している。中華風の建物は複雑に絡み合い、至る所に影を作っている。視線をやれば、大陸アジア系の人間が忙《せわ》しなく道を行き来していた。

「ははぁ、やっぱり焼包《シャオパオ》は喀水楼《カースイロウ》のに限るな」

「食べ過ぎだ。見てるこっちが胃もたれする」

歩きながら煙草に手を伸ばそうとするデレクを制しつつ、シズマは空の月を見上げた。

「味覚もシェアしとくか？　俺の好みに合わせりゃ、もっと食の多様性を楽しめるぜ」

「やめてくれ。僕の舌は繊細なんだ」

「フランの料理を楽しめるくらいにはな」

二人分の笑い声が、細い路地に響いた。

シズマにとっては、この第二十七キャビンの風景は、学生時代によく訪れたサンフランシスコのチャイナタウンを思い出させる。デレクにとっても、それは同様なのだとよく解る。

昔を思い出そうとする日は、いつだってそうだった。そうした日はいつだって、シズマはデレクと連れ立って、水浸しの広告紙を押し固めたような、この騒々しい街へと繰り出す。

「こんなジョークがある」

デレクは耳の裏を叩きながら、横を歩くシズマに声をかける。

「昔、ある西洋人が中国人の家で置いてあった美術品を褒めた。中国人は面子《メンツ》を大事にして、その美術品を贈った。西洋人は何度も家に来て、何度も美術品を褒める。その度に、中国人は美術品を贈る。西洋人はその美術品を売って大満足。中国人は、家に何も無くなったが、面子を守れて満足。って、そんなお話だ」

「文化の違いだ。かつての西洋人にとって重要だったのは物質的な豊かさで、中国人に大事だったのは精神的な豊かさだった」

自己相が普及した今だからこそ、それが多くの人にとって冗談に聞こえるのだろう。人種の違いが、貿易での不利益を生んだ時代はとうの昔に過ぎ去っている。

「そういや、シズマ」

デレクが耳から指を離した。自己相を通じて音楽チャンネルを開いていたのを止めたようだった。

「ホアキンのことはモーリスから聞いたよな」

「ああ、軍を辞めるんだろう」

「じゃあ、モーリスのことは聞いたか？」

シズマは首を振った。

「モーリスのやつも転職だそうだ。無人機のオペレーターとして別の部隊に配属されるよう手配したらしい。人前で戦うのは、もうごめんだとよ」

デレクからの言葉に、シズマは何も返さなかった。

「そりゃそうだ、アイツは優しいやつだった。誰も殺したくなくて人理部隊に入ったような人間だ。それが目の前で次々と難民が死ぬのを見てりゃ、嫌気が差すってもんだ」

シズマはただ街の喧騒に耳を浸す。どこかの店から、ＢＧＭとして使われた二胡《にこ》の音色が聞こえてきた。

「人理部隊も、これでひとまず解散だ。まぁ、次の招集の時には、また一緒になれるように祈ってるよ。分隊長殿」

「別に部隊に拘《こだわ》るつもりは無いさ。皆、好きなように生きていってくれていい。軍人であり続ける理由は、どこにも無い」

シズマの答えに、デレクは溜息を残して先を歩く。街を細かく区切る建物の間を進む。月明かりが浮島の一角を照らす。幻惑的な燈籠の連なりに、二人の影が何度も揺らめいた。

「おい、シズマ」

先を歩いていたデレクが、調子を変えて声をかけてくる。前を向いたまま立ち止まり、左腕を上げて小さな路地を示す。迷路のような裏路地の、さらに中へと入り組んだ建物同士の隙間。排気ダクトから漏れるのは、近くの店で饗《きょう》される中華料理の油の澱んだ臭い。

「どうしたんだ」

「静かに来てくれ」

デレクの横につけると、シズマの耳にもそれは聞こえてきた。

女性の啜り泣きの声、そしてガチャガチャと鳴る耳障りな音。時折、ケチュア語で男の声が混じる。

「あれを見ろよ」

デレクに言われるまま、シズマが狭い路地を見ると、そこで数人の男達が一人の女性を弄《もてあそ》んでいた。髪を振り乱し、引き裂かれた服を必死に握っている茶髪の白人女性。

「手荒なプレイじゃないか」

冗談めかしているが、デレクは目の前で起こっていることの意味を知っている。自己相を持っている者ならば、あらゆる犯罪行為に対して警告がなされ、違反者は自動的に通報されることになっている。つまり、この状況で犯罪を行える存在は――。

「難民だ」

デレクはそう言うと、当然のように路地へと踏み込んだ。

陵辱の現場に紛れ込んだ人間に、男達は未だ気づいていない。一人の男が背後の気配に意識を向けた時には、すでにデレクに頭を摑まれ、手近な壁へと打ちつけられていた。

「おい、随分と楽しそうだな」

男が呻き声を漏らして崩れ落ちた。シズマもまた、その段になって路地へと入っていく。

「俺も混ぜろよ」

安っぽい挑発は、デレクの可塑神経網が選択したケチュア語の語彙。それに反応してか、女性を放り出して、男達がデレクに対峙する。数は四人。

ナイフをちらつかせた一人が、次の瞬間には鼻先を蹴り飛ばされていた。飛びかかろうとした男は、デレクの肘に打たれて地に伏した。いかに集団で来ようと、自己相で反射神経を補っている軍人に難民が敵《かな》う道理はない。

「おいおい、もっと来いよ。舐めてんのか」

ケチュア語で騒ぎ立てる男達に向かい、デレクは足元の男の胴をこれ見よがしに蹴りあげる。その光景に耐えかねたのか、リーダー格とみられる男が拳銃を引き抜いた。

銃声が響く。

硝煙はデレクの拳銃から。対峙した男は、肩から血を流し、その場に倒れ込んだ。

「いいぜ、俺に銃を向けたな。殺してくれってわけだ」

デレクが引き抜いた拳銃は左右に揺れて、残った男達の額を過たず狙い澄ます。

「デレク、やり過ぎだ」

「どこがやり過ぎだ。こいつらはな、俺達の世界の人間をレイプして、挙句に銃を向けてきた。こいつらを守る法はどこにも無いぜ」

デレクの背を、シズマが虚しく見つめる。その向こうで、力をなくした女性と、肩を撃たれた男がゴミの上で重なって倒れていた。ケチュア語の響きが路地にこだまする。泣き喚く者と、命乞いをする者。

「耳障りだ。ここでお前らを殺しても、誰も俺を罰しない。お前達は人間じゃない！」

デレクが、さらに一発、銃弾を放った。爪先を撃たれた一人の男が呻いてうずくまる。

「デレク！」

シズマの声に振り返ったデレクが、周囲を飛んでいる警備用ドローンに気づく。

「女性からの通報は済んでる。これ以上は僕らの仕事じゃない」

返ってきたのは小さな舌打ち。

警備用ドローンが路地へと舞い飛び、捕縛用のスタンネットを射出する。網に覆われた男達は即座に無力化された。死の恐怖に晒されていた男達は、本来なら逃げ回るべきドローンからの慈悲に、無意味な安堵の表情を浮かべた。

「こんなやつらのせいで、俺たちはどれだけの犠牲を払った？　ホアキンも、モーリスも、こんなやつらの為に部隊を離れていったんだぞ」

「不法難民と居留地で暮らす人らを一緒に考えるな」

シズマが被害者の女性に駆け寄る一方で、デレクは足元に転がる男の一人を踏みつけた。

「シズマ、軍人は弱者を守るのが職務だろうが。大勢の暴漢に襲われた女性と、夜な夜な浮島に入ってきては犯罪を繰り返す難民集団。お前は、どっちを守るつもりなんだ」

「僕が守るのは、いつだって共和制アメリカの憲法だ」

「その憲法が、そいつらの生存権を認めちゃいないんだ。殺人だろうが、過剰防衛だろうが、罪に問えるかよ」

デレクの冷たい目が、燈籠の揺らめきに照らされた。

難民への言い様のない怒り。それは自己相を持つ者ならば、誰しも抱くものだったのだろうか。人々を此岸《しがん》と彼岸で分けて、自分達と違う側を執拗《しつよう》に追い立てる。

「――国境憲章第六章、人間の尊厳はその能力の高低に関わらず常に平等であり、文化的、社会的な優劣をつけるべきものではない」

シズマが一息に告げると、デレクは黙りこみ、少ししてからわざとらしく肩を竦めた。

「解ったよ。人理部隊は人間の平等を実現させる為の部隊だ。分隊長殿の言葉には従うよ」

足元の男に一瞥《いちべつ》くれてから、デレクは短く溜息を吐いた。直前まで模倣《エミュレート》していた相を解き、いつもと同じ友人の表情を作る。

「ケチがついた。こういう時は飲み直すに限る」

乾いた笑い声を残して、デレクが路地を後にしようとする。

シズマは抱き起こした女性の虚ろな瞳を見た。自己相を調節して、感情を一時的に塞いでいるようだった。何も残りはしない。この女性もまた、カウンセリングを受け、明日には再復処置を受けるだろう。コードの描かれた小さな紙片を飲み込んで、全てを忘れるだろう。事実を全て切り離して、昨日と同じ〈正しい人〉として生きる為に。

シズマは法を犯す難民に同情はしない。

しかし、それを裁くべき者の姿も知らない。罪を犯すのが人間の本来の在り方だとしたら、自己相を持った人間達は、一体何を得たというのか。

その答えを、シズマは見出せない。

3.

フランチェスカ・ギセリ。

その女性は、今でもシズマの心の中で一際に輝いている。学生時代のマドンナ。デレクを含めて三人で過ごすことが多かった。ただ一緒にいられるだけで楽しかった。

フランチェスカは、今は統合軍の心理医官として働いている。再復治療によって、戦場で心に傷を負った軍人が救われている一方で、フランチェスカのカウンセリングは再復後の軍人達の日常生活を支えている。

その友人からもたらされた、短い救難信号。「とても困っているから、助けて」、そんなテキストメッセージがシズマとデレクの二人の通信相に送られてきた。

そうして二人は、浮島の第一キャビン、統合軍本部の司令塔《タワー》にいる。南米に展開する統合軍第四軍を指揮する中枢たる高層ビル、その二十三階、カウンセリング部門が所管する一角へ向から廊下を通る。

「それで、我らがお姫様は何をしているんだ」

「難民の認知検査だそうだ」

「さんざん居留地でやったやつだろ？　なんで今更」

廊下に掲げられた数々の抽象絵画。いずれも心理的平穏をもたらすように、定められた間隔で配置されている。

「通常の認知検査から漏れた人物が、一人だけいる」

シズマが静かに告げる。視線の先にあるのは、穏やかな照明に照らされたカンディンスキーの絵。

「例の、金髪の少女だ」


シズマが部屋の扉を開けた時、僅かに瞠目《どうもく》し、そして溜息。後に続いたデレクは、その光景を見て憚《はばか》ることなく大いに笑った。

「あ、シズマ！　デレク！」

落ち着いた色彩のカウンセリング室で、フランチェスカが自身のアッシュブロンドを振りながら、前に座らせた少女の長い金髪を三つ編みに作り変えている。

「何をしてるんだ、フラン」

眼鏡の奥で、フランチェスカの無邪気な瞳が輝いた。

「だって、この子、こんなに綺麗な髪してるのに、全然おしゃれにしてないから」

「お人形遊びじゃないんだぞ」

ソファに腰掛ける彼女は、興味もないのか無表情でいる。ただ背後で朗らかな笑顔を浮かべる、この天真爛漫な心理医官にされるがまま。落ち着き払った少女の姿にシズマは安心したが、その手にかけられた手錠を見て、少しばかり顔を曇らせた。

それに気づいたのか、隣のデレクが脇を小突く。

「仕方ないだろ。あれだけのことをやったんだ。拘束ぐらいはされる」

「彼女に悪意はなかったんだ。陸軍から自分の身を守る為に仕方なく反撃した」

シズマとデレクが小声で話し合っていると、フランチェスカが一際に明るい声を発した。

「まぁまぁ、そんなところで立ってないで座りなよ。二人とも久しぶりだね、一緒に会うのはいつぶり？　任務は終わったんだよね？　ゆっくりできる？　紅茶淹れるよ。それともコーヒー？　あ、聞いて聞いて、今度オーストラリア料理作るから、二人で食べに来てね」

ぱたぱたと部屋を歩き回り、その都度、他愛無い言葉を繰り返していくフランチェスカ。いつものこと、と割りきって、デレクは設《しつら》えられたソファに腰掛けた。

「ヒュラミール」

シズマが何気なく呟くと、三つ編みの彼女が首を動かし、その姿を確かめた。その瞬間、彼女の瞳に灯った安堵の光をシズマは見て取った。

「シズマ。シズマ・サイモン」

表情は変わらないが、彼女のまとっている雰囲気が柔らかなものに変わった気がした。シズマもようやくソファに座り、彼女に対峙する。

「イリク・ブラ・ナナミス」

突然の言葉にシズマが面食らっていると、彼女は小さな動きで自身の腕を示した。

「ああ、腕は痛くないか、ってことか。大丈夫。もう痛くないよ」

シズマは微笑んで左腕を上げてみせる。

それを見て、少女は僅かに頷いた。控えめな微笑みのようにも感じられた。

「すごい」

背後からフランチェスカの声が届いた。

「ちゃんとコミュニケーション取れてる」

「僕をなんだと思ってるんだ。文化技官の仕事の一つは、自己相を持ってない相手と対話することだ」

フランチェスカがシズマとデレクの前に、それぞれ紅茶とコーヒーのカップを用意する。

「それだよ、それそれ。私、そのことで二人に相談があったんだよ」

「どれだよ」

デレクがコーヒーに口をつける。

「私も自己相を持ってない人を相手に認知検査をすることがあるから、今回の仕事も任されたんだけど、でも、全然ダメ。その子、私とじゃ全然話してくれない。少しだけ英語を喋れるみたいだけど、他の言葉が、その、どのパッチにも無い言語で」

「特殊な言語だよ。現地化語《クレオール》か、もしかしたら大西洋世界や少数部族の影響があるのかもしれない。さっきのだと、〝ブラ〟は腕《ブラゾ》の変化だと思うし、〝ナナ〟はケチュア語で痛みだ。後は意味が解らないが、それぞれ疑問詞と動詞の否定だろう。疑問詞を最初につけるのはフランス語やスペイン語の特徴で、〝ナナミス〟で痛み、無い、かな。そこはアジアの言語と似ている構造だ」

シズマの説明を食い入るように聞いていたフランチェスカ。興味なさげにしているのは、デレクと、当の彼女。

「すごいすごい、やっぱりシズマに相談して良かったよ。ね、お願い、これから認知検査をしていくんだけど、シズマが通訳してくれないかな？」

シズマの浮かべた複雑な表情に、フランチェスカが脳天気な笑顔を返す。


それから数日の間、シズマとフランチェスカ、そして除け者になるのを嫌って同席したデレクとで、彼女の言語と認知に関するテストが繰り返された。

「この百科事典も、久しぶりに役目を果たせる」

シズマがテーブルの上に広げた百科事典は、カウンセリング室の棚に収まっていたもの。紙の本がデッドメディアになってから、単なる調度品として、過去の歴史を威厳として示していた程度の存在。

「ヒユラミール、ここは？」

「腕《ブラ》」

「それじゃあ、ここは？」

「脚《タキ》」

シズマが事典をめくり、人間の体が描かれたページを開く。一つずつ指し示して、対面で座る彼女から言葉を聞き出す。

「教えてくれて、ありがとう」

「ありがとう《クラムス》」

彼女が自分の言葉で返してくる。それまで上手くいっていなかったコミュニケーションが、シズマが来たことで劇的に改善されたと、フランチェスカも喜んでいた。

「今はどんな調子？」

ソファに寝転がって音楽を楽しむデレクを差し置いて、フランチェスカがコーヒーを携えてシズマの横に座る。

「湖《コッエ》、山《アマビ》、空《ナバシ》、それに青い《ミニ》、黒い《セバロ》。話してる中でいくつかの単語が解ったけれど、まるでバラバラだ。ケチュア語、アイマラ語、それにスペイン語の語彙が変化しながら使われていて、その中に独自のものが混ざっている」

「あとは、単語で母音が少ないのも特徴だよね」

フランチェスカが、ペンを使ってメモを取っている。シズマが裏でデータ化しているものをアナログな手段で記録しているのは、ただ単に、フランチェスカが自己相の扱いが苦手なためだ。

「語彙に偏りがあったよね。海を見せても湖と同じ言葉で、現代の機器なんかを表す言葉も無かったし」

「おそらく、使うことの無かった単語だと思う。このアンデスの中でのみ生きていたんだ」

二人があれこれと話していると、ソファの上のデレクが手を上げた。

「それならよ、どこかの少数部族で暮らしていた大西洋世界の難民じゃないのか？」

その問いかけに、シズマは首を振って答える。

「その可能性もあるけど、何かが根本的に違う気がするんだ」

「聞いたこともない言葉——だよね？」

「自己相の敷設が間に合っていない少数部族であれ、その言語はデータとして記録されている。それがどこにも無いんだ」

三人の間に穏やかな時間が流れる。全員で一つの課題に取り組んでいるようで、誰となく、大学時代のことを思い起こしていた。ソファに寝そべるデレク、忙しなく部屋を歩き回るフランチェスカ。そしてシズマの胸を満たす、長らく忘れていた、学問に対する探究心。

「ヒユラミールちゃんは不思議な子だね」

シズマは頷いて、フランチェスカのメモ帳に指を這わせる。

「そうだな、君は不思議な子だ。ヒユラミール」

そこに示された単語は二つ。

白い《ヒユラ》、星《ミール》。

これが、この数日の間に手にした答えの一つだった。

「君は、ヒユラミール」

シズマが優しく呟く。それを聞く少女は大人しくソファに座っている。あの夜の騒乱など嘘のように、彼女はシズマの前で、手錠をしたまま静かに百科事典をめくっている。フランチェスカに弄ばれた金色のサイドテールだけが、愉快な調子で左右に揺れる。

「こうしてると、信じられないな。そのガキが、大勢の軍人を殺したことも――」

「正当防衛だよ」

「言うなよ、シズマ。もう解ったよ。そいつは猛獣みたいなもので、俺達が不用意に触れちまった。そうだろ」

デレクが呆れた様子で、手にしていた古雑誌を振る。

「そのガキの、一体どこにそんな……」

デレクが言いかけた瞬間、事典をめくる彼女の手が止まった。視線が一点を見つめる。

「落《ル》ちる《マ》」

「え？」

フランチェスカが意味を聞き返すより先に、テーブルの上のペンが、ころころと転がって落ちた。

その光景は、シズマに違和感を覚えさせた。

「今、彼女は落ちることを先に言わなかったか？」

「ああ？　転がったのを見て言ったんだろ？」

「違う。彼女が落ちると言ったのは、転がり始める直前だった」

シズマはペンを拾い上げると、そのまま彼女の顔に近づけて振った。青い瞳がそれを追って左右に揺れる。右、左、右。次第にスピードを早める。

その一瞬、シズマは左から右に振るはずのペンを真上に放り投げた。彼女の視線はシズマが手を離すより僅かに早く、飛んで行くペンの軌道を捉えていた。

それが示す事実に気づいたのは、シズマだけだった。

通常の人間よりも、僅かに早い反応速度。軍人ならば、エミュレートによって量子信号を発火させて、人間の肉体の限界に近い速度で挙動を行える。しかし彼女は、それを自然に有しているのではないか。そうであれば、軍人達に対して示した、あの人並み外れた運動神経の理由も解る。

「彼女は、もしかしたら、僕らよりも速い認知速度を持っているのかもしれない」

「どういうこと？」

「人の意識は波なんだ」

そのシズマの物言いに、フランチェスカは首を傾げる。

「いや、唐突すぎたかな。でもそういう学説があるんだ。人間が今を今として認識するまでに時間的な制約があるって話さ。人の脳が、空間と状況を認知して、自分の意識の中に組み込むまでには時間がかかる」

「ベンジャミン・リベットの実験だ」

今度はデレクが、ソファに寝転がりながら、あくび混じりにシズマの言葉を継ぐ。

「人間は、手を動かそうと思ってから手を動かすんじゃない。思考より先に、脳の中じゃ手を動かす為に神経が動いてんだよ。で、神経の伝達速度の限界が、およそ〇・三秒。つまり手を動かすことを選択してから、〇・三秒後に、ようやく人間の脳は自分が手を動かしたという事実を意識する、って、そんな話だ」

　フランチェスカが何度か頷いた。シズマとデレク、二人がかりの説明を、一所懸命に理解してくれようとしている。

「今を今として認識した時、つまり意識を持った時には、すでに人間は〇・三秒後の世界を生きていることになる。意識は人間の身体に先行しない。拭い切れないズレの中でしか、人間は生きられないんだ」

「それじゃあ、この子は私達より未来に生きてる、ってこと？」

　フランチェスカが面白そうに、静かに座る彼女の顔を見つめた。

「未来とか、そういうのは解らないけれど、とにかく僕らとは別の認知体系、別の意識を持っているのは確かだと思う。彼女は視覚に対して独特の認知を持っている。いや、おそらくは聴覚もだ。以前に指向性音響装置《スクリーチ》を使った際に、彼女だけが反応しなかった。それは民族的な特性かもしれない」

　アンデスで暮らす民族に視野の偏重があるように、あるいは彼女もまた、認知に対する偏重がある。その可能性に気づいた時、シズマの心に、今までとは別種の興味が湧いてきた。

「もしかしたら、認知検査でもっと面白いことが解るかもな」

　静かな興奮を示すシズマ、呆れ顔のデレクと、どこか懐かしそうに微笑むフランチェスカ。

そして、三人を不思議そうに見つめる彼女。

「ヒュラミール、君は一体、どこから来たんだ？」

彼女はきょとんとする。やがてシズマからの問いかけは無視され、彼女はテーブルの上の百科事典に目を落とした。

「こりゃお手上げだな、シズマ」

その時、彼女の手元で百科事典が小さくめくられた。どういうわけか、彼女はある一ページで手を止めると、今度は何度もシズマの瞳を覗き込んでくる。

ページに描かれているのは、古い伝説を表したものだった。

黄金郷《エル・ドラド》。

その見出しの下には、コンキスタドールがインカ帝国を征服する様子が描かれた図版と、イメージとして描かれた黄金で装飾されたピラミッドが載っている。

「コニス・マリ」

彼女の言葉に、フランチェスカがメモ帳を開き、自作の辞書を引く。

「都市《マリ》、だって。じゃあ、コニスって」

意味を確かめるまでもない。彼女が指し示す事典に描かれている風景は。

「黄金の、都市だ」

シズマが小さく、彼女の言葉を繰り返した。

「そこから、来た」

彼女は、短く、英語でそう伝えてきた。揺れる麦穂のように、金色の髪をなびかせて。

黄金都市から来た、白い星の少女。

4.

シズマは手にした短刀を確かめている。

「しかし、冗談だろ？　黄金郷なんて」

デレクは薄ら笑いのまま、廊下の先を進んでいく。この日より彼女の身柄は、二十三階から陸軍が管理する第二キャビンの拘留施設に移されていた。慣れない道。掲げられていた抽象絵画は、ここでは共和制アメリカを表す十字の御旗に変わっていた。

「黄金郷の伝説は、コンキスタドールをこのアンデスに導いた」

「知ってるさ。遥か輝く黄金の都。そいつを追い求めて、残虐なスペイン人達はインカ帝国を滅ぼし、何人もの冒険家が南米中を歩きまわった。確かに古代の帝国は大量の黄金細工を持っていたが、黄金郷なんてものは存在しなかった」

アンデスのエル・ドラド、中米のシボラの七都市、アマゾンの失われた都市Z。いずれも伝説に語られる幻の都の名前。しかし、そのどれもが伝説でしかなかった。すでに世界のあらゆる場所が踏破され、未知なるものは駆逐されたはずだった。

しかし。

シズマが手にした短刀は、サンドラから託されたもの。少女が持っていた、唯一、その出自を示すヒントでもあった。

「このナイフに、特徴的なデザインがあるんだ」

シズマは、前を歩くデレクの自己相に、自身がデータ化した情報を送る。ナイフの柄に刻まれた意匠をコピーしたものと、それに関する所見、そしていくつかの画像データ。

「なんだこりゃ。随分とサイケデリックじゃないか」

「杖を持つ神《スタッフゴッド》。そう呼ばれる存在だよ」

ナイフの柄に描かれていたのは、頭飾りのある獣に似た面貌、両手に杖を握った姿、周囲には渦を巻いた幾何学模様。

「紀元前から、このアンデスで栄えていたプレ・インカ文明の神の姿さ。アメリカ大陸最古の文明。ノルテチコ、ティワナク、プカラ、ワリ。いずれもこの地で栄えた古代文明。それらの遺跡に共通して見られるモチーフが、その神の姿だ」

「そういうデザインのレプリカじゃないのか？」

「最初は僕もそう思って、気にもしなかった」

シズマは、自分が握り込んだ短刀が、その一瞬に重くなった気がした。

「ウィラコチャという、インカ帝国で祀られていた神がいる。画像も送ったと思うが、これも杖を持った神の姿だ。そして、ケツァルコアトルというアステカ文明の神もまた、杖を持っているとされる」

シズマは続けざまに、デレクの自己相に自身の持つデータを投げ込んでいく。デレクの方も、歩きながらそれを確認しているようだった。

「いずれも人間に文明を与えた後、姿を隠した神だと言われている。そしてそれらの神は、白人の姿だったと伝説にはあるんだ」

「ははぁ、シズマ、俺はお前が何を考えてるか解ってきたぞ」

デレクは振り返ると、小馬鹿にするような笑みをシズマに寄越した。

「つまり、あの白人の少女は、その伝説にある神の末裔だと、そう言いたいわけだろ？」

シズマは溜息を漏らし、早足になってデレクの横につけた。

「さすがにそこまでは思わないよ。僕が言いたいのは、そこに白人を神と崇めている文化があった、ということだ」

「おうおう、じゃあシズマ大先生の推理を聞かせてくれよ」

「彼女は、白人の特徴を備えている。おそらく過去、何らかの理由で大西洋世界の白人が、このアンデスの奥地に入り込んだ。彼らは、杖を持つ神を信仰する集団と出会い、そこで神として崇められた。彼女は、その地で過ごしてきた。僕はそう考えている」

デレクは、ふん、と、つまらなそうに鼻から息を吐いた。

「それなら、あのガキの運動神経はどうなんだ。人間よりも速い認知速度。俺からしたら、神の末裔だって言われた方が納得がいくぜ」

「それは」

シズマが何かしら言い返そうとしたところで、デレクが足を止めた。廊下の角を曲がった先が、彼女が拘留されている一室になっている。その正面の扉の前に、小銃を備えた陸軍の軍人達が数人並んで立っていた。

「おいおい、結構なお出迎えだな」

デレクが挑発するような言葉を放ちつつ、大股で軍人達の前へと進み出る。シズマもまた、不穏な空気を感じつつ、慎重に足を進めた。手にしていた短刀は、自然と腰元に隠していた。

「シズマ・サイモン准士官に、デレク・グッドマン軍曹ですね」

軍人の群れから、一人の女性が歩み出る。背は高くなく、浅黒い肌に短く切り揃えた黒髪に、小さな制帽が乗っている。切れ長の目元と精悍《せいかん》な顔立ちは化粧映えしそうだが、それらを意に介さない、職業軍人としての鋭さがある。

「クラウディーナ・シサ少尉です」

女性は手を差し出し、自己相のリンクを許した。職務上の礼儀として、シズマが前に出て握手をする。自己相に上げられたクラウディーナの経歴と個人データは、即座に横のデレクに共有された。

「アイマラ族の女性英雄の名前だ。その名に恥じない経歴、というわけですね」

シズマの言葉にクラウディーナが微笑んだ。魅惑的な笑顔だが、その経歴に記されていたのは、武装難民に対する苛烈なまでの掃討作戦の記録だった。

「それで、そのお嬢さん《チヨリータ》が、俺達になんの用だ？」

　デレクが、いつもと変わらぬ調子で口を開く。

「言葉に気をつけて。田舎娘《チヨリータ》というニュアンスは、自己相では補いきれない意味を持ちますよ。それに、軍から離れた人理部隊の特殊性は理解していますが、上官に対する言葉遣いも見直すべきです」

　クラウディーナの冷めた眼差しに晒されたデレクは、それ以上は何も言わずに、場の主導権をシズマに委ねた。

「シサ少尉、僕らはヒュラミール――難民の少女に会いに来ました。認知検査を請け負っています」

「その件は聞き及んでいます。ですが、陸軍の管轄に入った現在は方針が変わりました」

「どういうことです」

「例の少女の認知検査を中断し、他の難民と併せて、即刻、別の居留地へ移送されるということです」

　クラウディーナの努めて冷静な様子に、シズマは嫌なものを感じた。思い出すのは、あの戦闘があった夜、アルシニエガが彼女に向けた悪意ある視線。

「おいおい、それだったら事前に連絡をだな」

　デレクが言いかけたところで、突如としてシズマが一歩踏み込んだ。

「通してください」

「サイモン准士官、それはできません」

押し留めるクラウディーナを無視し、シズマが部屋の扉へ手をかけようとする。控えていた他の陸軍軍人も、それを見てシズマの体に手を伸ばす。

そこに込められた力と、背後にある陸軍の思惑に気づき、シズマはあらゆる制止を振り切って、扉を開けることを選んだ。

「シズマ！」

まず飛び込んできたのは、部屋の隅で身を竦ませるフランチェスカの声だった。カウンセリング室とは比べ物にならない程に簡素な、灰色で覆われた無機質な部屋。その中央で、一人の巨人が少女を組み伏せていた。

「おや、サイモン准士官じゃないか」

巨人が声を発する。黒い軍服に身を包んだエルラン・アルシニエガの下で、金色の髪が床に広がっている。

「ヒユラミール！」

シズマの声に反応し、アルシニエガの大きな手で口を押さえつけられていた彼女が呻く。

「少佐、これはどういうことです。彼女に何をする気ですか？」

「クラウディーナから説明されただろう。難民達の収容先が決まったのでね。早々に移送することになった」

「その状況で、ですか」

シズマの到来に、彼女が左手を伸ばす。細い脚は、アルシニエガの膝に組み敷かれている。

「至って平和的に進めようとしたのだがね、暴れられたので拘束させて貰うことにした」

「嘘だよ。その人、突然やってきて無理矢理……」

怯えながら声を出すフランチェスカを、アルシニエガは強く睨《にら》んで黙らせた。

「その少女は、貴重なサンプルです。言語的にも、認知の面でも、他の難民とは違う。研究すべき対象です」

「文化技官の考えることは解らないな。学問的探究心には敬意を払いたいが、一人の難民を特例扱いする方が、ある意味ではヒューマニズムにもとる行いだとは思わないか？」

余裕の表情を浮かべるアルシニエガと、その下でもがく彼女。

非人道的だと、そう声を上げられるか。しかし、この場は陸軍の管轄内でもある。陸軍と統合軍との間で、難民に対する意識には差がある。テロによって戦地で被害者を出す側、飽くまで司令塔に籠もって作戦を立ててるだけの側。統合軍のシズマが、陸軍のアルシニエガを一方的に非難することはできない。

「シズマ、アルシニエガ少佐の言う通りだ。横から仕事を奪われるようで癪《しゃく》だが、そのガキにそこまで固執することはないだろ」

背後から、クラウディーナとともにデレクが部屋に入ってくる。

「デレク、君も知ってるだろう。彼女は、他の難民とは違う。彼女は未だ見ぬ部族のヒントになり得る。彼女は黄金郷の――」

「それこそ世迷い言だろうが」

「今度はそっちで意見の対立かね」

シズマとデレクが言い合っている中で、アルシニエガが彼女を引き起こした。捻り上げるように、後ろで彼女の腕を持ち上げ、悠然とシズマ達の横を通ろうとする。

「抗議があるなら、統合軍から正式な形で出すんだな。なんにせよ、この場で君らに私を止める権利はない」

横を通り過ぎるアルシニエガと、その腰辺りでうなだれながら歩く彼女。

その時、彼女が確かにシズマの方を見た。何か非難するようにも、懇願するようにも見えた青い瞳。それはシズマの心を映す鏡のようにも見えた。

彼女が深く身を落とした。歩きながら首を下げ、シズマの腰元に自身の頭を近づける。

刹那、白い軌道がアルシニエガの首元を掠《かす》めた。

短い呻き声。切り裂かれた軍服と、僅かに舞った血。

「こいつッ」

彼女は、シズマが持ってきていたナイフを口に咥え、大きく頭を振った。金髪がなびき、その先から鋭い切っ先が迫る。

思わずアルシニエガが彼女を離したことで、次の一撃は空振りに終わったが、その一瞬で、彼女は跳躍し、シズマの脇を通り過ぎた。

「デレク！　止めろ！」

「クラウディーナ！」

シズマとアルシニエガの声が交差する。

手を伸ばしたデレク、拳銃を構えるクラウディーナ。そのどちらも意に介さず、跳び上がった彼女はデレクの肩を踏んで、天井近くまで飛翔する。狙いをつけかねたクラウディーナの頭上を、彼女の金色の髪がひらひらと踊っていく。

「構わん、撃て！」

廊下に控える軍人達が、アルシニエガの声に反応し即座にＣＣＷを取り、正確な集中射撃を行う。しかし、火線が彼女を捉えるより早く、その肢体は左右に跳ぶ。廊下の壁を蹴り上げ、彼女は中空を舞うように、軍人達の包囲を突破する。

「追え！」

アルシニエガが檄《げき》を飛ばす。もはやシズマ達に一瞥もくれず、自らも拳銃を携えて後を追いかける。最後に残ったクラウディーナだけが、何も言わず、ただ強い視線をシズマに投げ寄越した。

「デレク、僕らも追うぞ」

「おい、シズマ、何も俺達がそこまで」

デレクがさらに言葉を続けようとしたところで、フランチェスカが歩み出てきた。

「私からもお願い。デレク、シズマに協力してあげて。あのままじゃ、あの子、殺されちゃうかもしれない」

フランチェスカの心配そうな顔に、デレクは溜息を一つ、頭を掻いてから、シズマの肩に手を置いてきた。

「まぁいいさ、何日か一緒にいたわけだ。これで死なれても夢見が悪い。ただしシズマ、アイツを捕まえても陸軍には引き渡すぞ。俺達はそこまで肩入れはできない」

「ああ、それで十分だ。ありがとう」

シズマは自分の肩に添えられたデレクの手に、自らの手を重ね合わせる。

「二手に分かれよう。感覚を共有しておくぞ」

接触に伴う自己相の共有化。指先を弾き、知覚信号《パーセプチュアルコード》で許可を送ると、デレクの視覚と聴覚が、シズマの自己相の上で並列化された。

「頼りにしてる」

シズマの言葉がデレクの耳に届き、それが再度、シズマの自己相で反復された。

5.

《第三区画の方で銃声だ。そっちに行ったぞ》
第二キャビンの外郭を走るシズマの通信相に、デレクの言葉が響いた。
「了解。こっちでも軍人が展開し始めてる」

シズマの自己相の端で、デレクの見ている風景が二重写しで投影される。現実の視界と、脳内に浮かぶイメージが複雑に混じりあう。慣れない人間では扱いきれないが、相手は勝手を知る親友だ。二人で効率的に陸軍基地の合間を駆け抜ける。
《しかし速いな、ありゃまるで猿だ》
「言いたいことは解るが、もう少し言葉に気をつけるんだな」
《じゃあ猫だ。それなら可愛いよな》
そういうことではない、と、シズマは心中でひとりごちる。
陸軍基地の中で、慌ただしく軍人達が移動している。時折、いくつかの部隊に遭遇するが、シズマの経歴を確かめると、何事もないように過ぎ去っていく。
視野の端で、基地施設の屋根を渡る彼女の姿を捉えた。晴れ渡る青空と照りつける太陽の下、基地の路地を曲がり、あるいは倉庫の屋根を跳び越えながら、彼女は次々と陸軍の包囲網をすり抜けていく。
「無闇に逃げているわけじゃない。おそらく、この第二キャビンに連れてこられるまでの間に、おおまかな地形を把握したんだ。外郭を回って脱出経路を探している」
《接岸部はどうなってる?》
シズマが左右を見渡すと、キャビンの構造に変化はみられない。キャビン同士の間には、チチカカ湖が運河となって広がっている。緊急時に展開する封鎖用の障壁もなく、一部の橋に軍人が集まって守りを固めている。

「第六ゲートの前に分隊が二つ、橋の周囲に小隊規模で展開している。陸軍は大事にはしたくないようだ。他の軍が騒ぎ出す前に確保するつもりでいるらしい」

陸続きの場所ならばともかく、浮島の中では外郭部を塞がれた時点で道はない。そのことは逃げ回る彼女も理解しているようで、橋の近くの軍人を確認した時点で進路を変え、再びその姿を隠した。

《どこまで行っても袋の鼠だ。ちょこまかと動きまわっても、いつかは体力の限界が来る》

デレクの視界を通して、シズマも陸軍基地内の状況を把握する。軍人の動きと、時折の銃声を聞けば、彼女がどの方角へ逃げているのか、大体の予想はつく。

《シズマ、聞こえる？》

走るシズマの耳に、フランチェスカの声が届いた。

「フランか、どうした？　通信相は苦手だったんじゃないか？」

《うん、まぁ。でもそれどころじゃないから》

普段から自己相のサポート用の眼鏡をかけているフランが、わざわざ通信相を使ってシズマに声をかけてきた。一人の少女の為に、フランチェスカもまた協力しようとしている。

《あのね、この間、あの子に飛行機のことを教えたんだ》

「飛行機？」

《うん。知らないみたいだったから、私なりに説明したんだけど、その時に、空を飛んで遠くに行けるって伝えたんだ。ただどうやって飛ぶかとか、操縦者が必要とかまでは教えられ

なかったけど……。でも、もしかしたら》

「そうか、解った。わざわざありがとう」

言葉の代わりに返ってきたのは、子犬の顔を模したイメージ。通信相での会話が苦手な分、それで意思を伝えてきていた。

「デレク、フランのアドバイスは聞いたか？」

《ああ、滑走路の方に向かってるよ》

デレクの視界で、広い濃灰色の滑走路が見えた。数台の陸軍ヘリが停まっている他は、航空機の姿はない。すでに彼女を追う複数の小隊が展開し、確保の準備をしている。

シズマもまた、基地を駆け抜け、金色の髪をなびかせる彼女の後ろ姿を追う。

倉庫の屋根から飛び降りた彼女が、シズマの前方に姿を現す。

軍用車の陰から、複数の射撃。彼女の運動能力は、それを事もなげに回避し、再び跳び上がる。数台の軍用車を踏み抜いて、防衛線を突破していく。

止まれ、シズマがそう叫んだところで彼女は振り返らないだろう。こういう時に言うべき言葉は、未だ辞書のどこにも無かった。

《シズマ、こっちだ！》

デレクの大声が、通信相と自前の聴覚とで交差した。滑走路に入った辺りで、遠くから手を振るデレクの姿が見える。

《十字砲火《クロスファイア》だ、射線に入るなよ》

すでにデレクの手によって、軍人達の居場所はマーキングされている。彼女を確実に仕留める為に、十全の準備をしていたとみえる。ＣＣＷが威嚇《いかく》程度にしか役立たないことに陸軍も気づき、敷設型のスタンネットを用意しているようだった。

《銃撃で一方に追い込んでから捕獲するつもりだ。あれなら傷つけずに済むはずだ。これで追いかけっこも終わりだな》

デレクが安堵の声を漏らす。

しかし、シズマだけは、デレクの視界から見えた風景に違和感を覚えた。

「いや、違う」

デレクの視界、広い滑走路から見える複数の倉庫の上に、不自然な光の点がいくつかあるのを見つけた。

「狙撃手《スナイパー》だ。彼女を狙ってる」

シズマは、さらに脚に力を込め、硬い舗装路を駆ける。

《ああ？　麻酔銃かなんかだろ》

「それならスタンネットは必要ない。狙っている位置はスタンネットのある地点だ。彼女の動きが止まった後に撃つつもりだ」

陸軍は彼女を殺したいのだろう。

――裁かれるのは変わらないよ。

あの日の夜、アルシニエガはそう言っていた。いかに非武装の難民とはいえ、仲間が数人、彼女によって殺された事実がある。陸軍内で、彼女を恨んでいる者がいないはずがない。

「準備が良すぎる。陸軍は、この騒動を待ち望んでいたのかもしれない。脱走した彼女を、やむを得ず射殺する、そういう機会を作ろうとしていたのだとしたら」

《考えすぎだぜ、シズマ》

走る、シズマは走る。

その先で、金色の尾が再び見えた。倉庫の陰から飛び出した彼女は、一気に滑走路を駆ける。待機していた数人の軍人がいなされ、それと共に、彼女は死線となる位置へと向かっていく。それは、良いように誘導されているようでもあった。

「デレク、彼女が十字砲火の前を横切る前に、どうにかできないか？」

《どうにか、ったってな》

デレクの視界にも、彼女の姿が現れた。その必死の表情は、追い詰められた獣の哀れさを表す。

「頼む、僕の方はもう間に合わない」

《俺はな、シズマ》

「頼む！」

彼女が横切る。滑走路の中央へと入り、十字砲火の交差する場へと向かっていく。

「ああもう、チクショウが！」

デレクの声が、風に乗って大きく響いた。

射撃、射線、交差するはずの火力は一方からのみ。

「おおい！　撃つな撃つな！」

滑走路に躍り出たデレクが、十字砲火を準備する片方の部隊の前で走り回る。兵士達が構えたCCWは、自己相を持ったデレクを撃てず、虚しく別の方向に銃口を向ける。

十字砲火の一方が崩れたことで、彼女の逃走経路も変化し、用意されていたスタンネットから外れた位置へと方向を変える。その先にあるのは、一基の管制塔だった。距離で言えばシズマの方が近い。

「僕が行く。デレク、陸軍を食い止めててくれ」

《食い止める、ったってな》

それまで滑走路に陣取っていた軍が、彼女を追って展開していく。シズマが駆け、その後ろから割りこむようにデレクが追いすがる。

「ヒユラミール！　待て！」

シズマの声に、僅かに彼女が反応し、背後を振り返る。しかし、それで足を止めることもなく、扉を開け放ち、管制塔の中へと消えていく。背後に迫る軍人達に対し、デレクがあれやこれやと言葉を並べ立てている。

シズマもまた、彼女を追って管制塔の中へ。エレベーターを使うはずもなく、彼女はステップを踏むように螺旋状の階段を軽やかに登っていく。橙色の電灯が二人分の影を、交互に照らしていく。

「ヒュラミール、待ってくれ！　大丈夫だ、危害は加えない！」

どれだけ英語で叫ぼうと、その意味が伝わることはない。怒鳴り散らした分だけ、彼女の体が先へ先へ、大きく離れていく。

「逃げなくていい。僕がなんとかする」

彼女の後ろ髪を追って、何段も駆け上る。蓄積されるはずの疲労も、今はエミュレートによって修飾されている。

やがて管制室の窓が見え、その手前で彼女が重い扉を苦心して開いている姿が目に入った。その分の時間的猶予が、二人の距離を詰めさせる。

管制室に入った時、シズマの目に飛び込んできたのは、拳銃を構える一人の職員と、走りだす彼女の姿。

「殺すな！」

その言葉を向けた相手は、決して職員にではない。ナイフを握り込んだまま跳躍する彼女に向かって、シズマはただ叫んだ。その意味が通じたかは解らない。だが彼女は、放たれた銃弾を回避すると、そのまま職員の顔を蹴り、管制室のコンソールの上に着地する。

彼女は周囲を見渡すと、今度は管制塔の外へと続く扉を見つけ、一足飛びで向かう。蹴破るように外へと躍り出ると同時に、管制室の中へ強い風が吹き込む。

「待て、ヒュラミール」

シズマも彼女を追って、外にせり出した狭い外縁部へと飛び出す。風が強くなる。細いフェンスと不安定な鉄の足場が、動く度に軋《きし》んで揺れた。彼女はそれを物ともせず、風をまとうように歩いていく。安全が確保されているとはいえ、数十メートルの高さは自然と恐怖心を呼び起こす。

そこでようやく、彼女は振り返ってシズマを見た。

「シズマ」

「大丈夫。僕だけだ。君を連れ戻しに来た」

彼女は首を振る。

「リン・イビ・パセモ・アイ——外に行く」

彼女は言葉と共に、悠然と遠くを指差す。浮島の全景が見え、その向こうでチチカカ湖の青と、アンデスの空の青が入り混じっている。何をしたいのか、それを瞳が物語っていた。

「空《ナパシ》へ？」

シズマが彼女の言葉を使って聞いた。自分の意思が伝わったことを知ったのか、彼女はどこか安心したかのように、フェンスに身を預ける。

「ヒユラミール、そこは危ない。こっちに来てくれ」

ほんの少しでも力を加えれば、そのまま彼女の身は落下するだろう。いかに軽やかな身のこなしをもってしても、この高さから落ちて生きられるはずがない。

「大丈夫だ、僕が必ず、君を連れていく」

シズマは言葉を重ねながら、一歩ずつ、彼女の元へと近づいていく。

「君の生まれた場所へ。黄金郷、コニス・マリへ」

シズマの最後の言葉に反応し、彼女は大きな目を見開いた。

「──ありがとう」

顔にかかる髪に手をやって、彼女は小さく微笑んだ。シズマには、そんな気がした。

あと一歩、それだけで彼女の手を取れる。だがその時、デレクの自己相《クラムス》を通じて、シズマは不自然な動きに気づいた。マーキングされた狙撃手の中で、先程とは居場所を変えている者がいる。その位置は、間違いなく、この管制塔を狙える一点。

シズマが手を伸ばした。

同時に、リンクされた自己相の履歴を辿って一人の女性の姿を思い浮かべた。クラウディーナ・シサ。アルシニエガの部下である陸軍少尉。

シズマが目の前の少女の体を引き寄せる。

自己相の向こう側、クラウディーナの相に、シズマは自分の通信相を強制的に割り込ませる。シズマの視野と感覚が、ほんの一瞬、相手と入り混じった。

「撃つな！」

銃声の届かぬ距離から、弾丸は放たれた。

管制塔の窓ガラスが割れ散る。彼女の金髪の先端が、何本か千切れて飛んだ。シズマは、転がり込んだ彼女の体を抱き留める。即座に体を捻り、降り注ぐガラス片から彼女を守った。

「撃つな。少女は確保した。これ以上の攻撃は必要ないはずだ」

シズマが通信相の向こうに叫ぶ。少しして、相手方から改めてコールが飛んでくる。それを許可すると、囁《ささや》くような女性の声が耳の裏で響いてきた。

《よく私だと解りましたね、サイモン准士官》

彼女の体を抱き起こしながら、シズマが遥か遠く、陸軍兵舎の屋上を眺めた。そこまでの距離はゆうに二千メートルを超える。

「貴女の経歴に、武装難民に対する戦闘記録がありました。正確な狙撃に関するものが特に多く、ね」

遠い屋上で、何かが光ったように見えた。クラウディーナからの言葉は無かったが、それこそが控えめな答えだった。

「シズマ、痛《ナナ》い」

胸元からの声に、ようやくシズマは、彼女を吊り上げるように抱きしめていたことに気づいた。小さく謝ってから、ゆっくりと降ろす。今度は逃げることもなく、大人しくその場に留まる。

《おい、シズマ。そっちは終わったか?》

ここでようやく、デレクからの声が届いた。

《だったら早くなんとかしてくれ、こっちももう限界だ》

シズマは管制塔の下を見る。その入口でデレクが、口八丁手八丁、持てる限りの全てを使って、複数の陸軍部隊を押し留めていた。その必死な様子に、先程までの騒乱を忘れ、シズマは静かに笑った。

シズマが少女を連れて下に降りると、神妙な表情のデレクと、その背後に控えるアルシニエガの顔が目についた。

「協力に感謝する、サイモン准士官」

「少佐……」

「さぁ、難民をこちらに渡して貰おう」

アルシニエガが手を差し出すと、シズマの隣で彼女が怯えるように身を引いた。

「少佐、難民の扱いに関してですが」

「難民達の移送は決定されたことだ。その少女のみを特別に扱うことはできない」

「シズマ、あまり逆らうなよ」

アルシニエガの横で、デレクは苦い顔を浮かべる。それに対し、シズマは深く頷き返す。

「少佐、そちらの決定には従います。ですが、難民の対応には気をつけてください。陸軍のやり方では反発が生まれます。彼女達を人間として扱ってください」

「文化技官からの提言だ。善処しよう」

アルシニエガが一歩踏み出す。その巨体を避けるように、彼女がシズマの背に隠れた。

「さぁ、こちらへ」

軍人達の視線が突き刺さる。一人の難民の少女に、ここまで対応を迫られた。その事実が、兵士らの表情を暗いものにさせている。シズマは、その感情の底流に彼女を放ることが躊躇われた。

アルシニエガがいよいよシズマの目の前に迫ったところで、その場に相応しくない、柔らかく穏やかな女性の声が届いた。

「あまり騒ぎを大きくしない方が良いぞ、少佐」

声に振り向いたアルシニエガは、その視線の先で立つ人物を見て、一瞬だけ顔をしかめる。しかし、それも無かったかのように、直後には慇懃《いんぎん》な調子で敬礼を返した。

「これは、サンドラ・ハーゲンベック准将」

軍人の群れを掻き分けながら、一人の老婆がシズマ達の方へと進み出る。サンドラの優しい笑みと、眼帯の奥に秘された権威の眼光が、アルシニエガの身を縫い付けた。

「彼の言う通りだ。従来の陸軍のやり方では、対処しきれないのも事実だろう」

「しかし、難民の取り締まりは陸軍の管轄であり――」

「少し黙っていたまえ」

アルシニエガは思わず喉を鳴らし、それでも深々と頭を下げた。呆然とするシズマに対し、近づいてきたサンドラは愉快そうに目を細めてみせた。

「難民の少女の為に力を尽くす。結構なことだ、シズマ。統合軍は難民との融和を望んでいる。文化技官として、君は正しい行いをした」

穏やかな老軍人の物言いに、どうすべきかも解らず、シズマはただ敬礼を一つ返した。

「どうだろう、少佐。難民の移送に際して、人理部隊を同行させるというのは。彼らは難民の扱いに慣れている。おそらく、あらゆる場面で君らの助けになるだろう」

「それは、しかし」

「よく考えなさい。陸軍の在り方そのものについても、ね」

サンドラの言葉に、アルシニエガはそれ以上、何も言い返せないでいる。ただ日を瞑り、微動だにしない。それは、その体に流れる熱い血を冷ましているかのようだった。

「そういうわけだ。後のことはこちらに任せると良い。君は君のすべきことをしなさい」

そう言ってから、サンドラはシズマの背後に隠れる少女に向かって手を伸ばした。他人に対して強い警戒心を示す彼女が、どういうわけか、サンドラにだけは自らの頬を差し出した。

「ヒユラミール、と言ったな。とても興味深い少女だ」

皺にまみれた手が、彼女の頬を撫でる。

「まつろわぬ民。アンデスの山奥に存在するかもしれない、幻の部族、伝説の都市。未知を追い求めるのはいつだって学者の性《さが》だ。この子に興味を示した君は、やはりディエゴ・サントーニに良く似ているよ」

「先生と、ですか」

ようやく口を出た言葉は、僅かにそれだけだった。

「サントーニ教授の教え子として、恥じない働きをみせたまえ」

それだけ言い残して、サンドラは去っていった。後に残された陸軍の兵士達も、アルシニエガの一声で早々に散っていく。

後に残ったデレクが、心底疲れたといった調子で、シズマに向かって手を上げる。

「とりあえず、お疲れさん」

デレクの手を打って、シズマもまた、この騒動がようやく収まったのだと実感した。

「それから、お前に話したいことがあるやつがいるみたいだ」

デレクが親指を立てて背後を示す。

その先に、クラウディーナが立っていた。

「シサ少尉」

シズマが何か言おうとしたところで、クラウディーナは規律正しく、敬礼を寄越してきた。

「サイモン准士官、先程は失礼致しました」

「いや、あれは仕方のないことで」

クラウディーナが、そこで僅かに笑った。

「貴方のおかげで、私はその少女を殺さずに済みました。貴方がいなければ、私は明日の同胞を撃ち殺すことになっていたでしょう。今は、その礼だけお伝えします」

最後に一つ、爽やかな笑みを残して、クラウディーナもまた去っていった。

シズマはその時、ふいに自分の右手が震えていることに気づいた。そして、その痛みが、今は何故か快いもののように思えた。

「クラウディーナ・シサ。君もまた、僕と同じだった」

自分と同じ、罪のない者を殺し続けた痛み。それを、たった一人分ではあるが、救うことができた。

シズマの右手の震えが、ゆっくりと治まっていく。

6.

笠置静馬《カサギシズマ》というのが、シズマの日本人としての名前だった。

ただし生まれたのはサンフランシスコ。シズマの祖父が日本からの移住者だった。母はドイツ系で、先祖の誰かが名乗ったシギスムントという名前を提案し、それにちなんで父によって日本風の名前をつけられた。

シズマは自分の名前を名乗る度に、遠い異国の風景を想像する。おとぎ話のように祖父から聞かされた、古き良き文明国の姿。

一方で、それは呪いのようにも作用した。

「シズマ、お前は日本人だ。日本人だから冷たいんだ」

子供の頃、シズマはそんなことを友人から言われた。

ある時、仲間内で遊んでいた時、一匹の子犬が用水路に流されているのを見つけた。工業用の水路で、とても子供が入っていけるようなものではなかった。慌てる友人達。シズマは流されている子犬を観察し、到底助かる見込みがないと解っていた。

シズマは、子犬を助ける為に必死に手立てを考える友人達を無視し、用水路の先、子犬の死体が流れ着くだろう場所まで先回りした。そして、力尽き冷たくなった子犬をしっかりと回収した。

「どうして一緒に助けようとしなかったんだ！」

親友だと思っていた少年から投げつけられた言葉。

「どうせ助からなかったよ。だったらせめて、お墓を作ってあげたかったから」

シズマはただ、他の子供達よりも未来を見通す力に長《た》けていただけ。今ある状況から、確実に起こる未来を予測した。それがどうして、自分を、そして自分の出自を罵倒する理由になるのだろう。

「僕が冷たい人間なのは、僕が日本人だから――」

去っていく友人達の背を見送り、濡れた子犬の死骸を抱えて、シズマは深く自問した。

「日本には、きっと僕みたいな人が沢山いるんだろう」

シズマは、自分の中に生まれた空虚を、見たこともない自分の理想郷で埋め合わせた。

しかし、シズマが生まれた時にはすでに、日本という国は存在しなかった。移民と流氓《るぼう》、数多くの戦争の後に仕上がった人間の転移が、日本という国がまとっていた幻想を剝ぎ取った。自分達の国は、単一民族国家だとする信仰が打ち破れた。

「君の故郷の人間達は、ずっと信じていた。文化と民族が一つであるはずは無いのに、純粋な国家であると信じさせられた。それは百年以上前、かのクニオ・ヤナギタが作り上げた幻想であるとも言える」

張りのある声が、博物館の大ホールに響く。

シズマが父に連れられて行った、メキシコシティにある人類学博物館。メソアメリカ文明の奇妙な神々の姿、生け贄を祀る台座、翡翠《ひすい》の仮面。子供ながらに恐怖と興奮の中で見て回った。最後に辿り着いた大ホールで、大仰な手振りを加えて、口上を打っていたのがディエゴ・サントーニだった。

「君は、中国人じゃないな。そう、日本人の子だな」

疲れていたシズマが、たまたま休める場所を探して辿り着いた講演中のホール。奇妙な客を引き合いに、サントーニは老いた顔で笑いかけて出自を問い、先の言葉を朗々と紡いだ。

意味は解らなかったが、自分の先祖の国が馬鹿にされたようで、シズマは深く静かに怒った。

「ヤナギタは、バラバラだった日本人という民族の意識を、国民という一つのものに統一させようとした。それは近代国家が生まれる頃の、他の国の人類学者達も同じだったがね。何にせよ、我々が可塑神経網《プラスチックニューロン》を通して成し遂げたことは、もう百年以上前から彼らによって基礎が作られていた。しかし、日本という国は古くから移民国家でもあった。数多くの文化を持っていた。たとえ今、無数の亡命政府によって運営される試験的な国家となろうとも、決して本流から外れるものではないはずだ」

疎《まば》らな聴衆に向かい、サントーニは歌い上げるように持論を説く。人間の移動と、それに伴う進化。そして文明や国家が絶対的ではなく、いかに瞬間的なものであるのかを。

「僕の国は、どこにもないんですか」

講演が終わり、壇上を降りるサントーニに食ってかかるように、シズマが言葉を発した。

「君はさっきの日本人の子だ。そうだね。君の国というものは、どこにも存在しない」

「じゃあ——」

「だが一方で、私にも自分の国は存在しない。同じだよ」

シズマは、目の前の老人に何も言い返せなかった。

「いずれ国家という枠は消える。遺伝子すら意味を成さない時代が来る。全てが個人になり、全てが同じ存在になる時代だ。君も自己相の手術を受ければ、必ず解るようになる。その時、君が持っている自分の国というものへの不安も消えるだろうさ」

サントーニは、目の前の小さな論客の胸に指を当てた。

「全てが、より大きな何かに飲み込まれる。その時に、君を存在させるのは、生まれた場所でもなければ、体を作る遺伝子でもない。君を取り囲む全てだ」

シズマは、自分の心を奪われるような感覚に襲われた。直前に映像資料で見ていた、心臓を太陽に捧げる儀式の光景が重なった。

「僕は日本人です。僕は——」

呆然と、その言葉を繰り返していた。

自分は他の皆とは違う。自分は日本人だから。

だから、自分は冷たい人間でも良い。

シズマの胸を満たしていた、そんな消極的な自己肯定は、緩やかに溶けていった。

その次の週、シズマは自己相の手術を受けたいと父親に告げた。シズマは自分を無数の他人で満たし、共和制アメリカの人間として、〈正しい人〉として振る舞うようになった。仲《なか》違《たが》いをしていた友人達とも、再び遊ぶようになった。

シズマは〈正しい人〉として、その思春期を過ごすことができた。

次にシズマがディエゴ・サントーニの名前を見たのは、大学に進学する時だった。UCI《アーバイン》の人類学専攻、そこでディエゴが教鞭をとっていることを知った。シズマはごく自然とそこを選択し、入学を決めた。

ディエゴは新たな教え子が、かつて出会った少年だと知ると、その到来を心から喜んだ。

「君は君の為の国を見つけたかな」

広大なキャンパス。豊かに蓄えた口髭を撫でつつ、教授《プロフェッサー》は訊ねてきた。

「僕の国は、ここにあります」

シズマは自らの心臓を指した。

血液が体を巡る。遺伝子を運ぶ媒体としてではなく、酸素を運ぶという根本的な機能を以って。脳は酸素を取り込み、可塑神経網が活性化する。自らの命は正しく、共和制アメリカに、そして、人類という一つの存在に繋がっている。シズマはその実感を得ていた。

「そう、今や国家は、人類の上部構造となり、また個人の意識の下部構造となった」

大笑するディエゴに、シズマもまた微笑んだ。その様子を遠巻きに見ていたのが、デレクとフランチェスカだった。

そうしてディエゴに学びながら、いつも三人で過ごすことになる。

「シズマ、昼食に行こうぜ」

「ねぇ、シズマ。今度の課題のフィールドワーク、一緒に行こう」

シズマ。シズマ。

日本人としての名前は、国家や民族を示すものではなくなり、一人の男と不可分に結びつく記号となった。

シズマ。

「——君の研究テーマだが」

紙の資料が堆《うずたか》く積まれた研究室の中で、ディエゴが愉快そうに声をかけてきた。わざわざ呼び出されての指導、戦々恐々としていたシズマは、その気安い調子に拍子抜けする。

「人類以外の人類の文明、か。とても面白いものだ」

シズマが恭《うやうや》しく頭を下げると、今度はディエゴが大量の紙の本を目の前に積み上げ始めた。いずれも古代人類や古代文明に関する書物で、その半数以上にディエゴの名が記されている。

「ホモ・サピエンスの文明というのは、自己相の登場で一定の完成を見せたわけだ。しかし、未だに難民は絶えず生まれ続ける。人は何故、自己と他者を分けたがるのか。自分とは何か。君の研究には、そういった問いが含まれているな」

「僕自身の疑問です。人類は果たして、本当に一つの存在なのか。それを確かめる為に、人類以外の人類を研究したい」

「考古学的な見地もいくらか必要だろう」

本棚を漁りながら、ディエゴは目の前の学生以上に興味深そうに次々と問いかけ、その答えを示していった。

「ホモ・エレクトゥス、ホモ・ハイデルベルゲンシス。人類の登場以前に、多くの古代人類が存在していた。中でもホモ・ネアンデルターレンシス、ネアンデルタール人は現生人類と共存し、また独自の文明も持っていた。ムスティエ文化だ。ヨーロッパからシベリアまで、広い地域で独自の石器が発掘されている。シベリアで発見されたデニソワ人などは、現世人類と共存、あるいは混血していた可能性が高い」

子供のように喜々として語るディエゴに、シズマもまたその都度頷いてみせた。出されたコーヒーはすでに冷えていたが、それを気にすることもなかった。

「彼らの文明を探ることは、僕らの社会を見つめ直す貴重な見地になると思っています」

「私は君の研究を応援しよう」

老教授は、心底楽しそうに数々の本をシズマに託してきた。持ち歩くには不便すぎるその重さも、シズマには大切なもののように思えた。

「時に、シズマ」

部屋を後にしようとするシズマに、背後からディエゴが声をかけてきた。

「もしもこの時代に、未だ我々の知らない人類の社会が生き延びているとしたら、君はどう思うね？」

浅煎りのコーヒーを啜りながら、ディエゴが目を細める。

「それは」

老人の背に、暮れ始めた太陽の光が当たる。

「とても、胸躍ることです」

＊

シズマが古い記録データを閉じる。

脳内で思い出として再生されていた光景が過ぎ去り、後にはディエゴを中心に、デレク、フランチェスカ、そして学友達と並んで撮った写真のアイコンが自己相の隅に映った。

シズマは自室のベッドから起き上がる。第六キャビンに用意された、統合軍の高層住宅の一室。一人暮らしの生活では、特に入用の物以外に何かを置くこともない。趣味と呼べる趣味もない。時折、デレクが酒を片手に、モーリスを引き連れて遊びに来る以外は、来客の心配もない。味気のない生活だと言われたが、それでもシズマは満足している。

部屋の一角には時代遅れの本棚が置かれ、祖父の形見である日本語版の『遠野物語』と、ディエゴから貸し出されたまま、ついに返す機会を逸した本達が並んでいる。

シズマが朝食の準備をしようとしたところで、フランチェスカからテキストメッセージが送られてきた。

——今日は楽しみだね。第九キャビンの船駅に十一時。忘れないでね。

文末に添えられたお決まりの子犬を見て、シズマは一人、小さな笑みを漏らした。

7.

フランチェスカがシズマの前を歩く。

運河を挟んで、左右にレンガ造りの建物。穏やかな波と、そこを行き交う個人商船を横に眺めつつ、様々な商店の立ち並ぶ大通りに二人。「カナル・グランデみたい」と、フランチェスカは、行ったこともないヴェネツィアの風景で喩えたことがあった。ここだけ切り取れば、二人が標高三千八百メートルの地、チチカカ湖上の浮島にいるとは思えない。

浮島の一つ。第九キャビンは大西洋世界との交流の中心地でもあり、商業区として特に発展している場所でもあった。国境の人々は、このキャビンを中心に、短い橋と葦《ヒスカ・ワルサ》船と呼ばれる電動の小型船で他の商業区を行き来する。

「いつ見ても、凄い光景だよね」とフランチェスカ。

幾艘もの葦船。形だけは確かにヴェネツィアのゴンドラに似ている。シズマは歩きながら、その特徴的な小舟の往来を眺めた。浮島に葦船。これらの呼称は、かつてチチカカ湖上で暮らしていたウロ族という少数民族の文化を元にしたものだ。

「シズマ、ランチの前に買い物に付き合ってよ」

太陽の下、フランチェスカは花のように笑う。自慢のアッシュブロンドを手櫛で梳《す》いてみせながら。少女と呼べる歳ではないが、無邪気さだけはいつまでも変わることなく、シズマに過去を追想させる。

「デートみたいだな」

「デートのつもりだよ」

シズマは困り顔のまま、薄く笑みを作った。

二人で歩くなら、せいぜい楽しんでくると良い。そう言って自分達を送り出したデレクを、シズマは笑い飛ばしたくなった。そしてデレクは、加えて言っていた。

「こういう時は、UKソウルを聞きながら歩くんだとさ」

まるきりデレクの趣味だったが、その提案に顔を綻ばせて、フランチェスカは自分の自己相を街の環境音楽チャンネルに合わせた。自分の聞きたい音楽のみを、各所のスピーカーから指向性で届けてくれる。街を行き交う誰もが、好みのBGMを耳の裏で流している。

シズマは思わず笑ってしまった。他方では難民の暴動を鎮圧する為に指向性音響装置《スクリーチ》を使い、今この場面では、己の楽しみに同じ機能を使っている。その諧謔《かいぎゃく》に気づくのは自分だけ。

隣のフランチェスカは何も知らずに瞳を輝かせている。

「似合うかな、シズマ」

売り物の白いカプリーヌ帽を合わせ、店先でポーズを取るフランチェスカ。耳に届いた甘美《メロウ》な調子の歌声が、その一幕に色を添える。自ずと始まる愉快なファッションショー。ころころと様変わりする表情。喝采を浴びる歌姫のような嬉しげな顔、古い映画の主演女優のような物憂げな顔。それは自身のものではなく、その都度に誰かの人格《キャラクター》を模倣しているだけ。それでも、そんな使い方を思いつくのはフランチェスカの無垢《むく》な性格あってこそ、と、シズマも思わず微笑んだ。

「今日は私からのお祝いだよ。美味しいもの食べよう、ね」

新しく装いに加わった帽子をかぶり直しながら、フランチェスカが愉快そうに聞いてくる。

「お祝いって、なんのさ」

「それは、ほら、無事に帰ってきてくれたから。大した怪我も無い、ってわけじゃないけど、ちゃんと帰ってきてくれたし」

二人で入ったオープンカフェ。シズマは運ばれてきた虹鱒《トルーチャ》の香草焼きにナイフを入れながら、ここに赴任して最初に食べたのもこれだったな、と述懐した。

「この間も、良かった。ヒユラミールちゃんも無事だったし」

「デレクは無事じゃなかったみたいだけどな」

「たくさんの軍の人たちに、もみくちゃにされてたんでしょ。悪夢だよね」

その様子を思い出して、シズマは口を開けて笑った。二人してひとしきり笑った後、今度はフランチェスカが表情を変えて訊ねてくる。

「ねぇ、シズマは、どこか他のところに行きたい？」

「考えたことも無いな。今は難民対策が主だった任務だし、ここより忙しい場所、僕が必要とされる場所も、他に思いつかない」

「いっそ軍から離れるっていうのは？」

フランチェスカがフライドポテトをつまみながら、何気ない調子で呟く。その言葉は友人としてのものか、カウンセラーとしてのものか、シズマには解らなかった。

「それも良いかもしれないけどね、デレクや君と違って、僕は他のところで活かせるような能力は無いんだ」

「サントーニ先生のところに戻ればいいじゃない」

シズマの射るような視線を受けて、フランチェスカは言葉を止めた。悲しそうに眉を寄せてから、口元をナプキンで拭った。

「僕が軍属になるのを一番に反対した人さ。許してくれるわけがない」

「……そうだね。でも気が変わったら考えてみて。私、先生の連絡先は知ってるから」

カチャカチャと、食器の擦れる音と周囲の客の話し声だけが響く。その無言の合間が、何かフランチェスカを責めているように感じられて、シズマは努めて軽い調子で口を開いた。

「サントーニ先生は、今も難民の文化研究をしているのかな」

「確かそうだよ。今のテーマは文化の発生についての研究」

「それじゃあ、ヒユラミールの認知検査の結果も役立つかもな。良かったら、先生に伝えてやってくれ。ただし、僕の名前は出さずにね」

　シズマはテーブルの端を指でなぞり、自己相から転写したデータをフランチェスカの方へ投げ渡した。手元のデバイスで受け取ったフランチェスカは、そのデータに含まれた意味ありげな文言に首を傾げた。

「ウクマールと、山人《さんじん》の文化？」

　フランチェスカが問いかけ、その眼鏡に投射された画像データを食い入るように見つめる。

　山奥で暮らす、毛だらけの異人の姿。

「僕は昔、そのウクマールに会ったことがあるんだ」

「ええ、何その話？」

「ウクマールというのは、アンデスに伝わる山奥に暮らす存在の名前さ。ビッグフットやイエティって言えば、解り易いかもね。ギガントピテクスの生き残りだとか、そんな馬鹿げた話もあるけれど」

「山人っていうのは？」

　フランチェスカの問いかけに、この時ばかりはシズマの瞳がその輝きを増した。

「クニオ・ヤナギタっていう学者がいたんだ。もう百年以上も前の人だ」

「日本人なの？」

「そう、日本人の学者。フォークロアの研究者だ。僕のような人間と同じ、民族を研究していた大先輩だ」

子供のように無邪気に話し始めたシズマを、フランチェスカはただ見守っている。

「ヤナギタは、その前半生に山人という存在を信じていた」

「山の人？」

「そう。それは元々日本の伝承に登場していた。山奥に住み、人間と交流することなく暮らしている別の存在。精霊、モンスター。色々な解釈がある。でもヤナギタは、その山人こそが本来の日本民族の原型だと考えたんだ。山奥に暮らす彼らは、長い歴史の中で追いやられた、古い先祖。多分にロマンティックな話さ。自分達のルーツを山奥で息づく誰かに求めた。多くの文化人類学者が、アマゾンの奥地や太平洋の島々、アフリカの果てで暮らす民族が、人類の昔の姿を表していると誤解したように」

「誤解、なの？」

「誤解だった。ヤナギタもそれに途中で気づいたんだ。山人なんていない。日本人のルーツとなる別の民族なんていなかった。それは日本民族が国民という一つのものになろうとした時に生まれた不安、その不安が見せた幻影だった」

シズマは饒舌になる自分を意識した。楽しく、愉快な気持ち。聞かされる方は堪《たま》ったものではないかもしれないが、自然と話せるこの瞬間が心地よかった。

「デレクがな、言ってたんだよ。ヒュラミール、あの少女は神の末裔だ、って。もちろん、冗談だろうけど、僕は、それを聞いた時に山人の伝説を思い出したんだ。このアンデスのどこかに、僕らの気づかない未知の部族がいて、彼女はそこから来たのだとしたら。黄金郷なんてあるわけがないって、頭では理解している。だけれど、もし本当にあるとしたら、僕はそれが見てみたい。ヤナギタが果たせなかった夢を確かめたい。そんなロマンを追い求めたくもある」

ここでシズマは、グラスの水を飲み干した。一通り喋り終えたシズマに対し、フランチェスカが優しく微笑みかける。

「なんだか、そうやって話してると、昔のシズマみたいだね」

不意をつかれ、シズマはフォークでこそいでいた虹鱒《にじます》の身をテーブルに落としてしまった。何も言わず、フランチェスカがナプキンを差し出してくる。

「そうだね、そうだ。昔みたいだ」

「シズマは、どうして軍に入ったの？」

「君やデレクと同じだよ。単純に国の平和を守りたかった。共和制アメリカの国民として、利他的に自分の能力を活かせる場所が他に思いつかなかった」

学問の道は、何よりも傲慢で利己的な道だと、他ならぬ恩師から聞かされた。国土と国民が蹂躙《じゅうりん》されようと、真理探求の前には些事と捨て去るような人間こそが、真に学問の道を歩めると教えられた。

「でも、それだけじゃ嘘になるかな。この職場に心惹かれたのも確かだよ。自己相のおかげで、どこへ行っても同じ文化しかなくなった世界で、難民という生きた文化を眺めることができると、そう信じていたんだ。きっと僕もヤナギタと同じように求めていたんだ。本当に純粋な、自然で自由な、何者にも囚われない人々を」

シズマの心の奥。誰にも見えない底流を晒した。

フランチェスカは、答えを見つけようと視線を彷徨《さまよ》わせた。たまたま通った給仕がそれに気づき、空いていたグラスを見て白ワインを薦めてくる。カサ・ボスク、ソーヴィニヨン・ブランのレゼルヴァ。重たくなった空気を払うように、二人してそれを喉に通していく。

「小さな社会を探ることが僕の仕事だ。文化を知り、その結節点を知る。村の有力者、地域を支配する宗教、親子関係。数多くのデータが、共同体を構成する諸要素を示している。それは、要は神経核のようなもので、そこを起点に多くの人と文化が交流している。人間社会の中を通る神経のようなものさ」

「文化技官の仕事は、そういったものを理解すること、だよね」

「その先もある。社会の神経を明らかにした後、そこにある結節点をいじれば、その社会を変容させることができる。例えばアニミズムを信奉していた少数民族にキリスト教を伝える、とか。これは結局、僕らが可塑神経網で同一の文化圏を作っているのと同じことだよ。社会の脳をいじれば、平和が達成できると思っていた」

ふいにシズマの右手が震えた。空になったグラスが皿に当たり、甲高い音を響かせた。

「でも、僕は」

「……いいよ、言わないで」

フランチェスカの手が、シズマの右手に触れた。

「昔のことだよね。私も知ってるよ」

「フラン」

「シズマが難民の人達に同情的なのも知ってる。ヒュラミールちゃんにも優しかった。シズマは難民の人達と自分を重ねて見てるんだよ」

フランチェスカの柔らかい手。薄い皮膚を通して、温かい血液が確かに流れているのを感じさせる。

「不安がらないで、お願い、貴方は一人なんかじゃないから。私もデレクも、貴方と同じなの。同じ悩みを共有できるから」

フランチェスカがすがるような目つきを添えて哀願する。

「難民の人達は、確かに貴方の寂しさを紛らわせてくれるかもしれない。こういう生き方があっていいんだ、って。誰にも理解されなくても、周囲から切り離されても生きていける自由があるんだ、って。でもシズマ、それは幻だよ。あの人達は可哀想な人達。サントーニ先生も言ってる。あの人達に憧れる気持ちは、シズマみたいな人には当然の気持ちかもしれないけど、私は嫌なの。私は、シズマには普通の人でいて貰いたいの」

フランチェスカの甘い声。善意の糸で織られた、シズマの為だけの優しい言葉のケープ。

「再復《リジューム》の認知治療も受けたくないいんだよね。記憶を薄れさせたくない、って。そう思ってるんだよね」

「僕は、あの時の間違いを間違いとして受け入れたいんだ」

シズマは銃を取れない。正確には引き金に指をかけても、そこから先にある意思を受け入れられない。

「私、シズマが苦しそうな顔をする度に考えているよ」

フランチェスカの指が、シズマの無骨な手の甲をなぞっていく。

「再復を受けてくれたら、どれだけ良いだろうって。軍に入って、シズマは色んなものを見てきた。でも、良いことばかりじゃなかったんだね。昔みたいに、大学の頃みたいに、笑っていてほしい」

シズマの手をなぞる指に力が込められた。整えられたフランチェスカの爪が、僅かに食い込んだ。

「私は本当は軍なんて嫌い。人が死ぬところなんて見たくない。シズマにも見て貰いたくない。なんでかな、私達はとっても平和で、とっても綺麗な場所にいるはずなのに。再復をしないせいで、シズマだけ見なくていいものばかり見てる気がするの。だから」

「フラン、やめてくれ」

黒曜石のようなシズマの瞳の輝きが、フランチェスカの言葉を裂いた。燃えるような瞳で。

それを受けたフランチェスカは口ごもり、ゆっくりと指を離した。

「ごめん」

フランチェスカは小さく謝ってから、何かを決心したように息を漏らし、ようやく自然な笑みを作った。無数の他人《キャラクター》の笑顔の向こうで、シズマに見せた本当の顔。

「私が軍に居るのは……、シズマとデレクと一緒に居たかったからだよ」

　その言葉を最後に、昼食を終える。オープンカフェを出て、いくらか経った頃、シズマは横を歩くフランチェスカの姿を見た。

「フランが軍にいる理由、初めて聞いたよ」

「え？」

「子供みたいな理由だな」

「ちょっと！」

「でも、ありがとう」

　シズマは顔を逸らし、遠く夕陽の方を向いて呟いた。湖の色が、赤黒いものに移ろっていく。隣を歩くフランチェスカが息を吐く音が聞こえた。とても優しげに、ただ一言だけ。

「うん」

　商業区に響く湖の波音が、心地良いものに変わっていく。いつの間にか流していた音楽は消え、行き交う人々の声の中に、自分達の姿が馴染んでいくのをシズマは感じていた。

　ふとフランチェスカが、そっとシズマの腕を掻き抱いた。大事な花束を捧げるように。

「そっち、怪我してる方なんだけどな」

「あ、わわ、ごめん！」

慌てて手を離すフランチェスカに向かって、シズマもまた笑顔を向ける。モジュール化されていない、自分の感情として。

二人は夕焼けの中を歩いていった。しかしシズマは、その先にある大きな黒い影をいち早く認知した。

「シズマ？」

その人物は夕陽を背にし、黒く長大なコートに巨軀《きょく》を包んでいた。

「アルシニエガ少佐」

影の奥で、黒い巨人が微笑んだ。決して自分のものではない、不吉で、不自然な作られた笑顔。

8.

コールタールのような黒い湖上、複雑に絡んだ浮島間の水路を一艘の葦船が渡る。

「せっかくのデートを邪魔してしまったかな」

舳先の方に陣取るアルシニエガが後方のシズマに声をかける。他に同乗者もいない、静かな船の上。シズマはこの航路がどこに続いているのか自然と悟っていた。

「いいえ、別に。軍の仕事なのでしょう」

日は沈み、湖上に映る星も今は厚い雲の内。自動で進む葦船は、統合軍の許可が無ければ入れない管理区域の水路へと進んでいく。

「そういうことだ。サンドラ准将からの指令だからな。例の難民たちの移送に、人理部隊にも同行して貰おう」

葦船は水門を通り、浮島外縁部の港湾区へと入る。等間隔で並ぶ港灯が、湖上に陰影を付ける。水路を動脈とするならば、無数のコンテナとクレーンで構成された、この地こそ浮島の鉄の心臓。

「武装難民についてだが、結論としては、彼らを浮島の中に置いておくことだけは避けたいし、できることならこちら側の領土にも入れておきたくない」

社会の不穏分子になる難民を受け入れたくないのは、どこも変わらない。シズマは社会の傲慢さを知りつつ、アルシニエガの方を向いて冷笑的に頷いた。

「そこで、ひとまず船で彼らをコパカバーナ基地に送る」

「大聖堂《バシリカ》ですか」

「そうだ。拘留するにせよ解放するにせよ、後々に影響の少ない土地を選んでおきたい」

チチカカ湖畔の街コパカバーナ。その地にある聖母マリアの大聖堂の名を冠した基地は、共和制アメリカと大西洋世界、二つの境界線にあり、現状は共同管理区域となっている。

「彼らにも、聖母の加護があることを願うばかりだよ」

葦船が港の一角に停まった。アルシニエガは低い桟橋に足をかけ、揺れる船の上から降り立った。巨体が振り返って、シズマの手を取ろうとする。

「お気遣いなく」ただ一言のみ添えて、シズマも桟橋に飛び降りる。

シズマは先行するアルシニエガの背を追う。黒いロングコートが、巨人の歩幅に合わせて揺れている。暗緑色に明滅する港灯が、誰もいない夜の港の寂しい風景を浮かび上がらせる。

「私はね、君の立場に同情しているんだ」

歩きながら、アルシニエガは緑色の闇の中で呟いた。

「私の先祖はバスク人だった」

重い調子。ノイズがかった響きにシズマが集中しようとしたところで、ぽつぽつと雨が降ってきた。アルシニエガがコートの前を合わせる。

「私が生まれるほんの少し前まで、我が先祖は独立した民族という矜持《きょうじ》によって民族運動を続けていた。それこそ、今の難民達のように。一部の者達は、各地で血なまぐさいテロを繰り返した。だが彼らが戦っていたのは飽くまで近代国家の影だ。それが崩壊してからは、他の全ての人達と同じように自己を均一化させ、バスクという言葉は歴史上の一語になった」

アルシニエガが首筋をさすった。すでにあの夜の戦闘で受けた傷は覆い隠されている。

「二年前、私はメキシコで難民のテロに遭遇した」

後ろにつけるシズマは、何を言うでもなく顔を伏せる。

「この傷も、その時についたものだよ。嫌な傷だ。妻も息子も娘も、それに巻き込まれて死んだ。グアダルーペの聖母の日だった。街中で自動車爆弾が次々と炸裂していった。まるで先祖の罪業を償うようじゃないか」

アルシニエガの剃り上げた頭に雨粒が滴る。小さな水滴の群れが首筋にかかると、一瞬で白い蒸気に変わった。焼け石のように発熱する、人工の皮膚で覆われた鋼鉄の血管。今ならばまだ、降り注ぐ雨によって熱い疼痛《とうつう》を冷ますことができるのかもしれない。

「全て、全て焼き直しに過ぎないんだ。民族同士の対立を克服したはずの人類は、一つの共同体と、それ以外の全ての個で対立しただけだった」

シズマは何も言わなかった。

一つの共同体、あるいは全ての個。自分が本質的にどちらに属しているのか、シズマには判断がつかなかった。共和制アメリカの一員としての自分を取れば、日本人である自分を捨てる。民族の名を取れば、他の難民達と同じになる。

目の前の巨人は、民族の名を捨てることで統一された自己を得た。確固たる自己。強い自己。シズマはそれを羨《うらや》みながら、どこか避けている。

「少佐、自分は、貴方のようには振る舞えません」

シズマが答えにならない答えを告げた。自分は果たして何者なのか。個としての自分の在処《ありか》も知らず。今はただ、集団の中の自己を再確認するように自分の血の色を否定した。アルシニエガは、それ以上は何も聞かず、静かに立ち止まった。

「お喋りが過ぎたね。迎えの人間がお待ちかねだ」

迎え、とシズマが口の中で繰り返す。巨人の肩越しに、緑色灯に浮かぶ白い人影が見えた。

任務とは関係のないことを示すように、伊達者としての振る舞いを忘れないように、雨に純白のジャケットを晒して。灯りの下、張り付いた笑顔のデレク・グッドマンが立っている。

「よう、シズマ」

片手を上げ、そのまま雨に濡れた前髪を掻き上げる。重苦しい空と湖の波を跳ね除けるような、デレクの陽気な声音。

「とんだ呼び出しだな。雨も降り始めやがった。こんな夜ほど、俺は唄いたくなる」

本当に一節やりかねないデレクをシズマは手で制し、二人でアルシニエガの後ろにつけた。

9.

難民達が並んでいた。その一群を監視するように、警備用ドローンが空中を旋回している。左手に伸びる鉄柵とコンクリートの壁、湖面を映す右手に繋留用のボラードが墓石のように立ち並ぶ中で。濡れた波止場の香り。深い湖が勢いを増した雨に泡立ち、まとわりつくような水の匂いを運ぶ。

「難民の数は二十三。尋問も済んでいる。任務の細かい手順は送ったものを参照してくれ。君らはこれから、彼らと共にフェリーに乗船して貰う」

そう言い残し、アルシニエガは現地での最終確認として、難民の横につける数人の陸軍兵士の方へと歩いていった。それを見て、ようやくデレクが近づき、いつもの調子でシズマの肩を叩いてくる。

「しかし、お互いに短い休暇だったな。また軍人として難民の相手をしなきゃならん」

デレクが顎で先を示した。

虚ろな表情で横に並ぶ難民達。その両側で、陸軍の人間が銃を構えて立っている。武装は解除させられ、大人しく付き従う者達。船出を待つ光景ではない。この場に希望などなく、しかし絶望もなく、ただ移動するというだけの徒労が難民達の顔に浮かぶ。

「護送なんて大層なことを言うが、実際は厄介払いだろ。反乱を起こした難民は、自己相の敷設手術をして釈放か、それが嫌なら監察って名目で牢屋に詰め込まれるだけだ」

シズマはデレクの言葉を聞き流す。視線は自然と泳いでいた。聴覚も視覚も何も運ばず、雨粒の感触だけが肌を刺した。

そしてシズマは彼女を見つけた。

薄汚れ、疲れた様子の難民達の中で、不自然なまでに輝きを放つ少女。遠くを見つめる青い眼。退屈とすら感じないのか、金糸の髪に湿気をまとわせて、麻のケープに覆われた細い身を揺らすこともなく、ただ難民達の中で直立する彼女。

シズマは何も言わずに駆け出す。突然の行動に、目を見開いたデレクが後を追う。

「ヒユラミール」

彼女がシズマを認識した辺りで、左右の兵士が注意の為に近づいた。後から来たアルシニエガに気づき、それ以上の追及はなされなかったが、陸軍の人間達がシズマの動きを注視している。

「シズマ、シズマ・サイモン」

シズマの到来に、彼女は微笑みとも言えない、曖昧な口の端の動きだけで応えた。同意、肯定。しかし、それでも彼女は確かにシズマを見た。

「会う、また、ありがとう《クラムス》」

たどたどしい口調で、彼女が言葉を紡ぐ。その様子に、シズマは思わず笑みを漏らす。感情を表現しきれない、そんな不器用さ。しかしそれは、どんなモジュールにも無い、再現性を持たない一瞬の移ろい。

「おい、シズマ。あんまり変な関わり方をするなよ」

シズマは、背後から来たデレクに肩を掴まれる。

「正味な話、だ。お前はこれからどうするつもりなんだ？　まさか、そのガキと一緒にバシリカの収容施設に入るわけじゃあるまい」

「解っているよ。彼女は、おそらく軍の管轄下に置かれるはずだ。だけど、それならそれで、僕は彼女と接点を持てる。だったら僕はこれからも、彼女の生まれた場所を探したい」

「黄金郷を探すってのか」

デレクが呆れた声を出す。その一方で、シズマは彼女が自身の袖を引いているのに気づく。彼女の透き通った青い瞳が、爛々と輝いて見えた。

「コニス・マリ。来る、帰る」

不思議な表情で、彼女がその都市の名前を呼ぶ。その姿を愛らしく思う。しかし一方で、シズマは自分の傲慢さを突きつけられたようにも思えた。失われた自分のルーツを追い求める。自らが果たせなかったその夢を、シズマは彼女を使って再現しようとしているのだから。

「そうだ、コニス・マリ。黄金郷。君の生まれた場所。僕は君をそこへ連れて行く」

袖が強く握り込まれた。言葉以外の全てが、彼女の感情を表していた。

「まぁいいさ、そのガキの為にお前がこの先どうしようが、俺には知ったこっちゃない」

デレクが肩を竦めながら、さりげなく前方を示す。向こうから来たアルシニエガが、シズマと彼女の間に割って入った。すでに周囲の難民は陸軍の兵士に誘導されていた。

「もう時間だ。早々に乗船準備をしてくれ」

彼女はアルシニエガに引き立てられ、難民達とともに雨の中を進み始める。波止場を歩き、船に積み込む為の貨物が溢れる区画を通る。コンテナ群の横で、小型の貨物フェリーが乗船場につけている。短いタラップを降ろし、そこで陸軍の人間が難民を並ばせて、直接データとの照合を行って、搭乗者の確認を済ませていく。

「随分なボロ船だな」

そう呟くデレクの言う通り、年代物のフェリーは所々塗装が剝げ、また錆び、前世紀から使われていることを窺わせる。剝き出しの車載部、風に軋む貨物用のクレーン、積まれた大量のコンテナ。そのどれもが、実用に耐える限界を計っているようだった。

「廃棄予定の船なんだ。快適ではないかもしれないが、未だに使われる意義はある」

横からつけたアルシニエガが、デレクの軽口を笑っていなした。

「良い旅を」

ふとアルシニエガが、場にそぐわない、しかし何よりも正しい言葉を吐いた。

その瞬間、シズマは認知の渦の向こうで異様な光景を見た。

立ち並ぶ難民達の向こう、降りしきる雨の中で世界の一部が歪んでいた。人間の形に雨が避けて降っている。一人ではなく、複数人。暗闇に透明な影が浮かんでいるように。

音は無かった。

遠い緑色灯の色とは違う、赤と白の火の色が見えた。雨の中、透明な影の腰のあたりで。二度、三度。その火の数だけ、難民の列から、水袋の割れるような嫌な音が響いた。

血飛沫が、降り注ぐ雨に逆らうように天に昇った。

最初の犠牲者がコンクリートの地面に倒れたとき、難民の女性が金切り声を上げた。その直後、女性も胸から血を噴いて倒れた。

静かな船着場が、一瞬にして悲鳴と怒号に溢れた。

「シズマ！」

デレクの声だった。何者かの襲撃。互いに姿を確認することなく、その場から離れる。シズマは雨の中を駆ける。エミュレートされた感情が、この場を戦場として認識する。

「難民から離れろ！　撃たれるぞ！」

デレクは周囲の陸軍兵士と同様、遮蔽物となる貨物の裏手に回っている。シズマもまた離れたコンテナの陰に隠れた。

「襲撃者だ。あの時と同じように、難民の蜂起か、何か」

ひとり呟いてから、シズマは戦場を満たす違和感に気づいた。

銃火は一方からしか届かなかった。

もしも難民、あるいは軍を狙っての襲撃であれば、陸軍兵士がすでに反攻している。しかし周囲を取り囲む兵士達の方からは、銃声が聞こえてこなかった。

シズマは半身を乗り出し、懐から引き抜いたハンドガンを襲撃者に向けた。銃は戦闘回避のプロトコルに則り、即座にロックが掛けられた。

透明な影。襲撃者の正体。

「デレク！　あれは軍の人間だ！」

シズマの叫び声が聞こえたのかどうか、その位置からは一切の動きが見えない。

「あれは陸軍の迷彩だ。視覚マスキングを掛けている」

視覚が人間の姿を捉えるより早く、迷彩スーツが視覚的ノイズを映し出し、風景に現れた異物を異物として認識できなくさせる。それこそが陸軍制式の認知マスキング技術。

しかし軍の人間であるならば、その銃口が自分に向くこともない。シズマはコンテナから飛び出し、デレクのいる方へと駆け出す。

「大丈夫か」

コンテナに背を預け、ハンドガンを構えたまま、濡れた前髪を整えるデレク。何も言わずに、物陰から顔を出して惨劇の場を眺める。

透明な影が散開して銃撃を続けている。逃げ惑う難民達を狩るように、警備用ドローンが粛々とスタンネットを射出し、絡め取られた者から死んでいく。四方八方へ、必死に走る難民達が、次々と悲鳴を上げげて、血を噴き出して倒れる。焚き火の煤が、千々に舞い散って空に消えるように。

「どうして軍が」

シズマが疑問を消化するより早く、ばしゃばしゃと地面を蹴る音が近づいてきた。息せき切らし、シズマとデレクの前に飛び出してきた、一人の難民の青年。怯えきった表情。硬直した手足は、背後に続く二人の難民とぶつかってようやく動いた。

シズマが無言で青年の手を引き、背後に置いた。

「大丈夫だ、隠れてろ」

その意図に気づき、青年と二人の難民――年老いた夫婦。家族であったのかもしれない――がシズマとデレクの後ろについた。

「おい、シズマ。匿《かくま》うつもりか」

「そうだ。僕らには護送の任務がある。襲撃の意図は解らないが、今は彼らを一人でも助けなくてはいけない」

自己相によって位置が即座に解らないことだけが、難民達のアドバンテージになっている。

しかし、この場が軍の人間によって支配されているとすれば、やがては必ず狩りだされるだろう。

「デレク、頼みがある」

「あまり聞きたくはないな」

「頼む。フェリーを確保してくれ。難民を乗せてこの場を脱出する」

言葉は返らない。遠くで響いた誰かの叫びも、強くなる雨音に掻き消された。

「君にしか頼めない。デレク。協力してくれ」

舌打ちが一つ。

「俺はな、シズマ。難民が嫌いなんだよ。知ってるだろ。お前の立場も嫌いだ。任務だとか、文化なんてものを理由にして、消え去るべきものを守ろうとする、その態度が」

デレクの伸ばした拳がシズマの肩を打った。怪我をしていない方を見定めて。

「でも、お前は俺の親友だ。この前と同じだ。俺は親友の頼みは聞いてやる。だが忘れるなよ。これ以上は身の振り方を考えておけ」

いつも通りの人格《キャラクター》で応じたデレクに、頷いたシズマ。短くアイコンタクトを交わし、お互いに手を握り合う。そうして感覚の共有を行ってから、その場で匿った難民を任せて、シズマはデレクと別れた。

雨の中、銃声の響く中をシズマは歩き始めた。頭の奥で根を張る可塑神経網が、感情をあるべき形に作っていく。

「デレク、君の方から襲撃者は見えるか？」

通信相を介して、デレクから視覚情報が送られてきた。フェリーに向かう高いタラップの方からの映像。敵も味方も無く、暗い港に蠢《うごめ》く人の影。

《ご覧の通り。どれが襲撃者かも解らないな》

「いや大丈夫だ。今ので自己相のリンクが生きていることが解った。これならいける」

シズマは視覚野に十二番ゲート周辺の地図を映す。そして、この戦場を彩る無数の自己相の色にピンを刺す。それらに対して、シズマは視覚の共有を試した。

《割り込みでの視覚共有？　どうしたシズマ》

「あの銃撃が軍の人間のものなら、僕の方で彼らの自己相を掌握できるかもしれない。人理部隊の任務で関わった相手だとしたら、アクセス権があるはずだ」

シズマの言う通り、ピン留めされた自己相が次々と反応していく。一人、二人……。合わせて六人の人間がシズマの既知の人物として反応した。

「デレク、彼らの視覚を一時的に複数再生する。僕とリンクしている君にも流れるだろうから、覚悟しておいてくれ」

《了解。慣れてるよ》

自己相に保存され、大半が自動削除される視覚記憶へのアクセス。六人分の視界が、シズマの脳内で再生される。頭の後ろの風景を眺めるような、特殊な感覚。

シズマの脳裏に浮かぶ無数の映像。襲撃者の位置と視線で解る目標。移動、難民を追う無数の透明な影。シズマは六人の視界を監視しつつ、その行動域から、難民が逃走を行うのに最も適したルートを裏で選定する。

視覚をザッピングした。新しい襲撃者の視界。コンテナの迷路を駆け回り、隠れる難民を探しだして殺そうとする。

姿の見えた難民。貨物の陰で、兄弟と見られる二人の難民が震えてうずくまっている。襲撃者の到来にも気づかずに。銃口が向いた。

シズマは、襲撃者の自己相に他の人間の視覚を流した。

突然の視界の混線に、六人の襲撃者がその場で倒れ込んだ。認知酔い。平衡感覚を失い、立つこともままならない。

シズマはそこから自己相のリンクを辿り、残された全ての襲撃者それぞれの視覚と聴覚に、最初に紐付けした六人分の感覚を流しこむ。認知を失調した状態の感覚を複数人分、一度に受け取った襲撃者達は各地で声も出さずに悶えて倒れた。

《アイツらの自己相をシャッフルしたのか、シズマ》

「複数の自己相を捌くのは一流の兵士だって難しい。これで数分間は無力化できる」

《よくやるぜ。文化技官特権だ。戦場での味方への臨時アクセスが許可されているから使えた戦法だ。お前の自己相がリンクから外されたら、次は無いからな》

「その為にも早くこの場から逃げて、ゆっくりと弁解の言葉を練っておこう」

デレクの笑い声を耳に残しつつ、シズマは銃声の途絶えた戦場を走る。目についた難民を引き起こし、あるいは肩に手をかけて共に走らせた。すでに作っていた逃走ルートを通り、デレクの待つフェリーの方へと進んでいく。

「難民にルートを指示して走らせている。そっちの方で受け入れてくれるか、デレク」

《何人か姿が見えてるぜ。誘導しておいてやるよ》

シズマは周囲を駆け回りながら、難民への誘導指示を行う。元が武装蜂起した難民達だ。必然的に若い男性が多かったが、それでもいくらか老人や女性の姿もあった。家族という形を作り、その中で死んでいく存在。シズマは強く思う。自己相社会の掲げた一つの家族というスローガン、そのあまりの馬鹿らしさ。

《そろそろ時間だぜ、シズマ。これ以上は待てない》

「解った、もう行く」

口ではそう答えたものの、シズマは静けさを取り戻した港に意識を残した。

「ヒユラミール」

少女の名を自然と呟いていた。何故心惹かれるのかも解らない。しかしシズマは、彼女を救おう、彼女を守ろうと思った。それが単なる自己執着や、学問的な探究心、傲慢なロマンティシズムに衝き動かされていると知りながら。

やがてシズマは、より強くなる雨の中で、一際激しく銃声が響いている場所があることに気づいた。自然と足が向かう。倉庫群を巡り、小さく開けた場所に出る。緑色灯の光届かぬ深い影の向こう、金色の髪を雨に濡らし、そこに彼女が立っている。

「ヒュラミール！」

声を上げた途端、彼女はシズマの方を見遣る。次の一瞬、雨滴を裂いて銃弾が散った。大口径バトルライフルの奏でる、重く強烈な音と、稲光に似たマズルファイア。

跳躍しようとした彼女が、突如、背後の空間から押し出されるように不自然に飛び、そのまま地面へと転がった。何度も地面に打ちつけられ、泥に塗れた金髪が痛々しく、その顔に張り付いた。

「まったく、手こずらせてくれる」

夜の闇から、声の主がのっそりと現れる。シズマの眼が、認知マスキングをまとった人物の姿に気づく。黒い巨人が、エルラン・アルシニエガがそこに立っている。

「視覚も聴覚も、この少女相手では有効手にならない。君が気を散らしてくれたおかげだ」

アルシニエガは、倒れ込み、苦しそうに息を吐く彼女の元へと近づく。その細い首を鷲掴みにすると、力任せに胸元に引き寄せる。彼女は短く呻きながらも、必死に手にしたナイフで背後の巨人を切りつけようとする。

「これではキングコングとアン・ダロウだ。私なりのジョークだが、さて笑ってくれるかな、サイモン准士官」

笑い声もなく、ただ歯を見せてアルシニエガが笑顔を作った。

「少佐、彼女を放してください」

シズマが、自然と拳銃を引き抜き、その銃口をアルシニエガに向けていた。

「おっと、その態度は良くないぞ。友軍への敵対行為は、実に良くない」

「少佐。今回の襲撃は軍のものです。陸軍は把握しているんですね」

アルシニエガが、彼女の体をシズマの方へと向け、自身の盾とする。そのあまりにシンプルな暴虐さに、シズマは思わず歯噛みする。

「武装難民の排除。共和制アメリカの新しい戦争。一体化しようとしない彼らは、社会を脅かす存在になるから」

「陸軍は統合軍とは違う。実際に難民と戦闘し、死傷者を出すのはいつだって陸軍だ。先々の禍根を、みすみす逃がすことなどしないよ。ただ表立った弾圧は、より強い反発を生むからね。飽くまでも護送中の事故という形で、あの難民達には消えて貰うしかない」

シズマの拳銃が、アルシニエガの頭部を狙う。しかし、戦闘プロトコルがトリガーを引くことを許さない。その引き金の重さは、自己相社会という天秤に据えられた錘《おもり》と同じだった。

「撃てるか、サイモン准士官。怒りに任せれば、全てを失うぞ」

「難民を最初に撃ったのは、貴方達だ」

シズマは拳銃を下ろした。しかし、その一方で、指先を捻り、虚空に複雑な軌道を描く。知覚信号。その目標は、アルシニエガの周囲でチラチラと飛んでいた警備用ドローンだった。

アルシニエガが目を見開く。シズマは警備用ドローンの機能相を強制的に操作し、腹中に収まったスタンネットを吐き出させる。

「貴様ッ！」

避けようとした挙句、アルシニエガは胸元に抱いた彼女からの反撃を受け、その体勢を崩す。地面に倒れ伏すアルシニエガに、スタンネットが覆い被さる。悲鳴とも嗚咽《おえつ》ともつかない声が響いた。

「シズマ、サイモンッ！」

スタンネットの端にかかった彼女を、シズマはゆっくりと引き上げ、その体を抱き留めた。僅かな震えは、激しいパルス波に晒されたせいか、それとも恐怖のせいか。

「少佐。彼女を引き受けます」

雨の中で、啾々《しゅうしゅう》と泣くように、アルシニエガの体に触れた水滴が、一瞬で蒸発して水煙を作っていく。水煙の向こうから、地獄の鬼が睨んでいる。噛み締められた歯が、ぎりぎりと不吉な音を立てた。

「逃がすものか、決して……！」

全身の筋肉を不随意にさせるスタンネットに覆われてなお、アルシニエガは膝をつき、立ち上がろうともがいている。その尋常ならざる気配に、思わずシズマは後ずさった。

「お前、は、何も、知らない！」

シズマは彼女の身を引き寄せる。細い腰に手をかけ、膝裏から腕を回して掻き抱く。

「そ、の少女は、お前の、手に余る」

アルシニエガは目を血走らせて、不気味に笑った。そこにある凄みが、シズマの足にまとわりつく。それを振り払うようにして、シズマは彼女を抱きかかえて駆け出そうとする。

「必ず、後悔、する」

それ以上、アルシニエガから声がかかることは無かった。シズマは走り出していた。背後で笑う黒い巨人は、雨音に同化するように、夜の影に姿を消していった。不自然なまでに緩やかに、不気味な程に静かに。

《シズマ、フェリーを出す。早くこっちに来い！》

通信相からのデレクの声に頷いた。

襲撃をまぬがれた運の良い難民達も、すでにあちらに合流している頃だろう。ふと首元にかかった息吹。その小ささを守ろうと、強く思っていた。そのシズマの思いを汲むように、抱きかかえた彼女が微かに喉を鳴らした。

シズマの足はデレクの待つ場所へ向かう。

10.

シズマは思い出の風景を見ていた。

ユマ砂漠を一台の日本製の車で走っていた。隣を向けば、デレクがハンドルを握っていた。

空は黎明《れいめい》。東の空が淡く黒から群青へと変わっていく。

「なぁ、シズマ」

楽しそうにデレクが声をかけてきた。

「良い夜だったな」

「そうだな」

助手席のシズマは目を瞑り、小さく笑った。後ろに詰め込んだフランチェスカは未だ夢の中。時折寝息を立てては、意味のとれない寝言を言い放つ。車が揺れる度に目を覚まし、今がどの辺りかを訊ねては、再び気持ちよさそうに寝入る。

「この旅行が終わったら、今度は卒業に向けて勉強のやり直しだ」

「成績、悪かったもんな」

シズマの軽口に応じ、デレクが拳で肩を打ってきた。

二人して声を潜めて笑った。窓の外を流れる砂漠に目を落とした。流れていく風景は、ヘッドライトに照らされたところから、影になり、また光になる。石と砂、たまのサボテン。その程度の繰り返しだったが、そのどれもが愉快に思えた。

「聞いたぜ、お前、軍に行くんだろ」

道を進む中、ふとデレクが聞いてきた。

「ああ。サントーニ先生はカンカンだ」

「そりゃそうだ。先生は軍人が嫌いだからな。愛弟子が軍人になるのなんざ、許しちゃおけないだろ」

デレクのかけた音楽が、自己相を通じて二人の耳に届く。この時は何故か、友の趣味とはかけ離れた寂しげなギターの音色だった。

「軍に入ったら、お前も人を殺す」

「殺さないよ」

不思議なものを見るように、デレクが横目をくれる。

「文化技官というんだ。人理部隊といって、学問を武器に戦場に立つ。武装解除の為の調査と治安維持が主な任務。統合軍の仕事だ」

デレクが、ふと意味ありげに微笑んだ。

「そうか。そりゃ良かった」

「何が良いんだ」

「いやな。フランチェスカから相談を受けたんだよ。お前が軍に行くのが不安だって。誰かを殺すんじゃないか、ってな」

「相変わらず心配性だな」

ちら、と後ろを振り返り、だらけきった表情で眠る愛しき友人を見遣る。

「お前は誰も殺さない。俺もだ」

「それはそうだろ。お前はインフラ系の会社だったか？　勤め先は決まってるんだろ、なぁ、エリートビジネスマン」

「いつまで続けるかは解らねぇよ。いっそ俺も軍に行っても良いかもしれない。人理部隊ってのに興味が出てきた」

「真似するなよ」

「転職の鮮やかさも、エリートビジネスマンの条件だ」

　またしても、二人だけで声を殺して笑いあった。直後、フランチェスカが狭い後部座席で寝返りをうって呻いた。その様子も可笑しくて、ただただ笑っていた。半笑いのまま、窓の外を流れる風景に目をやる。

「デレク！　プレーリードッグだ！」

「おい！　マジかよ！」

　デレクが急ブレーキをかける。

　シズマは慣性に引っ張られて危うくフロントウィンドウに顔をぶつけるところだった。それはまだましな方で、背後のフランチェスカが「ぎゃ！」と一声、座席の下へ無残に転がり落ちていった。

「いきなり止まるやつがあるか」

「いや、だってよ、プレーリードッグまだ見てないんだぜ」

　おどけた調子で言い争う二人に対し、のそのそ、と這い上がってくるフランチェスカ。ぼやけた目のままに、不安げな声を出す。

「なに？　喧嘩？」

　その無邪気な調子に、シズマはデレクと顔を見合わせて笑った。

「なんでもない」

「そろそろ運転を替わるよ、デレク」

シズマは横に向かい、右手を突き出す。デレクもまた、握った左手の拳を合わせて応える。

フロントウィンドウの向こうに、太陽に掻き消される前の、最後の星が輝いていた。

＊

貨物フェリーは大きく揺れながら、波と大雨で泡立つチチカカ湖を進んでいく。

「難民は全員、船室の方に詰め込んだぜ」

プロムナードデッキのベンチに腰掛けるシズマに、船室の方からやってきたデレクが声をかける。

「すまないな、色々と」

シズマは、自身の肩にかかる重みを意識する。視界の端に、金色の糸が揺れる。彼女もまた疲れたのか、この時ばかりは、あの神聖さも消え失せたように感じる。

「馬鹿みたいに眠ってやがる。あの時のフランチェスカにそっくりだ」

デレクの疲れた顔が、等間隔で並んだ白色灯に照らされる。フェリーは自動航行でチチカカ湖を進む。船室は難民に明け渡してある。乗員は他にいない。今は二人して、吹き込む雨と波飛沫に晒されながら、疲れきった体を休めている。

「まったく、とんだ騒ぎだ。これで陸軍とは仲違いだ。文化技官ってのはロクなもんじゃないな。難民なんてものに拘って、自己相を持ってる人間同士で争う結果になっちまった」

「言いたいことは解る。だが、あれは許せることじゃない」

「シズマ。お前はそれで、満足かよ」

デレクは首を振る。何か、哀れむような強い眼差しが、シズマと、その横の彼女に対して注がれた。

「世話をかけた」

デレクは深く眼を閉じたまま、シズマのその言葉には答えないでいた。

「煙草くれよ。残ってるだろ、前に配ったやつの余り」

「目ざといな」

シズマがズボンから取り出したそれを、デレクは恭しく受け取り、一本だけ取って後はそのまま返した。

「湿気《しけ》ってなくて良かった」

デレクは自分で火をつけ、一方でシズマの隣で静かに眠る少女の姿を見遣る。デレクの吐いた煙が、溢れかえる水の粒子に混ざって消える。

「なぁ、シズマ。お前、そのガキについてのレポートは見たか？」

デレクの冷たい声。

「レポート？　ホアキンが居留地で取っていたものか」

「その様子じゃ、まだ何も知らないようだな」

デレクの瞳が妖しく輝く。思わずシズマは立ち上がり、目の前の友人と対峙する。

「お前がこの船に乗り込む直前、俺はある人物から通信相で連絡を受けた。そこで俺は、ホアキンのレポートを見せられた。お前が暢気にそのガキに肩を貸してる間、俺はずっと考えていた。それが何を表すのか、何を意味するのか」

「デレク？」

「レポートはとある存在についてのものだった。そいつの身体能力は遥かに人間を凌駕している。その理由も報告には表れていた」

デレクの視線が、シズマを捉えた後、横滑りして彼女の顔を確かめた。

「人間の脳の容量は約一四〇〇CC、対して、そのデータにあった存在の脳の容量は約一六〇〇CC。人間よりも速い認知速度、人間よりも高度な処理能力。それは人間の中にいる、人間ではない存在のデータだった」

「デレク、待て、君は誰と話していたんだ」

「なるほど。そりゃ人類の災厄ってわけだ」

シズマがその言葉に疑問を抱く寸前、デレクが煙草を湖に向かって投げ捨てた。

轟音と衝撃。

シズマの背を強く押すもの。それは船室の爆発によって、逃げ場を失った空気の束。デレクは船体の傾きに合わせて悠々とデッキに足をつけている。

「デレク、これは——」

大きな揺れ、それに伴って湖の飛沫が強く舞い上がる。

「シズマ。俺は、お前との約束は守るぜ」

銃口が突きつけられていた。いつもは横から眺めていたはずの、見慣れたあの拳銃。

「難民の命は救ってやる。この船は沈むだろうが、カッターボートでも出して、後は勝手にどこへなりとも逃げればいい」

「この爆発は、お前がやったのか、デレク」

「だがそのガキは別だ、シズマ！　俺達はそいつを殺さなきゃならない」

「こっちが聞いてるんだ、デレク！」

二度目の爆音。

シズマが思わず振り返ると、後部甲板に続く船室から黒煙が溢れ出ていた。断続的な爆発。ここに来てシズマは、デレクがアルシニエガから連絡を受けていたことを悟った。

「デレク、答えろ。これはお前がやったのか。アルシニエガに従って？」

シズマ越しに、冷たい視線と銃口が向く。

「裏切ったのか、って、そう聞いているんだ！」

「違う！　お前が何も知らないだけだ！」

デレクが激昂する。怒りに身が震え、その足で強くデッキを踏んでいた。

「難民を乗せた護送用フェリーは、整備不良と荒天によって沈没。そして可哀想な難民達は死亡。陸軍の偽装工作を引き継がせて貰った。表向きにはそれで良い。だが、他の武装難民なんざ、その娘の前じゃ些末なことだったんだ」

後方で爆発が続く。その度にフェリーは大きく傾き、荒れた湖の波が甲板にまでかかり始める。船が揺れる度に、ベンチに横たえられた彼女のか細い体が滑り落ちそうになる。

「今なら俺にも解る。そこにいるガキ一人の為に、陸軍はあれだけの虐殺をやってのけた。そいつは生きていちゃいけないんだ！」

どこか遠くで、人間の悲鳴が響いた。炎と煙に巻かれた難民達の叫び声。しかしここには届かない。ここだけは静寂の中で、ただ二人の男が対峙している。

「ホアキンのレポートはお前に知らされるより先に、アルシニエガ少佐に、そしてサンドラ准将まで届いた。その結果、浮島がフォルスラコスを飛ばした。そのガキ一人を確保する為だ。難民の手術なんてのは後付の理由だよ」

銃口が、過たず彼女を狙っている。

「殺さなくちゃいけないんだ。そいつがいるだけで、俺達の社会は根幹から崩れ去る」

シズマの視界で、チラチラとデレクの銃口の先が移ろう。船の揺れに合わせた、絶対的な射撃精度。デレクの体を支えるのは、無数の殺意。守るものなき彼女の身。今にも湖に転げ落ちていきそうな彼女を支えられるのは、この場ではシズマただ一人。

「何を言ってるんだ、デレク」

「そいつは人間じゃあないんだよ」

唐突な言葉。

悲鳴、雨、黒煙、波。それらが透明な矢のようにシズマの体を通り抜けていく。

「人間じゃない？」

「そのまま、その通りだ。別に機械だとか、宇宙人だとか、そんなことを言うわけじゃない。ただそいつは俺達、現生人類とは別の存在なんだ」

揺れる、揺れる。シズマの視界が揺れた。

「ホモ・ネアンデルターレンシス」

デレクの声が、遠い残響のように意識の裏に消えていく。

「難民を人間として認めないのとは意味が違う。そいつは俺達とは別の種、別の人類。現生人類とは異なった進化を遂げた、古い人類種の末裔だったんだよ」

「そんなこと、あるわけが」

「あるかないかじゃない。そこにいる。今、そこに、俺らとは全く別の認知体系の中で生きている存在が、現象としてそこにある！」

シズマは、船の傾きに合わせて体勢を崩す彼女に手をかけた。白い肌に骨ばった指が食い込む。

「人類じゃない人類がいること。それで何が起こるか、お前に想像がつくか？　陸軍はその可能性に気づいた。そいつがいるだけで、自己相社会の根幹が揺らぐ。今ここにある平和な世界が、足元から崩れ去る可能性があるんだ。だからシズマ、そのガキは殺さなくちゃならない。俺達は人理部隊だ。人間の社会を救う為に戦う軍人だ！」

断続的な爆発の最後、一際大きな音と衝撃が襲った。機関部に火が回った。船け間もなく沈むだろう。賢《さか》しい難民は、すでに船員と共に端艇に乗り込んで湖に出ているはずだ。

「さぁ、もう良いだろう。シズマ。お前の好奇心もここまでだ。馬鹿なロマンだ。帰って一緒に、フランの料理を食べようぜ」

瞬間、シズマは落ちかけた彼女の体を抱き留めた。肩に手をかけ、腰から支え、自分の体に密着させた。そのまま煙から逃れるように歩き、波の届かない前部甲板へと向かう。

「シズマ、そいつを降ろせ。このままじゃ撃てない」

残ったカッターボートを求め、ふらふらと甲板を進むシズマにデレクが追いすがる。その手に拳銃を構えたまま。

「撃たせるつもりはないよ」

強い雨が両者を打つ。風下のデレクの額に、いくつもの水滴が浮かんでは斜めに垂れていく。軋んだ船体が、喫水線を割り、後部甲板から先に水へ浸かっていく。

「シズマ、頼む。俺達は友達だ」

「そうだ、友達だよ」

引き抜いた拳銃が、デレクの胸を狙う。プロトコルに則り、撃てるはずも無い相手へ。

「おい、シズマ」

驚愕の表情、そして、悲痛、悲嘆。

「俺に、俺に銃を向けた。シズマ、俺に、銃を向けたな！」

感情の速さが、自己相による修飾速度を超えた。顔。悪鬼のように歪んだ、デレクの顔。

どの人格《キャラクター》でもない、ただ一人だけの顔。

「シズマ、俺に！」

「僕は、やっと出会えたんだ！」

吹き込む雨、傾く船の舳先に陣取って、高みからシズマが叫んだ。

「僕は出会えた。ウクマール、山人、アルカディアの住人。人間ではない人間。原始の人。何者にも囚われない、真に自由な存在に」

シズマが片手で彼女の体を強く引き寄せた。

「夢だ。僕の夢が、今この手の中にある！　ただの研究材料への興味でもなんでも良い。僕は彼女を知りたい。彼女に生きていて貰いたい」

二人の間に、一瞬、確かな静寂。

「狂ってやがる」

「かもね」

マスト灯の下、シズマは爛々と眼を輝かせる。湖と同じように、黒く澱んでいく自己を意識した。彼岸と此岸を分けてきた人々。自分は、どちらに行こうとしている。

シズマは笑った。いかなる感情もエミュレートできない、精神の果ての笑い声。

「だが、俺はな――」

デレクが言い終えるより先に、船体が最後の一線を越えて、深く沈み込んだ。その時、前部甲板に積み込まれていたコンテナも大きく揺れ、その留め具が外れた。轟音の後、濡れた甲板を重いコンテナが滑り落ちていく。

叫び声は後から響いた。

鮮血が、雨と波に紛れてシズマの頬を濡らす。

デレクが、船の壁と転がり出たコンテナに半身を挟まれていた。

「デレク！」

船は沈みゆく。コンテナに押される形で大きく後退したデレク。すでにその体は、黒い湖に浸かり始めている。

「シズマ、俺を、俺を助けろ」

伸ばされた手、握り込まれたままの拳銃。鮮血が波に浚われて消えていく。

様々な光景がシズマの脳裏をよぎる。死んでいった難民と軍人達、川に流された犬、大学の風景、フランチェスカの笑顔、そして、血塗れの少年。

その向こうで、自分を待つように何かが立っていた。

シズマは、選んだ。

強く、強く彼女を抱きしめた。

前部に残されたカッターボートに手をかける。その僅かな間にも、背後ではデレクの体が冷たい湖の中へと沈もうとしている。

「そいつを、殺せ――」

それは、シズマが聞いた、親友の最後の言葉だった。

やがて船は完全に姿を消し、あれほどに強かった雨ですら、その時を待つかのように降りやみ、チチカカ湖上には再び星空と静けさが戻ってきた。

湖上には、ただ笑い声が響いていた。

彼女はカッターボートに横たえられている。引き締まった足に波飛沫がかかる。

星は輝いていた。

一人の文化技官が笑っていた。自己相のどこにも書き込まれていない、ただ一つの感情で笑っていた。

第三章　荒野《パラモ》の狼

1.

モニカ。

その少女の名前は、アルコール依存と虐待被害者の守護聖人である聖《サンタ》モニカにちなんで名付けられた。名付けた祖母は、酒に酔ったモニカの父に猟銃で撃たれて死んだ。事故と言い張られ、誰も罪に問えなかった。

優しかった祖母は死に、母は逃げ出した。生まれてから十年、モニカは石造りの狭い家に、父と二人で押し込まれて暮らしていた。昼間は叔父家族が所有するリャマの世話、夜は酔って帰ってくる父にさらに酒を注ぎ、酔いつぶれて眠るまで怒鳴り声と時折の暴力に耐えた。

モニカの生まれた村は、ペルー南部、プーナと呼ばれる標高五千メートル地帯にある。深い谷と細長い平野、高地アンデスの暮らし。乾燥と強い日差し。少女は自分の砂に塗れた黒髪を梳く度に、ここではないどこかの街を想像する。焼けた肌と割れた唇で、精一杯の笑顔を作る。割れた手鏡は、母の置き土産。

週に一度、学校のある隣村に行く時だけは幸せだった。その日だけは父親から逃げられるし、優しく綺麗な先生《マエストゥラ》の話を聞けるのも嬉しかった。白い肌に金色の髪、知的な眼鏡。マエストゥラの話してくれる都会の街は、モニカの心に希望の火を灯した。

モニカが学校から家に帰ってくると、いつも無言で父親が待っている。酔ってはいない。そう思って、つい都会の話を父にしてしまう。その度に酔っている時よりも酷い暴力を受けた。そんなことを数度繰り返して、ようやくモニカは父に都会の話をするのをやめた。

ある時、モニカの父は都会の街に行った。

鉱山労働の求人に応募し、遠い街まで働きに出ていった。稼いだ分が送金されてくることなど無かったが、モニカはようやく自由になれた気がした。家に一人だけ。しかし叔父家族も面倒を見てくれたし、たまに来てくれる隣の家のおばさんも、村の人達も、皆がモニカに優しくしてくれた。

村の人々は、リャマを伴って複数の土地を移動していた。モニカもそれに同行し、新しい土地で新しい生活を営んだ。勉強も良くした。遠くなりはしたが、隣村の学校へ行くことも増えた。マエストゥラ。綺麗な先生。憧れがモニカの心を満たしていった。

一年を経て、モニカの父が帰ってきた。

それはモニカにとって凶報だったが、帰ってきた父の様子を見て、考えを変えた。父の飲酒癖は改められ、暴力を振るうこともなく、口汚く罵《のの》ることも無くなった。

整えられた髭、余裕と慈愛に溢れた目つき。村の人々に対しても親切に接し、その変化に驚いた人も多くいたが、次第に人格者として受け入れられた。

「自己相の手術を受けてきたんだ」

父親は言った。多くの村人達の前で。

高地アンデスであるプーナには、未だに電化されていない村があるし、自己相によって社会に組み込まれていない人達がいる。より低地にある隣村ならばすでに自己相の普及も終えているが、この村ではモニカの父が初めての利用者だった。

「お父さんは別の人になってしまった」

モニカは漠然と感じた不安を、久しぶりに会ったマエストゥラに話した。マエストゥラは頬にかかる髪を直しながら、色々な話でモニカの言葉に答えた。

様々な昔話、伝説、物語。苦境の中で生きていた少女が、最後には報われて、幸せになる話。モニカは話を聞くうちに、自分がその主人公であったのだと気づいた。

「お父さんは〈正しい人〉になれたんだ」

モニカはそれを喜びとして受け取った。

今までの父親との生活は、本当の父親が現れるまでの試練だったと信じた。父の姿をした悪魔と暮らしていた。そして今こそ、その苦しみが幸福へと変わる瞬間だと思った。

モニカの父は、村の中で中心的な人物となっていった。その知識は村では手に入れられない、常に新しいもので、そして全地球的なものであった。村長の持っていた二十年前のラジオ付き携帯デバイスは、自己相の普及に伴うシステムの移行で機能しなくなり、今では権威的なシンボルに収まっていた。モニカの父の言葉は、寂れた小さな牧民集落の生活を変えた。星々の動きを見て未来を語った古の呪術師のように、成層圏の通信雲《クラウド》から届く波が、モニカの父に世界の知識を語らせた。

モニカは、新調された手鏡に映った自分の笑顔が、以前よりもはつらつとしたものになっていることに気づいた。

そして、それは冬が来る前だった。

村に行政長《ゴベルナドール》が訪れた。隣村を含めて、四つの村を取りまとめる老人だった。いつも長い杖で地面をつきながら、三つ揃えのスーツに砂がつくのもお構いなしに、悠々と歩いてくる人。

「この村に自己相の敷設の話がある」

村長との話し合いの後で、行政長が告げたその計画は、村の人達にこぞって歓迎された。皆、自己相を便利に使いこなすモニカの父を見ていたから、自分もその仲間になれることを喜んだ。

モニカもまた、自分が父と同じ、正しく、真面目で、間違いを犯さない人間になれることが嬉しかった。それに何より、学校で自分一人だけが遅れていた勉強も、これで他の子供達と同じになれる。マエストゥラとも、もっと多くの話ができる。その未来を想像して、モニカは嬉しさのあまり涙を流していた。日差しと乾燥によってひび割れた頬に、それが僅かばかり染みた。

家に帰ってきたモニカを待っていたのは、酒を飲み続ける父と、言葉の無い暴力だった。

どうして、どうして。

モニカの声が壁材の石に吸い込まれた。

父は決して酔っていなかった。いくら酒を飲んでも、前のように声を荒らげたりはしなかった。ただ酒を一口含む、その度に殴る。以前はやたら腕を振り回していただけだったそれが、今はモニカが痛みを感じる箇所を狙って、確実に打ち据えるようになっていた。とても純粋で、とても正確な暴力に塗り替わっていた。

およそ一晩、長い蠟燭が一本、まるまる溶け落ちるまでの間、モニカはひたすらに父親から殴られていた。気を失うこともなく、悲しみを感じるだけの猶予の中で、その暴力の嵐は過ぎ去っていった。

それから、父親は以前にも増してモニカを痛めつけた。家にいる時は痕が残らない程度に殴り、それ以外は言葉で追い詰めた。一方で、依然として村の人々には親切に振る舞い、酒を飲んでも決して酔った姿を見せない。村の人々は言う。立派な父親を持てて、モニカはとても幸せだ。

モニカを助けてくれていた優しい人達は、もう自分達がすることは何もないと思っていた。それよりも、自己相の敷設という輝かしい文明の到来を待ち望んでいた。

「この村に軍の人達が入ることになる」

行政長が連れてきたのは、共和制アメリカの人理部隊だった。近くの荒れ地に野営地を築き、日が高いうちには、村に入って様々なことを聞いて回っていた。モニカには知る由もないこと。人理部隊の人間の仕事として、牧民の生活に見合った形で自己相を敷設する、その為の事前調査だった。

 カラカラと、リャマにつけた鈴が鳴っている。荒れ地の側、モニカが引き連れた家畜の群れを見て、遠くから一人の軍人が微笑みかけた。

　モニカは漠然とした知識で、軍人というのが国を守る為に存在していることを知っている。

「お嬢ちゃん、働いているのかい？　感心だね」

　モニカを見ていた軍人は、うっすらと笑みを浮かべた。

　その笑顔が、自分を殴っている時の父親と同じものだと気づいて、モニカは戦慄し、何も言わずにその場を去った。

「お父さんが変わったんじゃない。私が悪魔の国に来てしまったんだ」

　モニカは自分の為に涙を流すことを忘れていた。世話を忘れられ、谷底に落ちて死んだ仔リャマを見た時の方が、よほど悲しかった。

「冬が来る前に、村の人達に自己相の手術を受けて貰います」

　人理部隊の隊長が行政長に告げた。

　そして次の日から、以前にも増して、村の生活の端々に人理部隊が入り込んできた。観察し、データ化されていく生活。それらに則り、村の社会がそのバランスを崩さないように、自己相のリンクと禁止条項に関する細かな付帯事項が日々書き加えられている。モニカも、村の人々も、人理部隊の軍人らしからぬ仕事をただ見守っていた。

「俺は、他のやつらと一緒になる」

モニカの父は、その日、そう言って少女の内腿を平手で打った。

「あれだけ俺を崇めていたやつらが、俺と一緒になる。俺をずっと馬鹿にしていたやつら。まともに数も数えられないやつら。俺は違う。俺だけが違った」

モニカは叩かれる回数を覚えるように言われた。一通り済んだところで答え合わせ。もし間違っていたら、もう一度叩かれる。

「お前もだ。お前も俺と同じになる。俺と同じ知識と感情を手に入れるんだぞ」

父親の言葉に、モニカは強く首を振った。自分は同じにならない、なりたくない。一緒になど、なってたまるか。

その思いを込めての否定だったが、その行為は父親の感情を慰めるのに役立ったらしい。その日は、それ以上はぶたれることもなく、ミルクを飲んでから寝ることを許された。

「いよいよ明日、村の皆に自己相の手術を受けて貰う」

行政長の言葉は、村の人間に小さな祭りをもたらした。その日の夜は、村の中央の広場で大きな火が焚かれた。伝統的な祭日以外では出されないチチャ酒が振る舞われ、天竺鼠《クイ》の丸焼きも、以前に死んだ仔リャマの干し肉も提供された。

モニカは祭りに夜通しで参加することは無かったが、父親が一晩中帰ってこないだろうと思っていた。その日も痛みに怯えることなく寝られる。外の喧騒と反するように、モニカの人生はこの日、ようやく小さな静寂を取り戻した。

次の朝、モニカは自分の涙の冷たさに驚いて目を覚ました。自分は今日から、悪魔の国で暮らさなくてはいけない。自分は父親と同じになる。他人への労《いたわ》りと他人へ与える痛みを、同質のものとして受け取る感覚。

毛布にくるまり、昼まで泣き通したところで、父が帰ってきていないのに気づき、様子を窺うように村の中央の広場まで歩いて出ていった。そこでは村人が集まっており、その中心で村長と行政長が言い争っていた。

「軍の人らが来ないというのは、どういうことですか」

「技術者を乗せた輸送車ごと、谷に落ちてしまったんですよ。不慣れな道だった。不運な事故なんだ」

「すぐに替えのものが来ることはないんですか」

「残念だが無理だ。事前にあれだけ調査を行っていたのは知っているだろう。特別に調整しているんだ。君らも冬になると、この地を移動する。そうなると、また調査を行う必要がある。一年か二年、期間をあけなくてはならない」

騒然となる村の中で、ただ一人、モニカの父親だけが、行政長の嘘を見抜いていた。自己相で管理している限り、運転を誤って事故を起こすことはない。行政長には何か理由があって、軍の人間を遠ざけ、村に自己相が普及するのを防いだのだ。そう思い至ったが、モニカの父親はあえて行政長を糾弾するようなことはしなかった。自己相という特権が、まだまだ自分だけのものとして扱えるなら。

「ゴベルナドール、俺と話をしよう」

モニカの父は、行政長を自分の家に誘い、心配そうに見守るモニカを外に追いやった。それでもモニカは、ことの成り行きが気にかかり、木枠で作られた小さな窓から家の中を窺った。石積みの壁に、必死に小さな指をかけながら。

「どんな理由で自己相の手術を避けたのか知らないが、俺としてはありがたい話だ」

暗い部屋の中で、行政長は敷物の上に座り、いつものように杖を取り回してモニカの父の話を聞く。

「できれば、俺はこのまま村長になりたい。ゴベルナドール、次の選挙はいつだ？　俺は貴方に投票する。再選したら、俺をこの村の村長に任命してくれないか」

行政長は手を差し出し、モニカの父親と固い握手を交わした。その一連の光景は、モニカにとっては意味の解らないものであったが、次の行政長の言葉だけ理解できた。

「貴方、あの子に酷いことをしていたようだ」

モニカの父親は、顔色を変え、一瞬で手を引いた。

通常、接触に伴う自己相のリンクは表層までで、プライベートな記憶に関する領域は参照できない。そのことはモニカの父も知っている。自己相の取り扱いに関する議定書にも、それは明確に書かれているし、自分が鉱山の運営会社で手術を受けた際も十分に説明された。

モニカの父親が知らなかったことは二つ。

一つは、自己相が記録したプライベート領域は、暗号化されていない限り、専門的な知識を持った技術者の手にかかれば、容易にアクセスができるということ。もう一つ、目の前にいる行政長が、その専門的な技術を有していること。

ぐりん、とモニカの父親の眼球が左右に裏返った。次いで、日焼けした鼻から白濁した汁が流れだした。父親は背後に倒れ、未だ垂れ流す液体に顔を沈める。それが焼け落ちた可塑神経網と脳髄液だと知っているのは、この場では行政長だけ。

血の臭いよりも有機的で、それでいて人間的な色を失った白濁液の中で、モニカの父親は悪魔から人間の相へと戻ってきた。それがどのような意味を持っているのか、外から見守るモニカは理解できない。

行政長はスーツについた液体を丁寧に拭き取ると、杖を取り直してモニカの家を出た。何事もなかったかのように、一人で歩いていく。ここで起こったことは誰も知らない。理解もできない。ただ一人だけ、モニカが、行政長の後を追って歩いていく。

石だらけの道、遠い谷から吹く乾いた風。カラカラと、どこかで鈴を鳴らしてリャマの群れが移動している。

「ゴベルナドール」

モニカは小さく呟いた。

その声を聞き届けたか、先を歩いていた行政長は振り返る。

「君のお父さんにとって、君は理解できない他人だったのかもしれない」

モニカに向けられた、行政長の慈悲の瞳。

父親の暴力に晒されたモニカ。その新しい不幸の源泉は自己相という技術だった。自己相を通じて娘の名前に込められた意味を知り、そこに湧いた怒りに身を任せた。〈正しい人〉であったはずの父は、自己相を持たない娘を他者として虐げることを選んだ。

「ゴベルナドール、貴方はゴベルナドール」

「そうだよ」

モニカには、何故自分が泣いているのか解らない。

「違うよ。貴方、ゴベルナドールじゃない。なんで？　なんで皆気づかないの？　顔も違う、背丈も、歳も、全部違う。なのに、なんで誰も貴方をゴベルナドールだって思うの？」

行政長は薄く笑った。それはモニカにとって馴染みのない顔。モニカの知っている老人の姿などではなく、黒髪で、日に焼けた、年若い男の顔。

「人間には、顔を認識するのに必要な機能があるんだ。それを失うと、相貌失認、顔を認識できなくなる。僕の顔は今、透明なマスクで覆われていてね、気づかないと思うけど、とても短い時間だけノイズが入っているんだ。そうして目と鼻、口、これらのパーツへの意識を意図的に差し替えると、人間は途端に誰が誰だか解らなくなる」

行政長の言葉は、一つもモニカには解らなかった。

「覚えにくい顔の人。そういう相手は話し方や歩き方、服装なんかで特定する。でも僕は、行政長の自己相をエミュレートしているから、振る舞いだけを見れば区別はつかない」

「何を言っているの？」

モニカの質問に、行政長は困った顔を浮かべた。

「まぁ、つまり、僕は偽者ということさ」

次の瞬間、モニカは自分の首に熱いものを感じ、その途端に意識は途絶えた。

それは、幻影だったのかもしれない。背後から忍び寄り、自分の首を絞めた相手。マエストゥラ。綺麗な金色の髪を風に晒して。彼女のまとうケープは、自分達と同じ麻の織物。

優しいマエストゥラ。

倒れゆくモニカは彼女の青い眼を見て、笑った。

2.

太陽の下、荒れ野を裂くように列車が走っている。空の色よりも深い青の車体。標高は四千メートルを越え、石と細い葉を周囲に散らした丈の低い草ばかり。人が通ることもない、深い渓谷と高い峠をそれは駆け抜ける。

アンデス縦断鉄道は、ペルーレイルを中心に、南はボリビアからチリまで、北は遠くカリフォルニアまで伸びた長大な山上の道だった。貨物だけでなく、多くの旅客を運び、二十世紀にパンアメリカンハイウェイが引いた自動車交通網を補完している。

「ハイラム・ビンガム。観光用の高級列車。以前は乗ろうとも思わなかった」

ベルベット張りの椅子。柔らかい沈み込みが車体の揺れを緩和してくれる。そうでなくても、コーヒーの染み一つない真っ白なテーブルクロスが、この旅の快適さを示している。

「その名前は、かつてマチュピチュ遺跡を発見した探検家にちなんでいるそうだよ」

青年の顔をした老人——周囲の人々は、不思議とそう認識していた——が、座席のテーブルを挟んで対峙する金髪の彼女に話しかける。

「お金、大丈夫」

「大丈夫じゃないけど、せっかくだから。なにせ県の行政長なんて、なかなかなれるものじゃない」

優雅な調子で、三つ揃いのスーツを示してみせる男。

「君だって、珍しい経験ができたはずだ。マエストゥラ」

金色の髪に青い瞳。よほど煩わしかったのか、彼女は眼鏡を外すと、同時に顔に塗っていた擬態《ミミクリー》メイクも拭い去る。その下の顔は、先生と呼ばれるには幼すぎる少女の像。

「眼鏡、今はいいけど国境を通る時は掛けておいてくれよ。擬装用の自己相がそれに組み込まれているんだから」

彼女は頷きつつ、手元の眼鏡を不思議そうに眺めた。

「あの牧民の少女、君を先生と勘違いしていたな。あの子には酷いことをしたかもね。父親はまた元の人間に元通り。今までの人生と何も変わらず、ずっとあの谷で暮らしていくのかもしれない」

ここで男は、脇に置いたトランクを膝の上に置き、その中身を改めた。詰め込まれているのは銀色の器具が一式。見る人間が見れば解る、自己相手術に用いられる経鼻用浸透注射器、それが十数本分。本来ならば、あの牧民の村で使われる予定だったもの。男が行政長の立場を利用し、秘密裏に人理部隊から持ち出していたものだった。

「あの牧民達は、誰にも気づかれずに生きていく。自己相なんてものは、あってもなくても変わらない。便利さと引き換えにした、人間としての個性」

そう呟きながら、男は注射器の中身を一つずつ、懐から出した別の大型注射器に移し替えていく。通常のものとは違う、大型の拳銃にも見えるそれに、数ミリリットル分の薬剤が詰め込まれた。中身は全て、あの村の人間の為に調整された可塑神経網、それを形作る人工の高分子群。

「国家は、人間を管理さえできれば良いんだ。外側で生きている人間なんて、結局は誰でもいい」

男は自殺の真似事のように、浸透注射器を自らの耳へと押し当てる。一秒にも満たない時間。パルス音が響いた後、中の薬剤は射出され、その全てが男の鼓膜を透過し、耳管を通って粘膜から脳へと至る。大量の可塑神経分子は男の脳に入り込むと、すでに構築されている自己相と並列して機能し始める。一人の人間の脳に、十数人分の人格と個性が生起する感覚。

「こればかりは、やはり慣れないな」

悪酔いしたような酩酊《めいてい》感。他人のものとして調整された自己相を、一個人の肉体でエミュレートするという無謀な行為。体感、言語、思考、認識の全てが上書きされていく。増大する離人感。自らが自らでなくなる感覚。波のように押し寄せるそれらに抗うように、男は手元に用意していた紙を口に含む。この時の為に組み合わせた文化代相《アカルチュレイトウエア》を被せて、改めて自己認識を保つ。

「問題ないよ。これで終了だ」

彼女がテーブルの水差しから水を汲み、男に差し出す。

これで仕事は終わった。

「自己相を持つ者が、持たない者を追いやる社会。軍が難民を虐殺してきたように。あの父娘の関係は、その縮図だったのかもしれないな」

牧民の村、十数人分の自己相を引き受ける。位置情報も、健康状態も、全て擬装されたものを信号として絶えず送り続ける。共和制アメリカの管理に対する、ただ一つの欺瞞《ぎまん》。

男がコップの水を飲み干した。

「次の村に行こう」

「より多くの人を、自己相から解放しなくちゃいけない」

無駄な抵抗にも思えた。今は騙《だま》し通せていても、やがてことが露見すれば、再び自己相敷設の為に人理部隊が動く。それの繰り返し、ただのイタチごっこ。それを理解しつつ、男はすでに七つの村を渡り、似たような方法で自己相の敷設を防いだ。

「無益な自由だとしても、僕一人の自由くらい許して貰いたいね」

男の右手が震える。その痛みが、自分を引き止めてくれる。

少女は頷き、優しく手を添えた。

「シズマ」

彼女にそう呼ばれ、男は黒い瞳を輝かせて頷き返した。


あの嵐がチチカカ湖を通り過ぎてから、五ヶ月の月日が流れていた。

シズマ・サイモンは、難民を乗せたフェリーを大破させ、多数の被害者を出し、またその責任を逃れる為に統合軍から逃亡した。軍はこれを追跡し、逮捕し、軍法会議にかけることを決めた。

シズマが軍との自己相のリンクを切る前、その程度の経歴《ログ》が自己相に残された。出頭を促す無数のメッセージを全て無視して、ようやくそれだけ確認した。

どこにも嘘は無い。

シズマは客車の揺れに身を任せつつ、何度も辿った思考の迷路を歩き直す。

自分は無数の難民と、無二の親友を見殺しにした。その責任を負うことなく、逃げ出した。

持ち出したのは、自らが選択した意思と、目の前の少女一人。

「ヒユラミール」

「なに」

手持ち無沙汰に擬装用の眼鏡を弄ぶ彼女。五ヶ月の間、彼女と過ごす中で得られたものはあまりにも少ない。

「君はどこに行きたい？」

「どこでもいい。シズマが行くところ」

彼女はシズマと歩く道を共にする。自分を助けたから、ただそれだけの理由で近くにいる。湖の上、小さな船の中で目を覚ました時から、それは彼女にとって当然だったのかもしれない。

「でも北がいい。あたたかいところ」

英語は流暢になった。それでも時折、感情が見えない時がある。何を考えているのか、まるで掴めない時も。もしも自己相があったのなら、瞬時に理解できたであろう相手の気持ち。自己相の無い人間同士のコミュニケーションというのは、かくも難題に満ちている。

「君は、古の民だ」

「さあ」

デレクが最後に告げた言葉。彼女が何者なのか。人類以外の人類だと。その可能性をもたらす人間だと。彼女が船の上で目を覚ました瞬間から、あまりに多くの言葉を浴びせかけた。何故、何故、何故。しかし、彼女にはそんな自覚は一切ないのか、シズマの心を満たすだけの答えは返ってこない。

「黄金郷、コニス・マリを探そう。君の生まれた場所へ」

いつも最後には、その言葉を付け加えた。その時だけ、彼女の顔がどこか喜色に染まるのを知っていたから。二人を分かつ溝はあまりに深いが、それでも、その一点だけが二人を繋いでくれているように感じられた。

人類以外の人類。古い人類の末裔。

ネアンデルタール人《ホモ・ネアンデルターレンシス》。

二万年前に絶滅した、別種の人類。その血を引く民族が、果たして今も生き残っているというのか。シズマの脳内の迷宮は、必ずそこで袋小路に至る。

——そいつを殺せ。

そしてあの日のデレクの言葉が、いつも繰り返される。

何故、彼女は軍に狙われる。殺さなくてはいけない。優れた身体能力と、人類が及びもつかない判断力。それが社会に対する危険性だというのなら。

その程度で、彼女という可能性を失うわけにはいかない。

シズマが彼女を連れて逃げるのは、それだけの理由で十分だった。今では、二人分の自己相を偽装して各地を放浪している。難民の居留地から居留地へ。こればかりは、人理部隊で各地を巡っていた経験が役に立った。街に入る時ですら、シズマは自分の持ち得る技術を活かし、他人の自己相にタダ乗り《フリーライド》する形で買い物をし、移動手段を確保し、旅を続けた。

「僕は、僕の旅を続けるよ。ヒュラミール、君のことも知らなくてはいけない」

シズマはそう結んで、あとは車窓を通り過ぎる風景に目をやった。

深い谷の下、次第に風景には緑の木々が入り混じる。向かいの山に段々畑が見える。峻険な峰を裂く白い雲と、その下を舞う鳥達。列車は間もなく山間の渓谷に入るのだろう。カーブした後方車両が緑の木々と黄色い山肌、青い空を反射していた。

「アヤクチョの街を抜けていくらか経つな。さて、リマの方まで出た方がいいのか、このままコロンビアまで行くか」

シズマは視線を戻す。テーブルに両肘をついて、彼女がコーヒーを飲んでいる。

「楽しそうだな、ヒュラミール」

「わからないけど、そうかな」

シズマは小さく笑う。

人間なんていうものは、誰も中身を決められない。人類とは別の人類であろうとも、この瞬間の感情を切り取れば、彼女は間違いなく自分達と同じだ。シズマはそう思った。

「シズマ、前」

ふと、コーヒーに口をつける彼女の顔が険しくなった。青い瞳に力が籠もる。

シズマは振り返るより先に、背後を歩いてくる人間の足音に意識を向けた。一人、二人。客車の中を通る。重い革靴が木製の床を打つ。

「失礼します、乗車券と自己相の認証をお願い致します」

悠々とした調子で、シズマの横につけた二人の男が言い放つ。横目で見れば、黒い制服に身を包んだ鉄道保安員のもの。腰に下げられた拳銃を、シズマは確かに見て取った。

「アレキパからお越しですね。お連れ様は」

「僕の従妹だよ。教師をしている。自己相で確かめてくれ」

乗車券は正式に発行している。ただしそれを購入した自己相そのものは、タダ乗り相手のアレキパの行政長のもの。表情を失認させるマスクの効果もある。疑問に思うはずはない。

「失礼しました」

二人の鉄道保安員が、シズマ達に向かって礼をする。

その刹那、音が空気を裂いた。

呻き声。

次いで、鉄道保安員が腕から血を噴き出し、その手に握った拳銃を取り落とした。

「シズマ、にげて」

彼女が血の軌跡を残し、ナイフを振り上げている。感情は早く、感覚を焼く。シズマの目に、残ったもう一人が拳銃に手をかけるのが見えた。

シズマが虚空に指でサインを描いた。

驚愕の表情を浮かべる鉄道保安員。寸断なく撃つはずだった拳銃。それに突如としてロックが掛かった。焦る間もなく、次の瞬間にはシズマの蹴りが鳩尾《みぞおち》に深く食い込んでいた。

「その銃の知覚信号《パーセプチュアルコード》、読まれ難いのにしておきなよ」

鉄道保安員の一人が、向かいの客席に衝突した。テーブルが転がり、水差しとグラスが割れる音が客車に響いた。

腕から血を流す一人が、取り落とした銃を拾おうとする。シズマがそれに気づくより早く、彼女が握り込んだナイフでその肩をさらに裂いた。杖を持つ神《スタッフゴッド》の意匠。あの時シズマに託されていた短刀は、今では彼女の手元にある。

「ヒュラミール！」

シズマは彼女の手を引くと、倒れて呻く二人の鉄道保安員を跳び越し、後方の車両へと向かって駆け出す。事態を飲み込んだ他の乗客達が、ここで初めて悲鳴を上げた。

「あの人たち」

「解ってる。軍の人間だ」

騒然とする車内、豪華な客車で優雅な旅を楽しんでいた人々を、シズマ達はひたすらに避けていく。背後から声が響いた。前方の車両から次々と黒い制服が押し寄せる。いずれも鉄道保安員の格好をした、共和制アメリカの軍人達。

こうしたトラブルも初めてでは無い。県境で検問に出くわす度、衝突を避ける為に逃げていた。

しかし今回は、場所が悪かった。

シズマ達は車両を次々と移動していく。バーカウンター車。後方から飛んでくる銃弾は、客のいない隙間だけを正確に狙ってくる。いくつもの酒瓶が割れ、昼間からウィスキーを嗜《たしな》んでいた老人は、その場に座り込んだ。

「数が多いかな」

「倒すよ」

彼女は走りながら、手にしたナイフを握り直す。

「殺す必要はないよ」

シズマが五ヶ月の間に彼女に伝えたこと。逃亡生活の中で、やむを得ず対峙することになっても、最後まで手を汚さないように。

「止まれ！　止まれ、シズマ・サイモン！」

後方からの声。軍の人間達、すでにシズマに対する包囲網は敷かれていたのだろう。

シズマ達は駆け抜ける。後方からの銃弾に頭を下げつつ、驚き悲鳴を上げる乗客達の影を踏みながら。紳士淑女、各国、各都市の名士達を盾に、名前を失った者達が走り回る。

後方車両。ギターとバイオリン、チャランゴを構えた楽隊の横をすり抜ける。民族音楽《フォルクローレ》を聞きながらの優雅な午餐は、突然の乱入者によって、銃声と喚き声に転調する。

車両を抜け、最後部の展望デッキまで至り、ようやくシズマ達はアンデスを通り抜ける緑の木々の香りを嗅いだ。澄んだ空気と、木製デッキの瑞々しい匂い。

「楽しい鉄道旅行とはいかなかったな」

シズマ達を目指して、後部車両に続々と黒服が集まってくる。多くが本来の鉄道保安員で、業務に加えて統合軍が発行した自己相で作戦に合わせて調整している。

「六人、その辺りまでは普通の鉄道保安員だ。銃の知覚信号も暗号化していないから、すぐに無力化できる。でも三人くらい統合軍の人間がいる。多角戦術群。お懐かしい先輩方だ」

シズマ達はデッキの横に身を隠し、追手の銃撃から身を隠す。向こうもまた、客車の乗客の誘導を優先させて、いきなり迫ることはない。

「ヒユラミール、逃げられるか」

ここで彼女が鼻をひくつかせ、列車の行く先を見遣った。

「三十秒、待って」

「それでいいなら」

シズマは、事前に紙に描いていた代相を口に含む。

統合軍から外れ、自己相のリンクを切っている今、軍人と渡り合うには自身で相をチューンする必要がある。視野認知、聴覚拡張、筋肉の緊張の緩和と制御。いずれも制式の相と比べて遜色ない。ただ一つ、殺意だけが自前のものになった。

懐から拳銃を取り出し、シズマは客車に飛び込む。数人の保安員が拳銃を向ける。そこに向かって一歩踏み込む。知覚信号、指先の簡単なサイン。暗号化されていない自己相へのタダ乗り。それだけで数人分の拳銃が役に立たなくなった。

発砲音が響く。すでにプロトコルから外れ、射撃対象となったシズマに、無数の銃弾が迫る。跳躍し、近くの座席に隠れる。

間断なく続く正確な射撃。しかしそれは、シズマにとっても望むべき射線を示してくる。

回避と反撃、数発の銃弾が相手の戦線を下げる。

時間は無い。乗客が離れれば、おそらく兵士達は自己相にノイズをかける兵器を展開する。

以前にシズマ自身が行った、無力化する為の戦法。

弾幕《バラージ》、弾幕。時間を稼いでいるのは向こうも同じこと。

最後に残った乗客が車両を移った時、黒服の一群がそれを放った。中空で炸裂する榴弾。

高彩度視界飽和片《サチュレーター》。それぞれ微妙に旋回し、自然光を増幅する透明な破片。自己相に効果的に影響を及ぼし、シズマの視界は、回転する虹色の渦に満ち溢れる。

錯覚、あるいは麻薬中毒者の見る世界のように。

立ち上がろうとした瞬間、ぐにゃりと客車の天井が歪んだ。木の床が天井に、太陽の光を反射する窓が床に変わる。絶えず回り続ける視界。なめくじが這ったような空気の色。

「ヒユラミール、まだか！」

「あと五秒」

銃器を構え、次々と車両に進入する黒服達。シズマは歪む視界の中で、必死に銃口に狙いをつける。対する兵士達はゴーグルを掛け、完全にサチュレーターの影響を無効化している。万全を期し、無闇な攻撃を行うこともなく、慎重にシズマを取り囲もうとする黒服の一群。

「ここまで統合軍のマニュアル通りだ。よく調整されてる」

シズマが指を弾いた。知覚信号。対象は客車そのもの。

その途端に、客車が暗闇に包まれた。

客車全体の遮光用スクリーンの展開。同期して点灯するはずの車内灯の方は消したままに。

暗闇の中で、数度の銃声。シズマを狙う銃弾は、しかしその体に届くことも無く。視界に頼らず、聴覚だけで自らの居場所を確かめるシズマ。機先を制したところで、三秒、一歩下がってデッキに続く扉に手をかける。

背後の熱気を追い払うように、風が吹き抜けてきた。

「シズマ、行こう」

彼女はすでに、デッキの鉄柵に手をかけている。

「そういうことか」

ハイラム・ビンガムはここで大きく減速し、渓谷を一気に曲がっていく。木々の狭間《はざま》の奥に、深く流れる紺碧の川。

躊躇なく、二人は鉄柵から身を乗り出した。

緑の木々を薙《な》ぎながら、川へ向かって落ちていく。後から響く銃声は、遠く頭上を通り。


白い波の複雑な軌跡が、群青に押し流されていく。

緩やかな流れ。マンタロ川は美しい渓流として語られることが多い。

シズマはその川岸に陣取り、三つ揃いのスーツを乾かす為に火を焚く。間もなく夜が訪れる。夕闇の中、険しい峰々の向こうで星が輝き始めている。

雄大な光景に、シズマは思わず溜息をついた。

デレク、フランチェスカ。シズマは自然と二人のことを思い出した。何か一つでも間違うことがなかったのなら、三人でこの風景を眺めることができただろうか。

小さな感傷が胸を刺す。

爆ぜた火の向こうで、幻影がちらつく。

「シズマ」

背後から彼女が呼びかけてくる。振り向いたシズマはその姿を見て、もう一度だけ溜息を漏らす。

「メガネ、なかった」

街の教師として振る舞う為に一緒に仕立てた、彼女の着るスーツ。見慣れた民族衣装からは遠いが、それでも似合っていると思っていた。今ではそれが、所々で破れ、無分別に水を滴らせている。

「ヒユラミール」

あられもない姿で、白い肢体を星空に晒す彼女。冷たい風が吹き抜けた。

「街に着いたら、先に服を買おう」

くしゃみが一つ、返ってきた。

3.

エクアドル、クエンカは世界遺産の街でもある。

白壁の教会、石造りの家、スパニッシュコロニアルの建築群は、歴史の静謐《せいひつ》さを体現している。進みゆく時代から取り残されたようにも思えるが、一方で北米企業も多く進出し、中心の保護区から外れたところには高いビルが立ち並んでいる。

数多くの人々が大通りを行き交っている。観光客も、地元の人間も、ビジネスマンも、等しくこの地の静けさに合わせた、緩やかで余裕に溢れる足取りで。

「シズマ、待って」

ふと彼女が小さな店の前で立ち止まった。若者向けの服飾を扱う現代風の店。先を歩いていたシズマも足を止め、彼女の方へと目線をやる。

一切れのケープが、店先に下げられていた。赤を基調に七色に染められ、複雑な模様を描いている。近くで店番をしている男は、黒い山高帽に特徴的な長い三つ編みの髪。かつてエクアドルで織維業を担った、あのオタバロ族の商人を真似ているのだろう。すでに先住民《インディヘナ》というくくりは失っても、ファッションとして好む人間はいる。

「欲しいのか、ヒュラミール」

「ううん、わからない。ただ……」

彼女は自分の頭に手を置いた。表情に変化はないが、どこか寂しそうに。

「そうか。眼鏡だけじゃなくて、ケープもなくしていたのか」

嫌がっていたはずの眼鏡はなくしたことを伝え、ずっと持っていたケープについては何も言わなかった。彼女のその小さな心の動きが、シズマにとっては愛おしいものに思えた。

シズマは店へと入り、何も言わずにケープを手に取って店の者に示した。自己相での支払いはできない。代わりに隠し持っていたドル貨幣を、三つ編みの男に渡す。

「プレゼントするよ」

　購入したケープを、シズマは彼女の頭に優しく覆いかける。不思議そうな顔をした彼女は、それを一度、頭を抱えるようにして覆った。

「うれしい」

「なら笑うんだな、ヒユラミール」

　口をもごもごと動かし、必死に笑顔めいたものを作ろうとする彼女。しかし、いつまでも上手くいかず、次第に眉間に皺が寄りはじめる。笑い。それはもしかしたら、彼女の相には無い行為なのかもしれない。そう考えたシズマは、骨ばった指を彼女の頬に添えた。

「こうだ、口の横を上げる」

「わらえてる」

「不気味なほどに」

　ほんの僅かな時間だった。だがそれでも、シズマにとっては十分に過去を追想できる、貴重な一瞬だった。

　シズマと彼女はクエンカの街を歩く。自己相の認証が必要な場面はなるべく避けて、それでもたまには普通の観光客のように。新しい服を買い、街角で甘い揚げパン《エンパナーダ》を食べた。彼女にとっては、どれもが新鮮で、興味深いことのようだった。

「今日、楽しい」

「今までずっと、山の中を歩き通しだったからな」

　辿り着いた広い公園で、二人、ベンチに腰掛けて休んだ。

シズマの横に並ぶ彼女は、新たに買った白いブラウスに、プレゼントされた赤いケープを合わせている。レース飾りのついたブラウスは、オタバロ族の伝統的な衣装でもあった。

「街に入ることはあったけど、こんなにゆっくりできるのは初めてかもしれないな」

「ここは、色んなものがある」

「僕と来る前は、どこかの街に行ったりはしなかったのか」

彼女は首を振る。嬉しさと寂しさの混ざった、彼女の澄んだ瞳の色。

「色んなところにいた。山の中。人のいるところ。でも、こんなところはなかった」

「難民の居留地を転々としていたわけだ」

彼女は物心ついた頃から、アンデスの山々を渡り歩いて暮らしていたという。家族といえるものも無く、たった一人で、その都度、難民のグループに混ざって生活していたという。

シズマは自嘲気味に笑う。

友人を見殺しにして得たのは、自らのルーツを知らない少女。そして、その存在はシズマが追い求めてきた夢の形象。何を犠牲にしてでも辿り着きたかった。純粋な魂を持つ、未知なるものがいる場所へと。

「黄金郷は遠いのかもしれない。だけれどヒントがないわけじゃない。それを知る人がいる。僕の先生なんだ。その人に会う為に僕達はクエンカに来た」

シズマはそう呟き、かつて自身に知見を与えてくれた人物の影を思い出す。

「いずれ必ず、君の故郷に僕が連れていってみせる」

ふと横を見たシズマは、彼女が必死に、己の唇を引きつらせているのに気づいた。

「無理に笑うものじゃない」

たおやかに照る午後の陽に、シズマが心休まる時の流れを許しそうになった刹那、自己相の向こうで騒ぐ音が見えた。同時に彼女も眉根を寄せ、公園の先、大通りへと視線を向ける。

「シズマ」

「解ってる。おそらくは軍の人間だ」

シズマは予《あらかじ》め、街中に配備された警備用ドローンのカメラに自己相を紐付《リンク》けしている。その監視網が捉えたのは、大通りを渡る軍人達の姿。陸軍が二人、統合軍が一人。

その時、送られてきた静止画に映る人物を見て、シズマの顔が強張った。

「――ヒユラミール、宿の方に帰っていてくれ。公園の西側から出れば軍の人間と出くわすこともない」

「シズマは」

「僕は、彼らに用があるんだ」


シズマは彼女を帰し、一人で街を駆ける。街角に姿を溶けこませつつ、通りを歩く軍人達を追った。

石畳の道を歩きながら、視界に街の地図を表示し、マーキングした人間達の動きを予測する。花市場を抜けた先に、青いドーム屋根の大聖堂がある。そこは一時的に設けられた統合軍の作戦本部らしかった。おそらくは、そこが軍人達の目的地だろう。

シズマは一気に通りを抜け、人の集まる花市場を駆けた。前方、軍人達は周囲に気を配ることもなく歩いている。

ヒマワリ、ユリ、ガーベラ。そして数多くのバラ。種々の花々が溢れる。白いテントの下、通り抜ける度に光と影が交差する。人の声、オタバロ族の衣装に身を包んだ花持つ女性達。それらを縫うように歩く軍服の一群。

そして、その最後尾で、アッシュブロンドの髪をなびかせて歩く白衣の女性。見間違えるはずもない。それは懐かしきあの姿。

――フランチェスカ。

シズマは心の中で呟いてから、一気に距離を詰める。他の軍人達の注意が向いていない一瞬、フランチェスカの手を後ろから引き寄せ、横のテントに導いた。勢いがついて、いくらかの花弁が肩に触れて散った。

「あっ」

「静かに」

唇に指を置いたシズマ。そのジェスチャーの意味も、シズマが自分だけに声をかけてきた意味も、全て理解して、フランチェスカは思わず上げそうになった悲鳴を飲み込んだ。

「ギセリ先生？」

前方を行く部隊の人間が、背後のフランチェスカに声をかけた。

「ご、ごめんなさい。ちょっと、お花、見てから帰ります」

わざとらしく手を振るフランチェスカに、部隊の人間はにこやかな顔を作って返した。

「悪いな」

「わ、悪いよ、本当、あ、ううん、あの」

フランチェスカの顔の筋肉が歪む。何度も笑おうとし、一方で怒ろうとし、悲しみと喜び、全ての感情を詰め合わせて、最後にいつかと同じ、少女らしい笑みを添えて返した。

「シズマ、心配してた。ずっと。ねぇ。聞いて、お願いだよ。沢山、話したいことがあるんだ」

「僕も、沢山話したいことがある」

「ねぇ、どこ行ってたの？　軍を脱走したって本当？　帰ってはこれないの？　デ、デレクが、その」

シズマの表情は複雑に揺れた。フランチェスカも多くの軍人と同じように、シズマを単なる脱走兵として受け取っているらしい。難民の少女を連れ出したことも、親友を見捨てたことも、何も知らないのだろう。

「ごめん、フラン。僕は全部に答えられない。追われる身だし、時間もあまりない」

「そんな、シズマ。せっかく会えたのに」

「フラン、僕が君に会ったのは先生のことを聞きたかったからだよ」

シズマの言葉に、今度はフランチェスカの表情が曇った。

「先生は、サントーニ先生はこのクエンカの近くに住んでいるんだろう。だから君もここにいる。僕が軍を抜けだした後、君が先生の所に行ったのは知っているんだ」

フランチェスカは押し黙る。雲は動き、テントに差し込んだオレンジ色の光が、悲しそうに歪む顔と、白いカトレアの花を照らした。

「それじゃあシズマ」

辺りを満たす花々の色の中で、フランチェスカが静かに微笑んだ。

「今晩、一緒に食事できる？　それだけお願い。貴方とちゃんと話したいから」

シズマは頷いた。何もここで話し込むことはない、これで目的は果たせるだろう、と。

その時、大聖堂の鐘が鳴り響いた。荘厳な音の中で、フランチェスカは一時の別れを惜しむように去っていく。

4.

シズマがホテルに帰ってきた時、フロントに灯りはなかった。安宿という程ではないが、支配人に任せきりの自由で気楽なものだ。よくあることと気にも留めず、観葉植物の置かれた小さな中庭へと入る。二階建ての小さな宿。吊り下げられたランプと差し込む夕陽が中庭から続く階段を照らし、白塗りの柵をオレンジに染める。

シズマが自室の扉に手をかけた時、僅かな違和感と、その先にある未来を想像した。

「大人しく入るんだ」

背後からの男の声と共に、自身の腰に突きつけられた拳銃。シズマはその感触を、どこか遠く、また懐かしくも思っていた。

「撃てる、ってことか」

「いいから！」

英語の発音に不慣れなものが混じる。自己相での調節が行われていない、人間本来の学習による個性を持った発話。

シズマは背後の男を確かめることもなく、両手を上げたまま、足で扉を開けて部屋の中へと入っていく。暗い室内に、数人分の息遣いが潜んでいる。僅かに窓から漏れた陽光が、ベッドに腰掛ける彼女の姿を映した。

「ヒユラミール」

腰の拳銃が強く押しつけられた。

「あの子供は無事だ。大人しくしてた。でも動かないで貰う」

背後の声に従いながら、シズマは室内の様子を確かめる。西日に縁取られた人間の影。小柄なのもいるが、いずれも男だ。それが四人分。もしかしたら別の部屋にもいるかもしれない。特に荒らされた様子もなく、彼女もまた抵抗せずに男達に従ったのだろう。

「シズマ、無事」

拳銃を所持しているのは、背後の男とベッドの横に控える一人。他は得物も持たず、ただ立っている。戦闘に慣れていれば、つまり特化したモジュールを自己相に刻んでさえいれば、ここまで雑な連携はしなかっただろう。

「ヒユラミール、待っててくれたんだな」

シズマが事もなげに少女に近づく。その勝手な行動に、背後の男がシズマを銃把で殴りつけようと拳銃を放した。

「ヒユラミール」

振り下ろされる拳銃。スローな動き。

「倒そう」

量子信号による運動神経のスキップ。棘腕筋《きょくわんきん》の制動。振り下ろされた腕が摑まれ、男は木の床に背中から打ち付けられる。驚きの視線は、一方で小柄な少女が跳躍したのを捉えた。

「撃てよ！」誰かの声。骨の軋む音。ベッド横の男の腕が跳び上がった彼女の足に搦《から》めとられ、勢いのまま関節を外された。

「お前っ」

シズマに向かって別の男が駆けてくる。瞬間、下から飛び込んだ彼女がふくらはぎに鋭い蹴りを浴びせた。

倒れ込む男が呻き声を上げるより早く、立ち上がったシズマが、腹部を爪先で蹴り抜いた。

ヤニ臭い息と唾液を吐き出して、男は床に転がった。

そうして、何もできず壁を背にしていた最後の一人、小柄な男にシズマは銃を向ける。

「難民だな。君ら、自己相の手術もしてない」

返答が叶うかどうか、シズマはスペイン語とケチュア語でそれぞれ素性を聞いた。問われた男は顔に虫が這ったように、不安な視線を彷徨わせる。

「シズマ！」

彼女の叫びに意識を向けた時、シズマは背後から迫る巨体のタックルを受けていた。床に転がるより先に、襟を摑まれ、大木のような浅黒い腕に壁際で持ち上げられていた。それが、トイレに隠れていた最後の一人だと気づいた。

巨漢の青年。そぞろに伸ばした黒髪の下に憎しみの表情。ぎりぎりと、両腕を万力のように使ってシズマの首を絞め上げる。

「マノーロ、殺すなよ！」

彼女に関節を外され、今も体を押さえられている男が叫んだ。

名前を呼ばれた青年は、自身の巨体に見合った力を探りながらシズマを追い詰める。他の難民達とは違う、純粋な先住民《インディヘナ》としての誇りが、青年の眼に確かに宿っていた。

「君は、コファン族の人間か。石油戦争の」

シズマの問いかけに、青年は一瞬だけ怯み、直後にはなお力を込めて襟元を絞め上げる。

「お前は文化技官《クロニスタ》だ、お前、お前だ」

憎悪の火、黒い瞳に入ったオレンジ色の光が揺らめいた。

「俺の仲間は、全員、文化技官に消された」

「消えたんじゃない。僕らと同じになっただけだ」

「俺の父も、母も、兄弟も、憎しみを忘れて、今は街で暮らしている！　祖父達が苦しめられた、白人達の街で！」

　シズマは青年に同情した。

　いつか自分が降り立った、民族主義を掲げた集団との紛争地の記憶。それと同じようなことはどこでも起こり、それら全てに人理部隊と文化技官が関わった。青年の一族もまた、紛争回避の為に、順当な手続きによって民族という軛《くびき》から解き放たれたはずだ。その先にある、あらゆる憎悪も同じように消えたはずだ。

「だけど、そんなのは欺瞞だったな」

　シズマは自嘲し、青年の絞め上げに耐えながら、片手をズボンのポケットに忍ばせる。

「あっ！」

　青年の目の前で小さな玉が破裂した。強烈な臭気と刺激、青年は咳き込み、眼を押さえながらうずくまった。シズマが取り出した携行用の催涙ガスは、受容体のマスキングをしていない人間に対してのみ効果的なものだ。

　シズマは青年の額に拳銃を突きつける。撃つつもりは無くとも、これで戦意は削げるだろう。

「君らは、僕のことを知っているようだ」

　シズマが話しかけると、彼女に押さえ込まれている男が、苦しそうに呻きながら呟いた。

「シズマ・サイモン。解放者《リベルタドール》。難民を救う人」

自身にはそぐわない、そんな称号。救いを求める視線だった。太陽は沈みゆく、遠い西の太平洋に向かって。目の前の青年もまた、憎悪の裏に救いを求めている。

「俺達を、救ってくれ」

青年の眼に見えた涙は、催涙ガスのものだけではなく。

可塑神経分子の詰まった直径十センチにも満たないシャーレと、そこに接続された、羽虫の脚のような無数の注入用デバイスツール。コンソールの画面上には、仮想化された自己相のモデルが表示されている。

シズマの部屋に運び込まれた、自己相手術の最低限の設備。

どこから持ってきたのかと訊ねれば、壁際で立っていただけの小柄な男が照れ臭そうに「病院から盗んできた」と告げる。シズマは笑うしかなかった。

「近く、統合軍が難民を管理する為に大規模な作戦を行うらしい」

難民達はそれぞれ簡単な手当てを受け、未だにシズマの部屋に居座っている。広い部屋を取っているとはいえ、さすがに手狭になる。鷹揚な管理人が、追加で五人分の宿代を請求しないことをシズマは願った。

「軍は街の人間を、一人ずつ調べてる」

「人理部隊が派遣されてるからな」

「俺達みたいなあぶれ者はすぐに捕まる。そしたら、無理矢理に自己相の中に入る。俺は、それが嫌なんだ。社会に組み込まれるのなんざごめんだ。俺だけじゃない、そこのマノーロみたいに、先住民として生きたいやつもいる」

電灯の下、落ち着きを取り戻した青年が、指を組んで小さくなって椅子に座っている。

「シズマ・サイモン。あんたは、沢山の難民を救った。チチカカ湖でも、それかも。山を歩いて、小さな村を自己相から解放していっている」

「良く知っているな」

「俺達には、俺達のネットワークがある。あんたは有名なんだ」

男の話を聞きながら、一方でシズマは擬装用の可塑神経網を特別に調整している。画面上の数値を動かすごとに、デバイスから伸びた小さな針が震え、そこで架空の神経系が繫がれ描かれる。

「あんたなら、難民を救ってくれるって聞いたんだ。手荒な真似をしたのは謝る。ただ必死だったんだ。俺達も、自己相の社会から逃げ出させてくれ。あんたが救ってきた者達と同じように」

難民達から請われ、シズマは迷った挙句、消極的ながら申し出を受け入れた。自分が勝手にしてきたことに過度な期待をかけられるのは気が引けた。

「軍を欺く為に、君らに一時的に擬装用の自己相を走らせる。身体検査もあるだろうから、体内から信号を送る不溶性の代相カプセルに仮想化した可塑神経網を詰め込む。検査を受ける一時間前にはそれを飲み込んでおくんだ」

難民達はそれぞれ無言のまま首を動かす。シズマは、少し前に見たリャマの群れを思い出した。

「軍の検査をパスしたら、俺達は街を出る。どこか遠くの山で、他の難民達と一緒に自由に暮らしたい」

「そういう人間達も、僕は多く見てきたよ。ただ、そういった人らだって、中には後から自己相を手にして街の生活に戻る人もいる」

「俺達は違う。俺達みたいな人間は、どこにも居場所がないんだ。社会の中に、いる場所がない。俺の生まれはキトのスラムだ。あいつは少数民族の最後の一人だ。みんな、同じだ」

シズマの溜息。シャーレの中で不定形となっている可塑神経分子の一つ一つを、デバイスを使って経路で繋ぎ合わせ、擬装用の相を書き込んでいく。

「軍は――」

ここで、それまで黙っていたコファン族の青年が声を上げた。唐突なことに、シズマは思わず手元のデバイスを取り落としそうになる。

「ずっと、民族を消そうとしてる。難民を浄化する。その為の作戦、その為の戦争だ」

「それは」

シズマが口を挟もうとすると、リーダー格の男が言葉を継いだ。

「大規模な作戦が始まるんだ。どこの街でも、どこの世界でも、難民をなくす為に、すでに軍は動いている。戦争が始まるんだ」

「戦争じゃない、融和と同一化だよ」

自分で言いつつ、シズマはその馬鹿らしさに笑いそうになる。

「仕方のないことなんだ。人は大きなものを求める。その中にある大多数が正しいものだと信じる。数多くの文化や文明が、それを得ようと試行錯誤してきた、その副産物だった」

それじゃあ、と、青年が大声を上げた。

「俺の、俺の家族はなんだった。俺の生まれた場所は、俺の一族は、なんの意味があった」

青年が悲しみの中で、答えを求めて言葉を荒らげる。

「少数民族、先住民、多様な文化。全部、その意義も言語も、コード化されて自己相にアーカイブされている。人類学博物館にでも行けば、すぐに参照できるし、必要があれば自身で文化代相《アカルチユレイトウエア》を入れて再生もできる。着替えるみたいに、コファン族にもなれれば、ワオラニ族にもなれる」

その場の人間の誰もが、シズマの言葉を聞いて押し黙った。ベッドに腰掛ける彼女だけが、窓から吹き込んだ夜の風に金髪を揺らしている。

「先住民主義《インディヘニスモ》は悲しい幻を見せるだけだ。自分達だけの意識なんて、とうに消えたんだ」

シズマは青年の顔を見られない。そこにあるのは黒曜石の鏡だった。シズマは自分の歪んだ顔を見たくなかった。

「個性というのは、社会が保障してくれるものなんだ。社会が生み出した規格の中で、個人は自分の相《かお》を塑《つく》る。そこから外れたものは、昔も今も、荒野に放り出される。人の姿をした狼《ヴァルグス》として」

「それでも良い、あんたは俺達を救ってくれる。解放者、あんたは、アンデスの狼だ」

シズマは無言のまま、複数の代相カプセルを取り出した。自分が使う予定だったものも含まれている。擬装した自己相を可塑神経分子に転写し、一つずつカプセルに注入していく。この場にいない難民達の分も含めて、二十六個分のカプセルを用意した。

「アンデスには、狼は生息していないよ」

自己相で知識を共有していれば解るような、空疎で他愛ない冗談だったが、この場の誰にも理解されなかった。

シズマは一人で微笑んだ。理解されないということ。自己相から切り離された人々。こうした人間の在り方を、どこかで喜んでいる自分がいた。

5.

アンデス山脈の中で、比較的標高の低い地点を荒野《パラモ》という。湿地と背の低い植物、曇った空と青黒い山影、人も動物も、およそ命の姿を見せない土地を表した言葉だった。

シズマは、パラモの雨が好きだった。

雨季に降る雨の激烈さとは違う、しとしとと落ちる雨滴。クエンカの街に降り始めた夜の雨は、一粒ずつ、石畳に染みこんでいった。

雨の中、音もなく道を歩く人々は、自己相に則って個性を欠いた動きを示す。他人と関わる場面でなければ、不必要な感情をエミュレートすることもない。四角く切り取られた光の枠が連続し、粛々と歩く人々と、濡れた石畳を規則的に照らす。

傘を傾けながら、シズマはついに自分から聞く機会の無かった演歌のことを思い出した。こうした時、歌は叙情を伝えるのだろうか。

フランチェスカが予約したレストランは、クエンカ市内でも有名なものだった。店内からは話し声と光が漏れる。重い木製の扉に手をかけたところで、中から給仕が現れ、席へと案内してくれた。

「シズマ、待ってたよ」

窓際のテーブル席に座るフランチェスカが、嬉しそうに顔を綻ばせた。

向かいの席に着いたシズマは、勧められるまま食前酒《アペリティフ》を頼み、人心地ついてようやくフランチェスカの顔を見た。

すぐにでも緊張しそうになる表情を、何度も何度も笑顔に戻している。眼鏡の向こうの瞳。繰り返される感情のエミュレート。この時の為に、いつもの化粧も変えたのか、頬と目元に見慣れない明るい色が差してある。

「これね、今日初めて着てきたんだよ」

を作る。

「似合ってるよ」

真っ白なドレスにボレロを合わせて、フランチェスカは微笑んだ。深紅の唇が艶やかに形を作る。

「調子いいなぁ。昔はさ、私がドレスとか着ても、似合わないとか言ってたくせに」

「本当だよ。とても綺麗だ」

言いつつ食前酒も飲み終え、新たに運ばれてきたセビーチェにスプーンを入れる。ライムをよく搾って、茹でた鶏肉とエビの旨味を冷製スープに落とし込む。ペルー風のものを好むフランチェスカは、自然とピカンテソースで辛味を加えている。

「――迷惑をかけたな」

シズマは心の底から謝りたかった。昔と何も変わらない食事の風景。それを作るのにフランチェスカがどれだけの努力を要したか。親友を裏切って、自分の為だけに軍から逃げ出して、駆け抜けてきたこの数ヶ月間が、あまりに利己的で恥ずかしく思えた。

「そんな顔しないで、シズマ。私は、またシズマに会えて嬉しいんだよ。きっと今は無理なことなのかもしれないけど、いつかまた昔みたいに一緒にいよう。ね？」

シズマは顔を伏せる。そんな資格が自分にあるのなら。君は許してくれるだろうか、何も知らないフランチェスカ。感情が熱く濁る。スープの味も、どこか辛く感じた。

その時、ふいにフランチェスカの手元のスープに雫が落ちた。一滴、二滴と。シズマが何気なく前を見ると、そこに滂沱《ぼうだ》の涙を流すフランチェスカの姿があった。

「え？　あ、え、あれ？」

シズマの驚いた表情に、フランチェスカはようやく自分が泣いていることに気づいたらしかった。咄嗟にハンカチを手にし、何度も目元をこすっている。

「違うの、違う。悲しいんじゃなくて、え、あれ」

「大丈夫か？」

「う、うん、平気。よくあるの。あのね、心理医官って、やっぱり大変なんだ」

そう言うと、フランチェスカはハンカチと一緒に取り出していた小さな紙の束に手をかける。指先で紙片にコードの軌跡を描き出し、今度はそれを口に含むと、水で流し込んだ。

少しすると、フランチェスカは一息つき、それまでの泣き顔も嘘のように晴れやかな笑顔を浮かべた。そのあまりの変わりように、シズマは小さな不安を覚えた。

「それは、もしかして再復《リジューム》か？」

「うん、簡易なやつね。心理医官やってると、こういうのを処方することもあるから。たまに自分でも感情がわけわかんなくなっちゃう時があって、そういう時は自分でなんとかしてるんだけど」

シズマは何も言えないでいた。こうして会うことが、フランチェスカに心労をかけることになっていたとしたら。

「それより、ねぇ、シズマ知ってる？　ここね、ジェラートがあるんだよ。まだメインディッシュの途中だけどいいかな？」

「いいよ、僕は気にしないで頼みなよ」

「えへへ、ありがとう」

笑うフランチェスカ。

熱く焼ける砂の中に手を入れて、一粒だけ落ちた輝片を探すように、二人して慎重に言葉を選んで重ねていく。何度も、何度も。すぐさま過去に引き返せるなら。あの頃の自分を自己相でエミュレートできるなら。

笑う笑う、フランチェスカ。

この時が続けばと願う思いもある。しかしシズマは理解している。薄い絹の上で、火箸を投げて遊ぶような滑稽さ。そして、それを先に破ったのは、フランチェスカの方だった。

「先生はね、カハスの方に住んでるんだ」

シズマが言葉を返すより先に、店内でフォルクローレの演奏が始まった。ギターが掻き鳴らされ、ドラムが弾み、ケーナが歌う。曲はサンフアニート。伝統的な演奏。

「素敵なところだよ。湿地と湖、小さくて綺麗な花。野生のリャマを見たりもできるんだ」

「フラン、先生は、今は」

「静かに暮らしてるよ。誰とも会いたがらない。私は、たまに先生の家に行って、お世話させて貰ってる。住所は送っておくけど、会って何を話すの？」

「知りたいことがあるんだ。先生なら解るかもしれないんだ。可能性の話だけれど、僕はそれを確かめたい」

「それは、貴方が軍を抜けたことと関係はあるの？」

シズマは言い澱んだ。

「ねぇ、ヒユラミールちゃん、覚えてるよね。あの子、今もシズマの傍にいるの？」

曲は盛り上がる。客の誰もが食事を楽しみながら、音楽に耳を浸している。しかし優れた音楽家などはいない。自己相でモジュールを調整さえすれば、この素晴らしい演奏も、素晴らしい料理も、誰であれ再現はできる。

「君には、言えないこともある」

「そう。そうだよね、ごめんね」

シズマが逃げ出したのは、全ての人が正確な再現性の中で生きる社会だ。そしてシズマが追い求めたのは、乱雑で自由な、アンデスの山奥に見た幻だった。それを伝えて理解して貰えるだろうか。〈正しい人〉として生きる、この大切な友人に。

シズマは無意識のまま視線を逸らし、壇上の楽団を眺めた。

やがて演奏は終わった。客からは拍手が、二人の間には沈黙が。

「うん、そろそろかな」

「フランチェスカ？」

いつの間にか、フランチェスカが眼鏡のつるに手をやっていた。通信相での連絡だった。

「実はね、シズマにどうしても会わせたい人がいるの。だから無理を言って来て貰ったの」

シズマの顔が強張った。

次の瞬間、店内の照明が薄暗く切り替わる。転調。フォルクローレの楽団が新しい演奏を始める。ケーナの深い音に、ギターとチャランゴの雄々しい響き。

「――俺がリクエストしたんだ」

遠く客席の方から声が聞こえた。

「サンフランシスコへの道《カミノ・ア・サンフランシスコ》。俺の好きな曲だ」

声の主がテーブルの間を縫って歩いてくる。他の客は構うことなしに、勇壮な曲に気分を高揚させている。白いジャケットが空調に揺れる、表情を隠す洒落《しゃれ》たパナマ帽はここクエンカの名産品。

「会いたかった、とても会いたかった」

跳び上がるように、シズマは席から立ち上がった。心臓が音を刻む。トローテのテンポで、曲は盛り上がり続ける。

「シズマ、会いたかった。俺の親友」

帽子を取り、その人物は照明の下に顔を晒す。笑顔。何よりの笑顔。再会を喜ぶ、懐かしい友の顔。

「デレク」

短く呟いた。夢ではないか。だとすれば、これは喜ぶべきか、あるいは悪夢か。シズマは見開いた目で、黒い瞳で、対峙した男を見る。

「幽霊でも見たような顔だな。そんな風に驚かれると、なかなかショックだぜ」

笑う。デレクは笑う。昔のように、何一つ変わらず。いや、それでも時折、左の頬が奇妙に歪む。傷痕は見受けられないが、あの時、間違いなくデレクは、コンテナに左半身を挟まれて湖に沈んだのだ。

「フラン、外の車に花束がある。忘れてきちまった。取ってきてくれ」

デレクの頼みに、フランチェスカは答えの代わりに指を振ってみせた。

「仕方ないから取ってきてあげる。二人だけで話したいこともあるだろうしね」

立ち去るフランチェスカに、シズマは無言で手を伸ばしかけた。何故、どうして。疑問を口にするより早く、デレクが左腕で遮った。

「ゆっくり話そう。なぁ、シズマ」

「デレク、君は、生きていたのか」

「全く無事とは、いかなかったがな」

デレクは前に出る。わざとらしく左足を引きずってみせる。それと同時に、突き出した左腕を愉快そうに示す。左手にだけつけられた黒い手袋。

「左の肩から先がよ、すっかり磨り潰されちまったんだ。今つけてるのは義手だ」

デレクは左手の黒手袋を取ってみせた。

その先にあるものを見て、シズマは声にならない叫びを上げた。

手袋の中に包まれているはずのものが――どんな形状の義手であれ、そこにあるべき形のものが――全く何も無かった。ジャケットの袖口から、透明な空気の束が漏れているように見える。

「透明人間みたいだろう」

デレクは透明な腕をわざとらしく振ってみせ、そこに確かに存在していることを示した。

「粒子義手《パーティクルアーム》っていう軍の最新技術だ。イカすよな」

シズマが良く見ると、デレクの袖の先で、細かい粒子が光を反射して手の形を作っていた。細い光の筋が、人間の腕の筋肉そのものになっている。それらは腕神経叢《そう》から伸びる種々の神経系を再現していた。

「エアロゾル粒子を電気と超音波で空中に固着させてんだ。電位で粒子は制御されて、実際の腕と同じ動きをする。そして触れる瞬間にゲル化して、腕の形を作る。まぁ、意識しなければ何も無いのと変わらないけどな」

茶化すように、デレクは右手で黒い手袋をはめ直し、そのまま手首の辺りを摑んで捻る。バルーンアートを作るのと同じようだった。ジャケットの袖がねじれて潰れ、反対に肩口が膨らんだ。

「面白いだろう。笑えてきやがる」

デレクは椅子を引き、シズマの正面に腰掛ける。

「幻肢《ファントムリム》。俺の新しいあだ名だよ。幻肢のデレク・グッドマン」

座りながら半身を引き、デレクは大仰に構え、テーブルに置かれた付け合わせの揚げバナナ《トストーネス》を摘んで、口へと放り込んでいく。

「デレク、僕は」

――

一瞬の閃光。

シズマの首元に突きつけられたナイフ。黒い手袋。デレクの左腕。殺意の目。

「もう昔みたいに笑えないんだ。顔の左側がよ、どうしても引きつっちまう」

単なるテーブルナイフで、シズマの首の薄皮が一枚のみ、正確に切り裂かれていた。常人離れしたスピード。量子信号で運動神経をスキップする軍の制式のものとも違う。粒子義手による制動は、人間の肉体では為し得ない速さで殺意を運んだ。

「俺は、殺せるものならお前を今、この瞬間に殺してたぜ。なぁ、シズマ」

無言のまま、シズマは目の前の男を見つめる。

「だが俺には殺せない。俺はまだ、お前の自己相とのリンクを切ってないからだ。殺人行為は自己相で許されていない。お前が生かされたのは、俺の感情のせいじゃない。この社会の在り方のせいだ」

「僕も同じだ。僕も、君との自己相を切ってない。僕も、同じだ」

「そうだろうな」

デレクは静かにナイフを引く。シズマの首筋に赤い線が残った。

「だからお前も、腰の銃から手を離せ。どうせ撃てないだろう。それとも何か。難民は撃てないが、友人は撃てるってか。あの時みたいに、もう一度、この俺を殺してみるか？」

悪辣な笑みが零れた。デレクの瞳が複雑に色を変える。殺す、殺さない。救う、救わない。自己相でエミュレートされた感情は、虹の色となって。

「シズマ、お前には教えておいてやる。ようやく統合軍は重い腰を上げたんだ。陸軍との共同作戦が展開されていく。もう難民政策で文化技官の出番はない。これからはもっと強制的に、アイツらを管理するだろうさ。反発はあるかもしれないが、自己相を手に入れれば、そんな感情だって消え失せる」

手の調子を確かめるように、デレクは粒子義手の指をばらばらに動かしてみせた。じ、じ、と蜂鳥の羽ばたきに似た音を響かせて、手袋の中の粒子が小刻みに震えている。

「フランのやつ」

シズマが何か言い返そうとした時、デレクがふと呟いた。

「昔のままだよな。喋り方なんざ、大学生の頃からまるで変わらない」

「何が言いたい」

「アイツは戻れると信じてるのさ。俺とお前と、三人で馬鹿やってた頃に」

この場にいないフランチェスカへの愛惜の念を込めての、デレクからの寂しげな言葉。

「俺は、お前に見捨てられた男だ。もう俺の左腕は戻ってこない。だが、何よりも親友だった。フランもお前を待ってる。お前が再復さえすればやり直せる。あの時の感情を捨て去って、昔みたいに馬鹿ができるんだよ」

「そんなこと――」

「あのガキを殺せ」

デレクの冷たい視線が、シズマの心臓を貫く。

「ヒユラミール。あのネアンデルタール人の少女を殺せば、お前はやり直せる。いや、何もお前が手を下す必要はない。お前がアイツを見捨てて、再復すればいい。これまでのことも、再復によって切り捨てられる。お前はまた〈正しい人〉としてやり直せる」

「本気で言っているのか、デレク」

「今、この街の人理部隊を指揮してるのはモーリスだ。お前がいなくなった代わりを務めてる。モーリスはあの夜のことを知らない。お前の裏切りを、何も知らない。単なる脱走兵として、今なら戻れるかもしれないぜ」

悲しい目をしていた。シズマにはデレクの、デレクにはシズマの目が互いに映っていた。

自己相の向こう側、人間としての感情はすでに決別を選んでいるというのに、システムだけが二人を繋ぎとめようとしていた。その虚しさが、両者ともに痛いほど解っていた。

「僕は、今更戻れない」

「そうか」

デレクは左腕を差し出した。

「二日後に、この街で独立記念日のパレードが行われる。その時まで、返事は待ってやる」

最後の握手にも見えた。それを受け取ったシズマは、握ったデレクの左手が不気味に潰れたのを見て、言いようのない恐怖を覚えた。

「だが待ってやるのは、俺だけだ。軍の他のやつらが何をしようと、俺は知らないからな」

デレクは微笑んだ。記憶の中のどれとも違う、見たこともない顔だった。

「さぁ、また会おうぜ。アンデスの狼さんよ」

デレクから手を離し、シズマは大きく目を見開いた。次の瞬間、弾かれるようにして席を離れ、テーブルの横を駆け抜けていく。

彼女の名を、口の中で呟いた。

尾行されていた。シズマは自身の迂闊《うかつ》さを呪った。自分と彼女に関しては、軍の動きを把握し、事前に避けることはできる。しかし、自分が関わった難民達はその限りではない。軍は、シズマがいない間に彼女を狙ったのだ。

デレクの笑みが思い起こされる。全てを納得したかのような表情。先程までの食事の光景すら、なんとも空虚に思える。

走るシズマ。重い木製の扉を開けて、夜の外気を導き入れる。肺に満ちる苦痛の風。短い階段を駆け下ったところで、何かとぶつかった。

「シズマ！」

花が散った。フランチェスカが、前から来たシズマと衝突し、抱えてきたバラの花束をその場に取り落としていた。一瞬、シズマは驚いた様子のフランチェスカを眺めた。

「シズマ、あのね」

何かを繋ぎとめようと、フランチェスカが無意味な言葉を必死に絞り出そうとする。それがシズマの思考の奥で、一番冷酷な色をしたものを励起させる。

悲しい目をして、シズマはフランチェスカの横をすり抜けた。

「待って、まだ――」

まだ、何があるというのだ。

シズマは、背後から投げつけられた言葉を打ち捨てた。愛しい、愚かなフランチェスカ。

「君は、いつだって僕の心を苛《さいな》む」

走りながら、シズマの喉の奥でいくつもの言葉が渦巻く。四角く切り取られた光の枠を踏みながら、石畳の上を走っていく。肺の中に澱む言葉達。

6.

ある時、ある夜、少女は歌を唄っていた。

どこかの街に立ち寄った時、安宿のベランダで、彼女は星空を見上げながら唄っていた。

「それは、どこかで覚えたものか？」

一節終わった辺りで、部屋の中からシズマが声をかけた。

「わからない」

「全く知らない節回しだった。君の故郷の歌だったりしてな」

シズマが言うと、彼女は金色の髪を左右に振ってから、変わることのない表情を浮かべる。

「君の言葉、君の歌。僕らの知らないどこか、そんな場所に未だ人類の知らない土地、人類の知らない人々がいるとしたら」

「昔のことは、思い出せない」

シズマはポケットにしまった手帳を取り出す。いつかフランチェスカが作っていた自作の辞書。今はそれをシズマが受け継いでいる。自己相ではなく、紙媒体で残そうと思った。他の誰のものでもないように。自己相で共有することなく、自分の知識としたかったから。

「ノム、バ、アイ。君が最初に僕に投げかけた言葉だったな」

「そう、名前、ヒユラミール」

どことなく嬉しそうに、彼女は自分の髪に手をやった。

ふと、シズマは何とはなしに波音のようなものを聞いた。それは吹き込む夜風、漂う砂の香りだったのかもしれない。しかし、その程度のもので、あの夜のチチカカ湖を思い出せた。

「シズマ。星が見えるよ」

夜空を示す彼女に、シズマも付き従い、その横に立って星を眺めた。あの白い星々を見た時に、瞳を通して光は脳に届く。あの星の並びを結んで人々は星座という相にした。見ているものは単なる光であるというのに、人はそこに形を作った。現象に型を持たせた。

それが文化だった。それが人間の得た知覚と認知、生きていく中で得た意識の系統樹。それを伐《き》り倒そうというのも、あるいは一つの進化の方向性ではあれ。

――トト・ユタエモ。

会話が止んだ時、彼女はふと、先程とは違う調子で唄い始めた。単純な旋律に、ころころと鈴の音のような彼女の声が乗る。

――ラリヤ・ナバシ・ユタムス・チャカナ・バ・ミール、ワヌキ、プラエモ・タ・サラ。

一節吟じ終えると、彼女はシズマの顔を見た。どこか褒めて貰いたそうに、唇を結んで、上目遣いで。

「良い歌だ」

シズマが告げると、その意味が伝わったのか、彼女はただ頷いた。瞳に喜色が入り混じる。シズマだけに見えた感情だったかもしれないが、それを強く信じたかった。

「歌の意味は解るか？　空《ナバシ》や星《ミール》という単語が出ていた」

彼女は少しだけ考える素振《そぶ》りをみせ、その後、一所懸命に英語の単語を選んでいく。

「夜が来る。南の空にチャカナの星が昇る。歌う、トウモロコシを植える」

指を折りながら、自分の言葉を確かめる彼女。シズマにはその歌の意味が解った。星の位置を見て、農耕の季節を歌う、原始的かつ素朴な歌だった。

「チャカナ」

単語を口の中で繰り返していた彼女が、その不思議な言葉を呟いた。

「あの星のこと」

彼女は白い指を天空に向かって伸ばす。その先で瞬いているのは、白く輝く南十字星。

「あれが、チャカナの星」

シズマは口の中で繰り返した。

「あの星が、好き」

南十字星《チャカナ》。シズマは、それを手帳に記さなかった。その言葉は最後に記そう。その時まで、何一つ忘れることなく、自らの中に留めておきたかった。

＊

ホテルのロビーを抜け、階段を登る。二階の廊下は暗く、灯りは一つもない。シズマは自室が見える角で、一つ落ち着いて中の様子を探ることにする。部屋に仕掛けているカメラに異常はない。自己相から機能相へとアクセスし、部屋の中を確認する。待ち伏せがないことを確認し、慎重に扉まで近づいて中へと進む。軋む扉の音。窓から注ぐ街灯の光が、中庭の方から照る月光が、交差して部屋の中を照らしていく。

一人の難民の死体だけが、そこにある。

最初にシズマに銃を突きつけてきた男性だった。胸にいくつもの銃痕が見えた。血に塗れた顔を、薄い光の中に晒している。

一歩、部屋を進むごとに靴が血脂を拭い、新しい赤い足跡を残していく。部屋の調度は、それほど荒らされていない。床に光るものが見えた。それは彼女が使っていたナイフ。今や、持ち主を失ったそれが、虚しく外の灯りを反射していた。

シズマがさらに踏み込むと、ベランダから小さな歌声が聞こえてきた。

「ヒユラミール？」

シズマの声に、歌が途切れる。

「下手な歌を、失礼しました」

ベランダに立つその女性が、月明かりに照らされた。カーテンが夜風に揺れ、豹のように
しなやかな体を包んだ黒い軍服と、艶やかな黒髪を神秘的に縁取った。

シズマは即座に拳銃を引き抜いた。

「クラウディーナ・シサ……少尉」

自身に向く銃口にもお構いなしに、クラウディーナは一歩、シズマの方へと踏み込んだ。

「お久しぶりですね、サイモン准士官」

「どうして貴女が」

「私は伝令《メッセンジャー》です。貴方にお伝えすることがあり、ここに残っていました」

「彼女は、ヒユラミールはどうした」

「私の権限で、こちらで確保しました。その際、抵抗した武装難民を一人排除しましたが、
こちらも重傷者が出ています。ですが、あの少女は無事です」

クラウディーナが優しく微笑む。魅力的な笑顔であったが、その自己相が模倣した感情の
冷たさを知って、シズマは戦慄する。

「陸軍はクエンカにおいて、難民の掃討作戦を行うことを決定しました。そして私達は、貴

方が武装難民のグループと接触したことも知っています」

「僕に何をさせるつもりだ」

「貴方が手引きし、武装難民のグループをこちらに引き渡してください。不必要な戦闘を避けたいのは陸軍の総意です」

クラウディーナが一歩、二歩、緩やかなテンポでシズマに近づく。その手に握られた拳銃を上から取り、強い力で下げさせた。潤んだ黒い瞳が、シズマの顔を間近で見つめる。

「陸軍がどうしてあの少女を追うのか、私はそれを知らされていません。ですが、あの少女の命は私が保証します。自由までは保証できませんが、殺させはしません」

「そして僕は、その代わりに再復を受ける」

クラウディーナが頷く。血の海の中に混じる、この場にそぐわない甘い香りが、シズマの鼻をついた。

「准士官、私は貴方に少なからず同情しています。貴方の暴挙に心を痛めているのは、私もまた同じです。ぜひ、こちら側に帰っていらしてください。貴方は軍人として素晴らしい資質を持っている人です」

そう言うと、クラウディーナはシズマの横をすり抜け、その後ろ姿を晒した。シズマの拳銃はそれを狙える距離にある。しかし、どうしても右手を上げることができなかった。

「それが、僕へのメッセージか？」

クラウディーナは一度だけ振り返り、小さく笑みを作った。

「後半は、私からの私的なメッセージですけどね」

そうしてクラウディーナは、背を向けたまま部屋から去っていった。後に残されたのは、難民の血と、冷たい夜風、そして遠くに月の光。

「ヒュラミール」

軍は彼女をどうしたいのか。殺したい、殺せば終わる。デレクはそう言う。

全てを捨てれば、やり直すことができるというのか。

シズマは、自分の中にある空虚を認識した。

足を止めれば良い。旅を終えれば良い。自分がしてきたことは、学生の時分に追い求めたロマンへの巡礼に過ぎない。自分だけの感情と自我が、自分にも、彼女にも、そして全ての人々に、確かにあることを証明したかっただけだ。

全ては二日後。独立記念日のパレードで、デレクと決着をつけなくてはいけない。

シズマはベランダへと出ると、自己相ではなく、擬装用のデバイスを耳に当てた。コール。コール。連絡する相手は決まっていた。あの武装難民の男達へ、伝えなければいけないことがある。

自分の利己心の為に、全てを利用してしまえるのなら。

シズマは街の灯を眺めつつ、そこを行き交う人々のことを考える。均整の取れたリズム、画一的な運動能力。〈正しい人〉。何も疑うことなく、モジュール化された人生を歩む人達。フランチェスカのように。それは誰もが幸福である為の世界。

「僕もそこで生きていたかった」

シズマは顔を上げた。

天上遥かに星が輝く。街の光に掻き消されてしまうような、小さな星々がある。

南十字星。

どこにあるのか、今のシズマにそれは見えない。

7.

クエンカの独立記念日は、スペインの植民地から解放されたことを祝う為の祭日になっている。静かな文化の街が、この日ばかりは華やかに装う。街を歩く人々。人々を包む伝統的な先住民族の服装は、仮装パレードのように戯曲めいている。外部から来た観光客の為に、作られ、演じられる伝統。

民族楽器を担いだ楽隊、舞踊する女性達。子供達は旗を振りつつ、物売りの傍へと駆け寄っては親達にたしなめられる。豊かで騒がしい音楽の中で、無数の花が空に撒かれ、きらびやかな一日を彩る。

「見ろよ、シズマ。エスプミージャの屋台だ。いらないよな? 俺、あれ甘ったるくて嫌いなんだよ」

「僕はそうでもないけどね」

「そうかい。味覚も自己相で同じにしちまえば楽なんだろうな」

低く笑うデレクに、シズマは視線を向ける。

古い建物の陰で大通りを練り歩く人々を眺めながら、デレクは煙草に火をつける。

「デレク」

「祭りの日だけは、喫煙も大目に見て貰えるんだよ」

「そうじゃない。僕は、君に話をしにきたんだ」

陰鬱な笑みを返して、デレクは不快そうに煙を吐き出した。石畳の上に灰が落ちた。

「まぁ待てよ、パレードの本番はこれからだ」

デレクがそう言った直後、街中に音が溢れた。それまでの民族音楽とは異なる、軍による行進曲。軍楽隊による演奏は、シズマにとっても馴染みのある調子だった。

「共和制アメリカの統合軍と陸軍、それに付随する人理部隊だ。懐かしいもんだろ」

シズマは大通りに目を向ける。緑と黒の軍服の群れに、特徴的な青いラインが引かれた面々。見知った顔も多くいる。楽隊と陸軍部隊に挟まれて、古い仲間達が行進を続けている。

「軍事パレードさ。後ろには装甲車や戦車も続くぜ。まぁ、アピールなんだよ。これからの全てに対してのな」

「これから？」

「話しただろ。軍は難民をなくす為に本格的に動き始める。難民狩りが始まるわけだ」

シズマの表情を見て取ったか、デレクが口の端を上げて愉快そうに応えた。

「そんな顔するなよ。悪いことじゃないだろ。ほら、見ろよ、先頭の車に乗ってる美人。ありゃ元は難民だった女だよ。それが自己相手術を受けて俺達と同じ人間になった。人間として、記念日の壇上に立って演説をかますらしい」

喧《やかま》しく音楽は奏でられ続ける。古い石造建築群に吸い込まれるように、激しく雄々しい行進曲が響く。愉快そうに笑う人間達が横から見守っている。シズマはそれを、影の中から遠景として眺めている。音が遠く聞こえた。

「彼女は、ヒユラミールはどうした」

燃え尽きた煙草の灰が落ち、デレクが吸い殻を路地裏に投げ捨てる。

「まだ殺しちゃいない」

シズマの腕が伸び、デレクの襟元を掴んだ。

「お前の態度次第だぜ。シズマ。お前が再復処置を受けて軍に戻るのなら、あのガキの命だけは助けてやるよ。まぁ、軍の管理下には置かれるだろうが」

「彼女に会わせろ」

デレクは気怠《けだる》そうに肩を竦めてみせる。「こっちだ」と短く一言。

「軍は、なぜ彼女を狙う」

「俺達の社会を脅かすからだ」

薄暗い路地裏の中を歩きつつ、デレクは話し始める。

「あのガキは、お前みたいな学者にとっては可能性なのかもしれないな。だが、自己相を持った全ての人間からしてみれば、単なる脅威にしかならない」

「それは、彼女の知覚能力のせいか」

シズマの言葉に、デレクが振り返った。恨みでも、憎しみでもなく、哀れみの表情で、かつての親友を見つめていた。

「お前は何も知らない。あのガキがいることで何が起こるか」

「どういう意味だ」

「ネアンデルタール人、それは人類を遥かに超える身体能力と知覚能力を有した存在だ。陸軍が恐れているのは、それが自己相の技術で一般化することだ。軍人だけが特権的に有していた量子信号による身体強化が、どんな人間であれ行えることになる。そんなことになれば、軍の警察機能は崩壊する。そしてもしも、その能力が難民に転写されることにでもなれば、これまで以上の闘争が繰り返される」

「そんなこと、できるはずが――」

「できるだろ。難民に協力する、裏切り者の文化技官がいる限り、な」

デレクの冷たい視線が、シズマを貫く。

「あれはな、都合の悪い発見なんだよ」

そう言ってから、デレクは一つの建物を指し示した。通用口を開けると、埃が舞い、その奥に薄暗い階段が見えた。

「持つ者と持たざる者。確かに今は、難民との間で小競り合いは続く。だが、いずれ世界は一つになる」

軋む階段を登りつつ、デレクが一つずつ噛みしめるように呟く。やがて二階に着くと、一つの部屋の前で立ち止まった。

「人類は常に平均の中で生きる〈正しい人〉の総体。俺達は戦争を回避する為に、集団であることと、平等であることを選んだ。意識の抑止力だ。そんな中で、人を超える人を生み出すわけにはいかない。そうだろ?」

「彼女はこの中にいるのか」

シズマの反応は意に沿うものではなかったのか、デレクは舌打ちを一つ残して、部屋の扉を開けた。シズマが一歩踏み込むと、そこには陸軍の人間が二人。その奥で両手を縛られたまま椅子に座らされ、拘束されている彼女がいた。

「ヒユラミール!」

シズマの声に気づき、彼女は顔を上げる。何も変わることのない、純粋な表情で、青い瞳で前を見た。

「シズマ」

駆け寄ろうとするシズマの肩を、デレクの左腕が押さえた。

「感動の再会か? だが忘れるなよ、ここから先はお前の出方次第だ」

デレクが顎でしゃくると、二人の軍人が手にしたCCWを構え、彼女の側頭部に狙いをつける。シズマが無力化できる隙などあろうはずもない。

「もう一度言うぜ、シズマ。戻ってこい。全てを忘れて、だ。難民なんかに同情心を持つんじゃない」

「随分と寛容なんだな」

シズマはデレクの手を取る。粒子義手の先が不気味な程に押し込まれていた。

「友達だからな」

「そうか、嬉しいもんだ」

シズマは数歩だけ歩き、彼女の目の前に立つ。

「ヒユラミール、帰ろう」

シズマが差し出した手に、彼女は拘束されたままの手を合わせて置いた。大きな窓の向こうでパレードの列が見える。行進曲と人々の歓声が、未だに街を賑わせている。

「おい、シズマ。何の冗談だ。そのガキは一緒に連れていけない。命だけは助けてやってもいいが、お前とは、もう――」

「デレク、通信相を開いてくれ」

「ああ？」

訝しみながら、それでもデレクは通信相を開き、シズマからのリンクを受け入れた。

「これが僕の答えだ」

シズマの自己相に浮かんだ映像を、そのままデレクは共有する。視界の端で、切り取られた光景の枠が再生される。

　それは、どこかの部屋に見える。石造りの壁に、簡素な調度。採光窓は高く、届く光は僅か。その光景の中心、一人の人間が冷たい床に横たえられている。白い肌、肉付きの良い脚が艶《なま》めかしく伸び、上半身は後ろ手のまま、顔の部分には麻袋が被せられている。その袋から、豊かなアッシュブロンドの髪が漏れ、流れる川のように床に広がっていた。

「おい」

　デレクが顔をしかめた。

「おい、シズマ」

　デレクは声を荒らげない。何かの間違いだと、それを確かめるように、大切なもう一人の友人の所在を確かめようとする。だが何度コールしようと、その相手が通信相に現れることはない。

「おいおい、シズマ」

　デレクが歩き出す。シズマは何に遠慮することもなく、椅子に座ったままの彼女に手をかけ、その拘束を解こうとしている。

「冗談はそこまでだ。おい、答えろ、お前、フランチェスカをどうした。どうするつもりだ」

「君の態度次第、かな」

　利那、デレクがシズマの頬を殴り抜いていた。姿なき左腕。

　派手な音を立てて、シズマは部屋の隅のベッドまで飛ぶ。激昂するデレクが近づく。襟を摑んでシズマの体を引き起こす。痛みに堪えながら、シズマは不敵な笑みを浮かべた。

「フランチェスカを人質に使う気か！」

「難民の協力者だ。フランチェスカのところにいる。僕とヒュラミールを解放しろ」

音、衝撃。粒子義手の膂力《りょりょく》がシズマを片手で持ち上げ、そのまま彼女の方へと投げ飛ばしていた。それでも未だ、シズマの顔には笑みが張り付いている。

「シズマ、お前は、お前は」

頬の内側が破れ、口に溢れた血。シズマはそれを床に吐き出した。笑みを崩すことなく、彼女の拘束を一つずつ解いていく。鈍い音。走り寄ったデレクが、思い切りシズマの腹部を蹴り上げていた。横に控える二人の軍人は、どうすれば良いのかわけも解らず、その場に立ち尽くすだけ。

「僕と彼女を、ここから解放するんだ。デレク」

傷つきながら、シズマはなおも立ち上がり、ようやく彼女を繋いでいた拘束帯を外した。

「俺はッ、お前を――」

その時、外で轟音が響いた。

次いで溢れる悲鳴、断続的に広がる爆音。二人の軍人が窓辺に寄って外を確かめている。

シズマは笑みを携えたまま、どことも知れない場所を見ている。

パレードの光景に混じって、灰色の煙がクエンカの街の各所で立ち昇っていた。

「難民の武装蜂起だよ」

「これもお前が指図したのか」

「僕が煽動したわけじゃない。いくつかプランは提案したけどね。その中で選ばれた、当然の結論だ。難民達は軍に抵抗する。僕らの自己相社会へ、牙をむく」

床が軋み、古い木材が破れた。踏み込んだデレクが、左腕をシズマに向かって伸ばす。

光芒《こうぼう》一閃。デレクの腕を覆うスーツの、肘から先が千切れ飛んだ。驚愕の表情の向こうに、短刀を振りぬいた彼女の姿。

彼女の振るった刃は、シズマが隠し持っていたもの。

「ッざけんなァ！」

空気が振動した。蜂鳥の羽音。デレクの分かたれざる粒子義手が、空間を抉り取るように突き進む。

「ヒユラミール！」

およそ人間の視覚では捉えきれぬ速さで、二つの肉体が交差した。蹴り上げた白い脚、それを折ろうと振るわれた透明の腕。

彼女は呻いた。脚を取られることは無かったが、粒子義手が掠った部位が赤く腫れ上がる。続けざまに跳躍して距離を取った彼女を恨めしそうに見遣り、それからデレクは億劫そうに口を開く。

「シズマ、お前は本当に、ああ、本当に狂っちまったんだ」

「僕が日本人だからかな」

「俺が、それを理由にお前を差別したことがあるかよ」

「誰にも気づけない悲しみはある」

冷静な自分を殊更《ことさら》に意識して、シズマは微笑む。

「いい加減に、しろよ」

デレクは隣の軍人から銃を奪い取った。即座に自身の自己相に紐付け。その途端、シズマは彼女の手を引いて前方へと突進した。デレクの横をすり抜ける。

予期しない動きに、デレクの反応が遅れた。

「シズマァ！」

割れる窓ガラス。伸ばされた透明な腕が、虚しく空を掻く。ベランダから飛び降りたシズマ。落下地点にあるのは、この日の為に精一杯の準備をした花売りのカート。

二人分の体が招いた衝撃は、無数の花弁を散らすことで相殺された。その場にいたはずの花売りも、すでに街の騒乱によって離れていた。シズマは上階から響く怒号を無視し、彼女と共に体勢を立て直し、大通りへと出る。

そこかしこで銃声と爆発音が響いている。軍の管理を抜け出そうとした難民達の暴動。この地に戦争の種が蒔かれた。静かな世界遺産の街に。

「シズマ、ほんとにこれでよかったの」

背後を走る彼女が小さく問う。

シズマは何も答えない。良かったと思えたことなど、何一つ無い。立ち止まれば、すぐにでも後悔の色が心臓を染めて、血管に苦痛の毒を流し込むだろう。

「ヒユラミール、あの車だ」

シズマが大通りの一角を指差す。シズマ達の到着に気づき、車にエンジンがかかった。

「こっちだ！　乗れ！」

運転席から顔を覗かせたのは、シズマの宿を襲撃した難民達の一人。あの小柄な男だった。

「このまま郊外まで出るよ。シズマ・サイモン、あんたを逃がすのが俺達の最後の役目だ」

後部座席に二人して体を押し込んだ直後、シズマは急発進する車の衝撃に備えた。

「君達は、これで良かったのかい」

彼女に問われた言葉を、今度はシズマが呟いた。

「良いも何も、これしか無かったんだ。リーダーは軍のやつらに殺された。ならこれは仇討ちだ。あんたに声をかけて貰って、俺達は誰だって喜んだ」

街中に悲鳴と炎が溢れている。

乗り捨てられた車と、先を急ぐ車、人、それらが路上を満たしている。それらを金の糸で縫うように、軍人と数人の難民が銃撃戦を交わしている。

その時、シズマの自己相デバイスにコールがあった。通信相ではない連絡。相手はあの、マノーロと呼ばれたコファン族の青年だった。

《シズマ・サイモン。いよいよ始まったな》

その言葉の響きには、どこか喜びが混じっているようだった。

「ああ。そっちは、フランチェスカはどうなっている？」

《あんたに言われた通りだ。手荒なことはしてない。大人しくして貰ってる》

良かった、と、そう言うことはできない。シズマは難民達と、そしてフランチェスカを利用した。その傲慢さを自覚した。

《これは俺達の革命だ。解放者シズマ。アンタは俺達を導くアンデスの狼だ》

青年からの無垢な賛美。それを最後に通信は終わった。

シズマは、自然と隣の少女の頭を掻き抱いていた。彼我の世界。分かれてしまった人々。一つになったふりをして、それ以外を巧妙に覆い隠した世界。

「僕は、君達に戦争の種を蒔いてしまった。文化技官として、僕は」

車のナビゲーションが、街の外れにある古い教会を指し示す。その地にいるフランチェスカを解放し、後はそのまま街を出る。二度と会うこともない、二度と帰ることも。

その時、ナビ画面に警告文が表示された。同時にシズマの自己相にもアラート音が響く。

「おい、なんだぁ！」

振り返る、石造りの建物の壁が不気味に歪んで。轟音。飛び散った瓦礫と、砂煙の向こうから、あまりに有機的な駆動音が響いた。宝石のようにカッティングされた鈍色《にびいろ》のステルス装甲、大きく湾曲し伸びた二本の多段式電磁誘導主砲《コイルガン》。

MMA1《マストドン・ミズーリウム》。共和制アメリカが誇る、山岳戦を想定した無人四脚戦車《クワドロペット》。軍事パレードで穏やかに歩いていたそれが、今は脅威として背後から迫ってくる。

「あんなものまで出してくるのか」

シズマが呟いた途端、車が大きく脇に逸れた。

「しっかり摑まって！」小柄な男が叫ぶ。

一方で背後からは戦車が進んでくる。重い一歩一歩が、履帯部《キャタピラ》を滑らせるのではなく、瓦礫を押しのけるように四脚で踏み込んでくる。緻密に組まれた石畳を砕いていく。

その直後、耳障りな音が届いた。頭の裏を掻き毟るような。服の下で肌が総毛立つ。

「横にッ！」

シズマが男の腕を取った瞬間、咆哮、大気を裂く怪音が頭上を通り過ぎる。

小さな火花。目の前の建物のバルコニーが吹き飛んだ。

散り落ちる瓦礫が、車の進路を塞いでいく。咄嗟に切り返したハンドルで、破片の衝突を避けることができた。

シズマ達の背後から、再び耳障りな音が響く。コイルガンが充電されている。山肌を削り取り、地形を変化させる為の兵器。市街地にある今は、砲口初速を意図的に落としているとはいえ、秒二千メートルで射出される質量弾は、単純な破壊をあらゆる物体にもたらす。

「どうします、シズマ・サイモン！」

運転する男は目を見開いて不安そうに背後を向く。その目線の先に、真剣な表情をしたシズマと、充電を終え、二本の主砲を向ける戦車の姿があった。

「あの巨象の牙は、自己相を持っている人間には決して向かない。だけど残念ながら、僕らは攻撃の対象になり得るわけだ」

　シズマが車の機能相にアクセスし、ナビゲーション画面にルートを示した。

「早く行くんだ！」

　シズマの声に押され、小柄な男はハンドルを切った。それと同時に、背後から矢のように尖った質量弾が放たれ、前方の道路を大きく抉り取った。

　急カーブ、裂けた石畳に焦げるタイヤを擦りながら、進路は左へ、大通りから人混みの見える花市場の方へ。

「構わず進め！」

　声に押され、男がアクセルを踏み抜く。事故回避用の安全装置《セーフティ》はすでに解除してある。

　花市場では戦闘が繰り広げられていた。難民達が小銃を辺り構わず乱射し、軍人も民間人も、その別なく銃弾に倒れていく。その騒乱の中を、暴走する車が突っ切る。車から逃れようと、人々があちこちに駆け出す。

　シズマは自らの自己相と車載カメラの機能相をリンクさせ、前方で逃げ惑う人々の動きを予測する。左、右、右、左、右。知覚信号《パーセプチュアルコード》を次々に繰り出し、車の制動をアシストする。人をはねてまで進む余裕はないから。

「お、追ってこないか」

　後方より三段目の砲撃は届かない。四脚戦車は〈正しい人〉の溢れる道を蹂躙することを諦めたはずだ。

「た、助かった！　助かったぞ！」

花市場の人混みもすでに事態に気づいて逃げ去った。後は、この花屋のひしめく道を抜ければ――。

フロントウィンドウが砕けた。

蜘蛛の巣状にヒビが入り、甲高い音が後から届いた。どう、と、強い衝撃に運転席の男が倒れ、血糊が車内に飛び散った。その直後、車は激しく揺れ、旋回、視界の乱高下。車が花市場の端にある街灯へと突っ込む。

衝撃から身を守ったシズマが見たのは、運転席で頭部を破裂させた男の死体。その意味に気づき、シズマは彼女の手を引いて、車から飛び出す。その瞬間、二発の銃弾が車体を穿つ。石畳に転がり出たシズマは、即座に近くの花屋のカートの陰に身を隠す。遠く、花市場で繰り広げられる騒乱の中、小銃を構えた難民の男がシズマに近づいてくる。

「来るな！」

何か言いかけた難民の胸に赤い穴が開く。それだけで男は倒れ、地面には血が広がっていく。軍人と戦っていた難民達も、次々と胸に、あるいは額に、赤い花を咲かせて倒れていく。

狙撃。過たず放たれた銃弾が武装難民を殺し尽くす。

「クラウディーナ・シサか！」

シズマが駆け出した瞬間、花屋のカートに銃弾が当たり、無数の花弁を散らした。周囲に転がる難民の死体を避けながら、シズマは花市場を駆ける。

《シズマ、随分と派手に逃げるじゃないか》

突如として入った通信相からの声に、シズマは思わず足を止める。

「こっちを通ると思ってたぜ！」

悲鳴と銃声の中、万雷の拍手で迎えられた舞台俳優のように、デレクが悠然とシズマの方へと歩いてくる。粒子義手が激しく唸り、戦闘の熱気がデレクの体を包んでいく。

「デレク！　いいのか、フランチェスカが」

「ああ、いいぜ、お前はフランを殺したりはしない！　お前は優しい、お前は親友思いだ！」

粒子義手が大きく広がった。周囲の埃と散った花弁を巻き込んで流動し、固体と気体の中間のまま、怪物じみた腕を形作る。

次の一撃は、飛び込んだ彼女のナイフの軌道に阻まれた。

舌打ち。決して傷つかない幻肢を盾に、デレクは少女の尋常ならざる反応速度に追いつく。すでに数合。常人には見切れないナイフ捌き。

「シズマ、行って」

彼女とデレクの攻防。斬られたと見るや、腕は気体に変わり、奪うと見るや固体となって彼女の喉元を狙う。瞬間、石畳を抉る銃弾。遠間からの狙撃。不意をつかれた彼女は跳び退く。赤いケープ、そして赤い鮮血が空中に弧を描いた。

着地、石畳を踏み込んだ拍子に、彼女の左のふくらはぎから血が溢れ出た。苦悶の表情は、背後のシズマからは見えない。

「ヒユラミール！」

続けての弾丸。近づけば左腕で捌かれ、遠ざかれば正確な狙撃を受ける。長引けば不利になるのは目に見えている。

「どうした、お前も撃ってみろよ。それともまだ撃てないとか言ってやがるのか！」

一進一退、彼女と対等に渡り合うデレクからの嘲笑。

シズマは懐にある拳銃を、何度もデレクの方へと向けようとした。

——僕の殺意は、一体どこにある。

デレクの自己相とのリンクを断ちさえすれば、この銃のトリガーは引けるはずだ。自らを、真に寄る辺なき人間の相に落としさえすれば、あの〈正しい人〉へと銃口を向けられる。

——ここで殺せるのなら。

ふと黒い感情が脳裏をよぎる。シズマの指に力が込められた。

「シズマ」

彼女の声が聞こえた。

——二発、銃弾は放たれた。

舞ったのは、血でなく、無数の花弁。

シズマは、デレクの背後の花屋の棚を撃ち抜いた。着弾と同時に、炸薬弾頭が爆ぜ飛ぶ。

「どこを狙ってる！」

ヒマワリ、ユリ、ガーベラ。そして数多くのバラ。それらの花弁が風に晒され、デレクと彼女の周囲を包む。

「これでいい」

デレクが気づいた時にはすでに遅く、シズマは懐から榴弾を投げ込んでいた。

高彩度視界飽和片。飛び散った輝片が光を放ち、それぞれの花弁に無数の色を反射させた。

光と花弁の渦の中で、デレクが呻いて膝をつく。

軍のものでは再現できない天然のサチュレーター。視界を巡る色の一つ一つにマスキングをかけようとも、その時間は無効化できるはずだ。

「ヒユラミール！　逃げるぞ！」

知覚体系の異なる彼女は、視覚効果を受けることもなく、その場を即座に離れた。シズマからの目配せに従い走り始める。

「逃がすかよ！」

猛烈な吐き気を堪えながら、恨み尽くした目でデレクが叫んでいる。

シズマは彼女の手を引いて駆け出し、花市場を後にする。

「傷は大丈夫か、ヒユラミール」

「大丈夫」

そうは言うが、彼女の足は痛々しく赤く濡れている。

「まずは街を抜けよう。そうしたらフランチェスカを――」

言いかけた瞬間、シズマの体は背後から無理矢理に横へと押し出されていた。

慄然すべき一矢、放たれた質量弾、衝撃波が後に続く。割れ裂かれた大気の束が、シズマの肺を傷つける。咄嗟の判断で、小さな体を精一杯に使い、シズマを押し出した少女。足から血がさらに噴き出ていた。

「ミズーリウム！」

シズマは見た。通りの向こう側から、四脚戦車が二本のコイルガンをこちらに構えていた。

「こっち」

平静を装い、彼女がシズマの手を引き狭い路地から建物へと入っていく。騒乱の中で、すでに家人は逃げ出した後だろう。扉は開かれている。階段へ足をかけたところで、背後から再び衝撃。静かな第二射が歴史あるコロニアル建築を削り取る。洒落た絨毯が千々に破れた。

シズマは住宅を駆けつつ、街の地図を元に逃走ルートを選び取る。

「二階の窓から出るぞ」

彼女の足が、それを正確になぞっていく。品の良い家具で誂《あつら》えられた部屋。老後をクエンカで過ごそうという老夫婦の姿が見えた気がした。

「跳ぶぞ！」

窓から隣の建物に飛び移る刹那、狙いをつけていたミズーリウムの顎が質量弾を投射する。破壊が、確実な破壊が建物を崩していく。

シズマと彼女は、クエンカの街が誇る建築群、その屋根を足蹴にしながら逃走を続ける。窓と窓、屋根と屋根を渡る。その度に大通りからコイルガンの砲撃を受け、路地からは断続的に軍部隊の小銃が迫る。

　シズマはふと、眼下の街を見遣った。

　街は今、静けさを取り戻そうとしている。武装蜂起は当然のように終わる。果敢ない行為だった。立ち昇る煙と消え入りそうな銃の響きが、暴力の爪痕を示している。

　小銃を構える難民の青年が、陸軍の銃撃を受けて倒れた。退こうとする難民の一群が、シズマから狙いを変えたミズーリウムのコイルガンによって吹き飛ばされ、崩れた石畳に千切れた四肢と肉片を張り付かせる。運悪く軍人に拘束された難民達も、その場に跪《ひざまず》かされ、次々と頭の後ろを銃で撃たれる。多くの難民達が、その命を散らせる間際、屋根の上を駆けるシズマの姿を見て笑っていた。

「シズマ、また来る」

　彼女の声。難民を虐殺していた四脚戦車の砲塔がシズマを捉える。屋根から隣の建物のベランダへの跳躍。放たれた質量弾が、背後の屋根を破壊し、黄土色の屋根瓦が辺りに飛び散った。振り返ることはできない。続けて何度目かの跳躍。

　道路を走り抜ける四脚戦車からの砲撃は止まない。これまで回避できているのは、多くの難民がシズマの代わりに犠牲になったから。今また一人の難民が、逃げ去るシズマの為に盾となり、四脚戦車に踏み潰された。

　こんなことを、いつまでも続けるわけにはいかない。

　シズマは彼女と共に、傷だらけになった街を渡っていく。その都度、脳内で広げられた地図にポイントを打ち込んでいった。

「シズマ、そっち、道がちがう」

共に駆ける彼女が不安そうに呟く。

「いや、こっちで良い」

開けた二階から屋根、屋根から隣の家のバルコニーへ。それらを踏み台に、シズマ達は大通りを避けて進む。

「このままだと、逃げきれるかどうか解らない。それなら、いっそ」

シズマはあえて大通りから見える位置へと身を晒した。

待ち構えていた四脚戦車が主砲を向ける。それと同時に、シズマが地図に最後のポイントを打ち込んだ。それらは全て、以前に機能相を掌握した街中の警備用ドローンから確認できる映像の基準地点。

「正解だ」

シズマは主砲の向く先を捉え、そこにある一台の偵察装甲車を視認した。

無人の四脚戦車は、搭載されたカメラだけでなく、警備用ドローンから送られてくる映像を複数処理してルートを検索する。かつ攻撃対象の位置を、複数のカメラによって捉えるシステム。正確な予測射撃は、そういった機能を担保に賄われている。

「あの車でミズーリウムを操縦しているはずだ」

シズマは、ポイントごとに打ったドローンの位置と、その反応速度の強弱から、どの地点から操縦しているのかを割り出していた。

「援護してくれ、ヒユラミール」

二階のバルコニーからシズマが跳んだ。着地時の痛みは修飾によって緩和される。続く彼女は、しなやかな動きによって壁を蹴り、落下の方向を変えた。

速く、疾《はや》く、着地と同時に彼女は駆ける。背後から狙いをつける四脚戦車の主砲。乾坤一擲《けんこんいってき》。巨象の牙が、シズマ達と装甲車を一直線に捉えた。

量子信号の反応速度では間に合わない。

「シズマ！」

コイルガンの砲口がシズマを捉えた。

粟立つ肌。

死を意識した瞬間、シズマは自己相の色を変えていた。

——

スキップされた知覚の向こう側で、放たれるはずの質量弾が逸れていく未来を幻視した。

砲塔が揺れる。

——

着弾地点が逸れた。放たれた質量弾はシズマに届かず、偵察装甲車の後部をかすめ、地面を深く抉り取っていた。

シズマは、自己相の内側でにわかに騒ぎ始めた他人を意識する。

脳の中に築かれた別人の自己相。シズマはそれを咄嗟にアクティブにしていた。各地の村を渡る中で人理部隊から奪ってきた〈正しい人〉の情報。ミズーリウムはそれを狙うことができない。

シズマは胸を押さえた。

他人の為に作られた可塑神経網が、一時的に活性化し、意識を酷く混濁させる。二人分の認知処理。その為に必要な酸素をひたすらに脳へと送り届けるべく、激しく脈打つ心臓。

「まだだ、まだ操縦者を……」

シズマは拳銃を握り締め、無様に横倒しになった偵察装甲車に近づく。絹のように切り裂かれた後部ハッチを押しのけ、シズマは広くはない車内へと足を踏み入れる。

「これで終わりだ。ミズーリウムを止めろ」

暗い車内の中で、小さな光の群れが点灯していた。無人戦車の操手の自己相を補助する為の無数の電子機器。その中で、皇帝冠のようなＨＭＤ《ヘッドマウントディスプレイ》を装着した男が体を横たえていた。

「サイモン分隊長、なのですか」

銃口を向けた相手が、懐かしい声を発した。

「モーリス、なのか？」

そこには、人理部隊でシズマと共に過ごしてきた、かつての仲間がいた。

「分隊長、貴方は、本当に軍を裏切ってしまったのですか」

モーリスはＨＭＤを外した。血走った目が、暗闇の中でも輝いて見えた。何度も繰り返された砲撃で、視覚と聴覚は酷使されていた。限界まで摩滅する可塑神経網。

「モーリス、本当にモーリスなのか。君が、ずっと、この街で難民を殺してきた」

「信じたくありません、自分は貴方を尊敬していました。いえ、今でも」

言葉が空疎にすれ違う。お互いに、ただ自分の感情を吐き出していた。

「自分は、何度も貴方を殺していました。貴方を殺す為に、何度もミズーリウムの主砲を撃ちました。何度も、貴方が肉の塊になる光景を思い浮かべました」

「僕は、生きているよ」

シズマはモーリスに微笑んだ。それでも、その手に握られた拳銃を離せないでいる。

「分隊長！　自分は、貴方を殺したくない！」

モーリスは叫び、シズマと同じように拳銃を構えた。

「それなのに、何度も殺そうとしてしまった！　難民だって何人も、何十人も殺してしまった！　飲み込まれてしまうんだ、この殺意に。そう、今この瞬間だって！」

「ならきっと、その殺意こそが〈正しい人〉のものなんだよ」

「いいえ、いいえ！」

ふいに、モーリスは構えていた拳銃を自らのこめかみに突き立てた。ガチガチと歯が鳴る。

何度も引き金に指をかけるが、その都度、ままならない自らの体の在り方に呻いていた。

「自殺は、できないだろう。君は君を殺せない。君は〈正しい人〉だから、自分を殺すことはできない」

「いいえ！　自分は、貴方まで殺すくらいなら！」

モーリスは拳銃を手放すと、そのまま片手で、据えられた機能相デバイスに指を這わせた。

「この殺意は、自分のものでは、決して――」

不快な音が耳に届いた。シズマは咄嗟に背後へと跳び退く。

空気を裂く音。

ミズーリウムから放たれた質量弾が、装甲車を貫いていく。甘いケーキにフォークを入れるように。緩やかに、優しく。

モーリス。モーリス・チャイルドバート。

安堵の笑みは、体を両断されてなお。

――

シズマの叫びは圧縮された空気の中で掻き消えた。身を離した後、装甲車は何度も激しく横転し続け、やがて爆音を伴って炎上した。

シズマは身を起こし、背後を振り返る。

そこには、自らの脳天を撃ち抜いた物言わぬ巨象が一匹。もはや動くこともなく、牙を空へと向けていた。

8.

シズマは階段を下る。

クエンカ郊外の教会の地下へ。背後に付き従う少女は、大気を舞う埃に目を瞬かせて。

自己相を持たない難民達が、この街で集会所としていた場所だった。軍の包囲網もここまでは及んでいない。

すでに街での騒乱は過ぎ去り、何人もの難民が殺され、あるいは拘束されていった。シズマはそれらを脇目に、隠れ潜みながらここまで辿り着いた。

この場にいるはずのマノーロとは連絡がつかなくなっていた。嫌な予感が胸を刺す。

一体、自分は何をもたらした。

階段を一歩降りるごとに、シズマの思考を暗い影が覆う。何も変わるわけがない、解りきっていた未来だった。自分が手助けしたのは結局、哀れな難民達に死地を与え、無駄に人々を怯えさせただけ。

シズマが地下室の扉を開ける。

その向こうで、フランチェスカが待っているはずだった。

いつものように笑顔を差し向けてくれるなら、それだけで良かったはずだ。あとは別れを告げる。ほんの少しの悲しみを残して、日常に立ち返るだけ。

部屋に入ったシズマの目の前で、小さな紙がひらひらと落ちていく。

嫌な臭いと、光を跳ね返す塵の粒子、そして無数の紙片が舞っている。

小さな部屋の中央で、あのコファン族の青年が仰向けに倒れていた。フランチェスカはその体にすがり、何度も口づけを交わしていた。

シズマからの呼びかけに答えることもなく、フランチェスカはアッシュブロンドを振り乱して、床に仰向けになった青年の体を抱いている。

何度も、何度も、その青年の唇に、己の唇を重ねている。

「シズマ……」

ようやくフランチェスカがシズマに気づき、弱々しい笑みを浮かべた。青年の顔が、シズマの瞳に映った。

「ねぇ、シズマ。助けて、お願い。人を呼んで。この人、息をしてないの」

「フランチェスカ」

シズマが見据えた先にあるもの。シズマを信じた、あの実直な青年の顔は、今は額から上を欠いている。外から銃声が聞こえなくなったのを知って、手にした拳銃で頭を撃ち抜いていた。

「早くしないと、この人、死んじゃうかも。ねぇ」

フランチェスカは、再び青年だったものに口を寄せる。すでに眼球は白濁し、背後の壁には脳漿《のうしょう》がこびりついている。それらから目を背け、意味を成さない人工呼吸を繰り返している。血溜まりの中に落ちた紙片が、赤く染まっていく。

「フランチェスカ、もういい。行こう」

「良くないよ！　だって、だって、酷い怪我なんだよ！」

唇を血の色に染めて、フランチェスカが激昂した。

シズマは無言で自分の口元を指した。それを見て、フランチェスカが自らの口を拭う。その指に赤いものが付いた。

「あ、あ、やだ。どうしよう、口紅、落ちちゃった」

そう言うと、フランチェスカは膝下に束ねていた紙を手にする。何思うでもなく、複雑な知覚信号を描き、そこに回路を記していく。文化代相。そして、血に染まったそれを飲み込むと、一瞬だけ蕩《とろ》けたような顔を浮かべる。

フランチェスカは再復《リジューム》していた。何度も何度も、舞い散る紙の量だけ、自分の手で、自己相をいじり回し、正常な状態を上書きし、今にも崩壊しそうになる精神の平衡を保っていた。

目の前にある事実を、日常の一場面に落とし込もうとしている。

「もうやめるんだ、フランチェスカ。早く、ここから出よう」

「そうだね！　でも、お化粧直してからがいいかな。デートだよ！　デート！　せっかくのデートだもん。可愛くしなくちゃ！　シズマ、今日は何を食べに行くの？　デレクも呼んだ？」

フランチェスカは微笑んだ。いつものように、微笑んでくれた。再復によって、昔と同じ、何一つ変わることのない、いつもの姿を見せてくれた。

シズマは歩み寄ってから、フランチェスカの髪に触れた。乾いた血糊が金髪を彩っている。

「僕は、君に酷いことをした」

そう言ってから、シズマはフランチェスカの自己相に強制的に割り込み、その感覚を塞いだ。暗号キーは以前に渡して貰っていたものと変わらない。最後まで、この時まで、ずっと信頼してくれていた。

催眠状態に陥ったフランチェスカの体を抱いて、シズマは地下室を後にする。少女は何も言わず、青年の死体を見下ろしていた。

「言っただろう。アンデスに狼はいないんだ」

背後の青年へ、シズマは呟く。噛み締めていたものを解いて、ただそれだけ。

「行こう、ヒユラミール」

「うん」

採光窓の下で、青年の死体に埃と紙片が積もっていく。少女は、いつの間にか手にしていた花を一輪、その場に落として去っていく。

9.

シズマは胸を押さえた。

心臓が大きく脈打ち、血管に溶けた鉛を流されたような痛みを感じる。常人よりも多く敷設された可塑神経網は、不必要な細胞部分を焼き切って、白い廃液として体外に排出される。

それまで体の制動を司《つかさど》っていたものが入れ替わることで、各所の神経は新たな可塑神経網と再接続され、同時に耐え難い痛みが襲いかかる。

血液が酸素を全身に運び、シズマの朦朧《もうろう》とした意識を蘇らせていく。荒く息をつきながら、シズマは一歩を踏み出す。

一面の麦畑だった。

風に乗って、麦の穂が揺れる。日は沈みかけ、夕焼けが金色の波を照らす。

「行こう」

シズマの声に従い、彼女は歩を進める。所々が破れたケープを引き寄せ、どこか不安そうに。逃走に使った車の中には、未だに眠り続けるフランチェスカを残して。

「この先に、僕の会いたい人がいる」

「シズマの、先生」

歩を早めるシズマに、彼女が必死に追いすがる。包帯を巻いた足が淡く赤に滲む。

二人は麦畑の道を歩む。荒野《パラモ》というには、肥沃に過ぎる情景。やがて、金色の波の向こうに一軒の家が見えた。

スペイン統治時代のコロニアル様式の屋敷。白い壁、切妻屋根《ペディメント》に円柱、広いベランダ、背の高い窓。ヒースの中に建つ嵐が丘館《ワザリング・ハイツ》、それよりも豊潤な色を添えて。

「エクアドルの国旗を見たことがあるかな」

シズマは、その人物に向かって歩いていく。

屋敷のポーチ、軒の下に設えられた安楽椅子に、一人の老人が体を預けている。

「もう国旗なんて使うこともない。でも意味は確かにあるんだ。エクアドルの国旗の黄色は、麦畑の色を表しているそうだ」

椅子に座る老人は、独り言のように呟き続ける。歩いてくるシズマを一瞥もせず。

「ここは良い場所だよ。すぐ近くに国立公園がある。広大な湿原が広がっている。パラモの植生、様々な動植物が息づいている」

シズマがポーチに足をかける。老人はそれでもなお、こちらに目をやることはない。

老いた目には、ほとんど光がない。浅い息と、破れそうな程に張った皮。薄く残った白髪と、それとは対照的に豊かな口髭。

「先生」

老人は首を動かすことなく、息を吐いて応えた。

「先生、僕です。シズマ、シズマ・サイモン」

「解っているよ。君が麦畑に来てから、すぐに解った」

老人は深く息を吸う。

ディエゴ・サントーニ。アルゼンチン生まれのイタリア系移民。古人類学と難民研究の権威。共和制アメリカで最も偉大な人類学者。数多くの栄光を得た老人は、終《つい》の棲家《すみか》として、エクアドルのクエンカ郊外に屋敷を構えていた。

「ようやく会いに来てくれたな。シズマ」

シズマは恩師の言葉に、ただ頭を下げて応えた。視力を失おうとも、その所作だけで心を受け取ってくれるだろう、と。

「話は聞いているよ。凄いじゃないか。ええ？　軍に反抗しているそうだな。小さな村を渡り歩いて、自己相のリンクを次々と切っている。難民の武装蜂起も焚きつけた」

シズマはディエゴの続く言葉を待った。すでに懐の拳銃に手をかけている。理由があって訪ねた。しかし、もしも自分に不利をもたらすことになったら、と。

「先生、僕は、貴方にお聞きしたいことがあるんです」

「そう構えるな。私は、シズマ、君の在り方を受け入れる」

シズマは懐の拳銃から手を離す。対するディエゴは、ただ可笑しそうに、引きつった喉を鳴らして笑う。

「その娘だ。後ろで君のことを心配している、その小さな女の子。彼女について聞きたいのだろう？」

恩師からの指摘に、シズマは初めて、背後の彼女が抱えた感情に気がつけた。

「不思議そうな顔をするね。その女の子の感情が理解できないか？　まるで感情なんて持っていないと、そう思っていたのか」

「先生は、彼女がどういう存在なのかご存知ないから……」

「知っているとも！」

ディエゴは虚空に指でサインを描く。シズマの自己相に無数の画像データが上げられ、同時にディエゴが考察した数多くの論文も送られてきた。

「その少女はネアンデルタール人だ。そうだろう」

その指摘にシズマは驚愕し、思わず身構えた。

彼女について、この人物がどれだけ関知しているのか。

「そう気張るな。これは一つの喜びだ。再会でもある」

突如、ディエゴは心底愉快そうに笑い始めた。その様子に、シズマは怪訝《けげん》な表情を浮かべ、次の言葉を待った。

「もっと良く、その子の顔を見せてくれ」

優しげに手を広げる老人に対し、しかし彼女は身じろぎもせず、ただシズマの背後で佇《たたず》む。伸ばしかけた小さな手は、だらりと垂らされたシズマの手を握っていた。

「ヒユラミール、この人は大丈夫だ。見せてあげて」

シズマに促され、ようやく彼女は前へと出る。

「そうだ。この顔だ。見えずとも解る。青い瞳、赤く照る金色の髪」

老人は皺だらけの手で、彼女の頬を撫で、その瞳を覗き込んだ。慈愛に満ちた表情は、孫を見守るようにも映る。

「良く再現されている。不安、恐怖。大事な感情だ。我々、現行の人類とは異なる認知体系。それこそが、全ての人類を救う鍵となるはずだった」

「先生」

不穏な物言いに違和感を覚え、シズマは恩師の指先の動きを注視した。

「シズマ。君は、彼女に感情があると思うか？」

「それは」

「どこかで君は、彼女には感情がないと思っていたのではないかな。当然だ。彼女の感情の在り方は、我らホモ・サピエンスとは異なっているのだから。だが一方で、彼女にも感情めいたものが生まれている。それは何故か、君は理解できるか？」

シズマは答えず、ただ目の前の老人と、その手に撫でられる彼女を見つめていた。

「シズマ。感情はどこから生まれるか解るか？」

「それは、以前に先生が仰っていました。感情は、ひとえに意識から生まれるのだと」

「では、人の意識はどこから生まれる」

シズマは答えに窮した。その問いはそのまま、自分が恩師と道を分かつ結果となったから。

「先生は、意識は文明と文化の中にこそ生まれると、そう仰っていました」

「そうだ。そして今、この少女に我々から観測できる感情が生まれているのは、彼女が我々の文明に順応しているからだ」

「その考えは古い西洋人の思考です。愚かな人間が、西洋文化の光で知識を得るという」

「そうではない。彼女の認知圏が、我らに近づいているという意味だ」

シズマは片手を彼女の肩に置き、ディエゴから引き離した。いかなる心情の動きか。シズマは自らの中で澱むそれに気づけないでいる。

「人間の総体が作る時代の空気、一般化された感性と認知こそが意識の正体だ。あらゆる言語と文化的バイアス、認知の束が湛《たた》えられた、言うなれば巨大な水瓶だ。人間の脳と神経は、その水を掬《すく》い取る為の柄杓《ひしゃく》に過ぎない。我々は、その巨大な水瓶を共有し、そこから汲み上げた一滴を自意識と呼んでいる」

「それは自己相の思想と同じです。集合自我にアクセスする人々。僕は、それが信じられなかった。それでは自己相を持たない人達には意識がないことになる」

「そうだ。彼らに意識はない」

シズマの胸に、かつての情景が浮かぶ。軍への配属を希望した時と同じ問答を繰り返している。あの時は、自分の弟子が去ることへの当て付けの言葉だと思えた。しかし、今この時こそ解る。これこそがディエゴの思想の核だったのだと。

「怖い顔をするな、シズマ。意識の有無が人としての優劣ではない。君は意識があることが高尚であると思っている。だから、私の言葉に反発するんだ」

小さく彼女が呻いた。その肩に食い込むシズマの指。

「我々はな、意識と呼ぶ水瓶を共有する大多数だ。我々は、その水瓶の水にしか口をつけない。他に水が流れていようとも、一向にお構いなしだ。価値は同じだというのに、気づけないでいる」

「先生は、難民達が意識を持たないと言います。しかし、彼らは生きています。生きて、自らの文化を営んでいる」

「昆虫だって社会を作る。独自の生態系と文化じみたものを作っている。君は、昆虫に意識があると言うかね？　家畜が声をあげるか、魚が夜に夢を見るか。結局、我々の意識の外にある存在を、我々は意識と呼ばないんだ」

その言葉を受けた時、シズマは、懐から拳銃を引き抜いていた。

「そんな詭弁《きべん》を聞きたいわけじゃない！」

銃口が老人の眉間を狙う。殺せるはずもない。自己相が殺人を戒める。しかし、シズマの感情はその行為を選択していた。

「そうだ、シズマ。それが自己相の答えだ！」

そう言うと、突然、ディエゴが笑い出した。警戒するシズマに対して、老人は喘ぐように言葉を続ける。

「シズマ、君は今、私を殺そうとした。ほんの些細な会話のすれ違いで、君は私を殺してしまってもいいと思えたはずだ。それは君が、私を理解できない他者と認識したからだ。君は今までも、そんな黒い感情に取り憑かれた時はなかったか？　あるいは、不必要に他人を攻撃する人間を見たことは？」

ディエゴの言葉を契機に、シズマの脳裏にいくつもの情景が浮かぶ。

難民を殺す軍人達。

娘を殴る父親。

そして、親友を殺そうとした男。

「君は知っているはずだ。自分の殺意が薄れる一方で、理由なき殺意が衝動として溢れる瞬間があることを。解るか。全てが共有された〈正しい人〉が、理解できない他者を害することを認め始めているんだ」

——この殺意は、自分のものでは、決して。

シズマは、自分の目の前で死んだモーリスの最期の言葉を思い返していた。

「先生、貴方は何を言っているんですか」

「自己相の、本質的な欠陥だよ」

ディエゴが冷たく言い放った。

「再復というのは、実に便利なものだ。どれだけ他人を憎もうと、殺意を抱こうと、再復さえすれば〈正しい人〉に立ち返ることができる。三十億人分の感情を平均すれば、個人の強い殺意など意味を持たない。しかし、その感情はどこへ行った。この世界から消え去ってしまったのか？　いいや、違う！」

ディエゴは嗄《か》れた喉を使って、ひたすらに叫ぶ。唾を飛ばし、全身の骨を震わせて。

「言ったはずだ、シズマ。我々は意識という水瓶を共有する。誰かが強い殺意を再復によって消した瞬間、それは自己相の奥に澱《おり》のように溜まる。自分の体から流れた毒を、大きな水瓶に一滴垂らす。一人だけならば致死量にならないような毒が、三十億人によって少しずつ垂れ流されていく。さぁ、するとどうなる」

「それは——」

ディエゴが愉快そうにシズマの答えを待っている。

「水瓶の水は、やがて毒に変わる。全ての人達は、自己相を通じて——その毒の水を、口にする」

正解だ、と、ディエゴが静かに告げた。

「殺意は〈正しい人〉にとって自明の感情になる。相手を理解できなくなった瞬間、つまり自己ではなくなった時、その他者は攻撃対象に変わる。全ての人間が殺意を共有し、誰もが誰かを殺すことになる。それが意識だ。大多数の倫理と法。殺人が善であると証明される時代が来る」

「それが、自己相の欠陥だというのですか」

風が吹いて、金色の麦穂が揺れた。

「それじゃあ僕らは、自己相を受け入れた時点で誰かを殺すことを受け入れるしかない！」

シズマが拳銃を強く握り込んだ。目を閉じ、指を動かせば、それだけで目の前の老人は死ぬだろう。それなら殺してしまえばいい。そう思ってしまうのは、他でもなく自己相に溢れた感情を模倣しているから。

「それを防ぐ為に、その少女は存在しているのだ。シズマ」

シズマの叫びを受け取って、ディエゴは優しく呟いた。その瞳に、希望の光が見える。

「君がその少女を連れてきた時の私の喜びを、君は理解できるかね」

ふとディエゴは力を込めて安楽椅子から立ち上がろうとする。折れそうな腕を、堪らずシズマが支えた。

「すまんな。少し麦の様子を見ておきたい」

おぼつかない足取りで、目の前の老人は歩き始める。倒れてしまわないよう、ほんの数段のポーチの階段でさえ、シズマは横で介添えする。

「人間の意識は、もうすぐ限界を超える。水瓶が毒で溢れる。しかし全く別の水瓶があれば、その毒を中和できるかもしれないんだ」

ディエゴは何気なく、シズマの横にいる少女の手を取った。シズマは思わず身構えたが、彼女自身はそれを受け入れ、老人の足取りに従う。

「踊ろう、お嬢さん。タンゴはできるかな?」

とたとたと、ディエゴはステップを踏みながら、彼女を導いていく。足を上げ、あるいは腰を捻り、麦畑の中で老人は踊る。若い頃を思い出しているかのような、情熱的で優雅な足捌き。彼女は戸惑いながらも、その動きに合わせようと足を運んでいる。

「そうだ、上手いぞ! 実に素晴らしい、この少女は、私が行こうとする場所を知って従う、私の足の動きを正確になぞっている。感嘆すべき能力だ」

「先生、教えてください。ヒユラミールはどこで生まれ、どうして存在しているのですか。何故、軍はここまで彼女を追うのですか?」

ディエゴは踊りの中で腕を振り、少女の体をシズマの方へと押し出した。シズマはそれを受け止め、彼女の小さな肩に手を置いた。

「その少女は、コニス・マリで生まれた」

ぴたり、と、老人が足を止めた。

「黄金郷──コニス・マリ」

シズマの言葉を聞いて、ディエゴは破顔した。大きく口を開け、心底嬉しそうに笑う。そして夕映えを背に、再び足を動かし始めた。

「そうか、黄金郷か。君はそう訳したか」

「何を」

「コニスは形容詞だ。光り輝くもの、確かに黄金という意味を持たせてもいいだろう。しかし、私はその名を知っている。コニス・マリ。我々の言葉でいえば」

夕暮れの中で、ディエゴは愉快そうに踊る。

「それは〈太陽の都〉だ」

シズマは何かしら言い返そうとした。しかしディエゴは全てを知り尽くした目で、シズマを見つめている。答え。答えがここにあるというのか。笑い続けるディエゴにシズマは何も言えないでいる。

「シズマ、彼女はな──」

ぱん。

その時、ディエゴがよろめいて無様なステップを踏んだように見えた。

──ディエゴのこめかみが膨らんだ。側頭部が柘榴《ざくろ》の如く爆ぜ、水風船が割れるように血と脳漿を噴き出した。飛び散った赤黒い血は、周囲の麦を濡らす。老人の体が、くるくると最後のダンスを踊り、ゆっくりと倒れていく。

もはや何も言わず、何も問わず、老人は地に伏した。

「先生」

聞き取れるかも解らない、細い声がシズマの口から流れた。

銃弾は放たれた。しかし自分ではない。

では。

「——ああ、君か」

麦畑の向こう側で、フランチェスカが微笑んでいた。その手に拳銃が握られている。非認証式のもの。あの難民の青年が持っていたもの。それをいつの間にか手にしていた。

「シズマ、私ね」

そこから先を言ってはいけない。言葉にすれば、意識になる。フランチェスカ。それを自分の意識にしてはいけない。

「私、先生を撃ったよ」

麦畑の中で、昔のように笑っていた。

「どうしてだろう。なんでかな。殺したいなんて思ったこともなかったのに、私はいつの間にか銃を構えててさ、先生を撃ってたよ。先生はどう？　死んじゃった？」

「フランチェスカ、やめるんだ。それ以上は、何も言わないで」

シズマが一歩、その足を動かした。フランチェスカは、一歩後ろに。

「凄いね。私は、私の感情とは別のところで先生を撃ってた。拳銃なんて撃ったこともなかったのに、どこを狙えばいいか全部解った。まるで私が私じゃないみたい」

「やめろ、フランチェスカ。君は君だ」

「こんなの、変だよ、だって、再復すれば、すぐに元通りになるのに、え、どうして」

「違う、君は先生を殺したかったんじゃない。それは違うんだ、それは――」

「私は」

シズマが駆け出した。

その分だけ、フランチェスカは背後へ、そして、走り去っていく。シズマもまた走る。黄金の麦の穂が揺れる中。変わり果てた恩師の姿に、シズマは振り返ることもなく。

10.

駆ける、シズマは駆ける。

麦畑の道は途切れ、やがて背の低い植物が辺りを覆うようになる。パラモ。ここは荒野の果て、人界の境、住むべき場所ではない。

「フランチェスカ、待ってくれ！」

夕陽は沈みゆく。山々がその背丈の分だけ影を伸ばし、夜の手を差し出してくる。足元がぬかるみ始めた。湿原の中で、色の薄い花と尖った石が交互に並んでいる。遠くで野生のリャマが、音に驚いて逃げ去った。

「フランチェスカ、フランチェスカ！」

足を取られながら、シズマは走り続ける。

遠く前方に、草むらを掻き分けて進むフランチェスカの姿。

心臓が痛む。しかし、それ以上に、今にも自分を絞め殺そうとするものがある。意識と感情が臓器の中から生まれてくるのなら、すぐにでも腹を割いて投げ捨てていた。

「待ってくれ、頼む！」

シズマの目に、フランチェスカのアッシュブロンドが映る。走る度に揺れ、残された陽光を跳ね返している。それを目指して、シズマは走る。その背後に、自分を心配そうに追いかける少女がいるのにも気づかないまま。

愛しき人が走り去る。

過去だ。あれは過去だ。自分に付きまとう未来からは目を逸らして、シズマは過去に追いすがろうとする。

「フランチェスカ！」

その声は、届いたのだろうか。

ぱん、と。

シズマは足を止めた。

風に乗って、火薬の臭いが漂ってくる。

「――フランチェスカ？」

花が舞っていた。駆け抜ける中で、何度も散らした小さなローズマリー。それらを一身に受け止めて、フランチェスカは湿原に身を横たえた。眠るように安らかに、汚い銃創を見せないように、右半身を泥の中に沈めようと。左の目は遠く星の出始めた空を向き、赤い唇は薄く笑みを作り。

自慢の金髪が、浅い水溜まりに広がっていく。ローズマリーが降り注ぐ。湿原のオフィーリア。もはや言葉はなく、花だけが意味を伝える。

お願い、愛しい人、忘れないで。

シズマは湿原へと歩む。

足先を濡らし、草と泥を踏み分けて。やがてフランチェスカの前で祈るように跪き、冷たい水からその体を抱き上げた。細い指が解かれて、手にした拳銃が、その場に落ちた。

「フランチェスカ、君は」

声はない。怒りも悲しみも、何も浮かぶことなく。水を吸って膨れた服が重かった。

「シズマ」

背後から少女が近づいた。

シズマの背に手をかけて、弱々しく服を引っ張る。

「行こう。早く」

シズマは振り返った。その顔に張り付いていた感情を、彼女は理解できないでいる。

「シズマ、その人は、死んだよ」

「解ってるよ」

風が起こった。

フランチェスカがまとっていたローズマリーの花が、上空から吹き付ける風に乗って散っていく。シズマはようやく、この地に近づく無感動なローター音に気づいた。

「シズマ、行こう」

彼女が袖を引く。しかし、それでもシズマは動けないでいた。空を見上げる。ローター音を響かせて、陸軍の輸送ヘリが山間から近づいてきた。

湿原に風紋が描かれる。シズマが空を見上げたまま固まった。群青の空、黒い一群がヘリから懸垂降下してくる。

「動くな、シズマ・サイモン」

草むらに降り立った軍人達が、CCWを構えて周囲を囲む。シズマは顔を伏せ、もはや動くこともない。彼女は逃げ道がないことを理解し、シズマの脇に寄り添った。

「シズマ、これがお前の旅の終わりか」

その声に、シズマは顔を上げた。

銃を構える軍人達の中から、一人の男が近づいてくる。軍服に身を包んだ、かつての親友。

それが何一つ表情を変えず、ただ湿原を裂いて歩いてくる。

「デレク」

「なぁ、シズマ。これがお前のしたかったことかって、そう聞いてるんだよ」

デレクはシズマの前まで来ると、構えていた銃を脇に提げて、その場にしゃがみ込んだ。

二人の男が向かい合って、愛おしい女性の死に顔を見つめている。

「フランチェスカ、帰ろう。な」

濁った青い瞳は、もう空の星を映さない。

デレクはグローブ越しに、優しくフランチェスカの瞼を覆った。

「お前は幸せだったかよ、フランチェスカ」

デレクは手を伸ばし、シズマの腕から無理矢理にフランチェスカの死体を抱き寄せた。

「やめろ、デレク。フランチェスカを連れていくな」

デレクの足が、シズマの頬を蹴り飛ばしていた。泥が散り、シズマは鋭い草と砂利の上へと転がり出た。

「お前は、最後まで何も解らないままだ。シズマ」

「何を、僕は」

「お前はフランのことを何も知らなかった」

身を起こそうとするシズマの顔面を、ブーツの底が押し潰した。草と泥の上で、シズマの顔が何度も暴力的に踏まれた。

「フランは、ずっと、再復を繰り返していた。お前がいなくなってから、お前の為にずっとだ、シズマ！」

血と水が、飛沫になって辺りを濡らしていく。

「お前にもう一度会った時に、昔と同じ笑顔を向けられるように、何度も！　自分の笑顔が少しでも曇りそうになる度に、自分が変わってしまわないように！」

デレクはシズマの顔を踏み躙り、何度も泥の中へと押し付けてくる。その度に意識は途絶えそうになるが、痛みがシズマを現実に繋ぎ止める。

「お前が、フランに変わらないことを願ったからだ！　フランがどんなに感情を押し殺していたか、再会してもお前は気づかなかった！　気づかないまま、お前は彼女を利用した！お前が、お前の選んだ結果の全てが、フランチェスカを殺したんだ！」

終わることのない暴力の中で、シズマはディエゴの言葉を反芻していた。

——自己相の、本質的な欠陥だよ。

「違う」

シズマの呟きに、デレクが思わず足を止めた。その瞬間だけ、シズマの瞳にアンデスの夕陽が見えた。

「違うんだ、デレク。自己相が、フランを殺し、君の感情も——」

それまでより強い衝撃が、シズマの頬に届いた。泥が大きく跳ねる。

「ふざけるなよ。この期に及んで言い訳か」

「違う、そうじゃない。その殺意は、君だけのものじゃないんだ」

デレクの蹴りが、シズマの脇腹を深く捉えた。

「ふざけるなよ、ふざけるな！」

デレクは足を大きく上げた。シズマは目を瞑る。

「やめて！」

しかし次の一撃が来ることはなく、目を開けば少女がデレクの足にしがみついていた。

「もう、やめて」

必死にデレクの暴力を受け止めていた。金髪を泥に汚し、青い瞳で懇願する。その姿に興を削がれたのか、舌打ちを残して、デレクは血と泥に塗れたブーツを引いた。

「ここで終わりにしてやる」

デレクはゆっくりと、静かに拳銃を引き抜き、シズマの額に押し当てる。自己相のリンクが外れれば、ようやくシズマは死ぬことができる。ようやくデレクは殺すことができる。

「シズマ、お前は――」

デレクが何か言おうとしたところで、空を裂く羽ばたきが聞こえた。陸軍のヘリではなく、それよりも重い響きは、統合軍の所有する戦略輸送機のもの。

《そこまでだ、デレク・グッドマン》

その場の全ての人間の通信相に、サンドラ・ハーゲンベックの声が届いた。

《シズマ・サイモンと少女の身柄は、統合軍第四軍が保護する。これ以上の戦闘行為は許さない。陸軍の者も即時引き上げろ》

声はデレクの耳にも届いているのだろう。その顔が酷く歪んだ。

「何が統合軍だ。関係ない、俺は、ここでお前を」

デレクの指に力が込められる。それでも、その最後の一線が越えられない。すでに統合軍の自己相はシズマを攻撃対象から外していた。シズマの命は、自らが逃げ出した軍によって守られていた。

「違う、俺の殺意は、俺だけのものだ。お前を必ず」

シズマはもはや何も見ない。指の骨を軋ませながら引き金を引こうとするデレクの姿も、湿原に降り立つ恐鳥の姿も。

「俺は、お前を絶対に許さない」

やがて現れた統合軍の軍人達が、左右からデレクを押さえ、シズマから引き離す。

残されたシズマ。その傷だらけの首元を、少女が手を伸ばして掻き抱いた。

「ヒユラミール……」

荒涼たるパラモに風が吹く。丈の低い草が揺れ、冷たい水が背を打つ。熱い血が流れ出る。

どこかで獣の鳴き声がする。

曇った視界で、シズマは夜の星を見た。

第四章　チャカナ、白いままに

1.

アンデスの空に、葬送ラッパ《タップス》の音が響き渡る。

大聖堂《バシリカ》と名付けられた統合軍の基地の一角に、小さな墓地がある。軍人と一般人の境界が曖昧な今となっては、正式な軍葬が行われる機会は少ない。例外として作戦中に死亡した人間は、ここで火葬に処されることになる。

シズマは墓地の隅にある、無機質な慰霊碑の肌をなぞっている。

「モーリス・チャイルドバート」

空の色と芝生の色、そして虚ろな顔を反射する真っ白な石のオブジェは、シズマの声に反応して、幾千幾万の言葉の羅列の中から一人の男の名を拾い上げる。それが金色の文字情報になって、慰霊碑に映し出された。

「彼は、僕の目の前で死にました」

金色の文字は次々に移ろい、モーリスにまつわる多くの事柄を雄弁に述べていった。学歴と職歴、人理部隊での功績、そしてクエンカでの任務中に死亡したこと。

「心優しい青年でした。人理部隊で一緒にいた時も、いつも難民の生活が豊かになることを考えていた」

シズマが慰霊碑から手をどける。白い石の柱に浮かんでいた文字は消え、鏡のような壁面が空と、憔悴したシズマの顔、そしてその横に立つ喪服のサンドラを映した。

「しかし、君の目の前で死んだのは、彼だけではないはずだ」

サンドラは慰霊碑に手を当て、次々と名前を呼び上げる。その都度、慰霊碑は金色の文字を光らせ、その人間達の経歴を示してくる。

「任務中に死んだ者達だ。統合軍も、陸軍の人間もいる。全て、君が関わってきた死だ」

フランチェスカ・ギセリ。

サンドラが最後に小さく呟いた。

慰霊碑は、そこに良く知る人物の名前を示した。学歴も、職歴も、統合軍にカウンセラーとして入ってからも。ずっと一緒だった。何もかもを知っている。シズマはそう信じていた。

サンドラは振り返り、遠く響く葬送ラッパの音に耳を澄ます。

サンドラは胸元の花に手をやる。老女はシズマの肩越しに、葬送の光景を見守っていた。幾人もの軍人が集まり、棺を担いで歩いていく。向かう先にあるのは小さな火葬場。

「あんな小さな棺に納められて、彼女の体は焼かれようとしている。この世界から、フランチェスカ・ギセリという女性の肉体は消え去るのだ」

シズマは何か返すわけでもなく、ただ自身も振り返って葬送の様子を確かめる。フランチェスカの体が、灰へと変わっていく。自殺者という不名誉を被ることなく、その死は、飽くまでも作戦行動中の事故として扱われた。

「灰は灰に」

サンドラが呟いた。

「灰になれば、何も残らない」

サンドラの悲しげな目が、フランチェスカの葬列を見つめていた。

「彼女の残した灰は共和国民墓地《ベーカーズフィールド》に行くだろう。だが、そこに彼女はいない。魂はどこに行くのか。自己相のどこかに眠っているのだろうか」

参列するフランチェスカの遺族が、見も知らぬ軍人達から国旗を受け取っていた。十字の御旗。共和制アメリカが掲げたコミュニタリアニズムの象徴。

「彼女の記憶は、自己相の中に溶け込んでいく。誰かが自己相の海に記録されたフランチェスカ・ギセリと同じ人格《キャラクター》を模倣すれば、君は彼女に再会できるだろうか」

シズマは、力なく首を振った。

「そうだな。他人が彼女の記憶を模倣したところで、それはもうフランチェスカ・ギセリではない。しかし私達が接してきたのは、ああして灰になっていく体や、誰にでも演じられる人格でしかなかった。それなら私達は、一体、誰と共に生きているのだろうな」

「僕が欲しかったのは、きっとその答えでした」

シズマが呟く。胸の奥で沸き起こる感情を必死に押し隠して、一言ずつ、自分の意思を言葉にして紡いでいく。

「サントーニ先生は、死の直前に僕に教えてくれました。人間の意識は、社会の総体が作っている幻影に過ぎない、と。僕も、デレクも、フランチェスカも、死んだ軍人達も、自分の魂なんて持っていなかった。自己相という社会から、塑《つく》り物の相《かお》を借り受けて、ただ生きている動物でしかなかった」

「我ら虚ろな人間なり、というわけだ」

サンドラが自虐的に笑った。葬儀に不似合いな感情は、離れた場所にいる参列者達には気づかれないでいた。

「誰も彼も、自己相の中で生きている。私が君で、君が私で。結局、誰が誰として生きていようと、何も関係がない。ここはそういう世界なのだよ」

「僕は、そんな中で純粋な魂を持っている人を探したかったんです。僕が僕であるという証拠が欲しかった。社会という名前の、巨大な不定形の塊に浮かんだ相でなく、自分が生きていることを証明する答えが欲しかった」

弔銃の音もなく、フランチェスカは葬られていく。

儀礼と慣習。すでに何人もの人間が、自己相社会に属する仲間として葬られてきた。モーリス、サントーニ、そして多くの軍人達。シズマの歩いてきた道の上で、命を落とした多くの者達。しかしそこに、難民達の姿はない。野辺に晒され、風と禽獣《きんじゅう》が葬っていった。

「フランは、彼女は何も知らなかった。何一つ、本当のことなんて知ることなしに、そのまま死んでいきました」

遠くで火が爆ぜる。フランチェスカの肉体を焼く離別の火。

「何も知らないフランチェスカ。愚かで《foolish》、愚かで《stupid》、愚かな《silly》フランチェスカ」

シズマは泣いていただろうか。その感情は、他の何者かの悲しみを模倣しているだけだろうか。解らない。シズマにはもはや解らない。他者の総体と接続された可塑神経網だけが自己を作る。しかし、シズマは他者を欠き始めている。

「どうして、なぜこんなにも人は死ななくてはいけない」

その時、ふいに死に際のディエゴの言葉がシズマの脳裏に浮かんだ。

――それは〈太陽の都〉だ。

ディエゴは知っていた。彼女の出自を。そこにある真実と、どうして彼女が軍に狙われているかも、おそらくは。シズマは思考する。その答えが、自分をここまで衝き動かし、そして多くの人間の道を誤らせたというのなら。

「シズマ・サイモン。私は君にその答えを示そう」

サンドラが短く告げると、その手を小さく上げ、前方を指し示した。

墓地の外縁、なだらかな丘の上に統合軍の軍人が二人立っていた。サンドラが手を振ると、それを合図に軍人達が脇へ身を引く。

シズマの視界に、金色の糸が揺れた。

「ヒュラミール」

どこか怯えるように、白い肌の少女が立っていた。

「君はディエゴ・サントーニから可能性を告げられた。その少女の存在理由。彼女が人類を救う為の鍵となることを」

サンドラが微笑んだ。顔に刻まれた皺が、優しげに、そしてどこか不気味に歪んだ。

「君には知る権利がある。そして協力する義務がある。その少女をここまで導いたことと、その相を我ら人間に近づけたことの功績をもって」

サンドラが手を伸ばす。シズマは、その手を取るべきか迷った。この場で払いのけてしまえるのなら、すぐにでもそうしていただろう。

しかし、シズマは文化技官《クロニスタ》だった。

「──准将、僕に真実を教えてください」

大聖堂の鐘が鳴る。ゆっくりと、長く、葬送の鐘が。

2.

「四十年前」

サンドラが小さく囁いた。

啜り泣きのように聞こえたそれは、輸送フェリーの波を切る音に掻き消された。

コパカバーナ基地を発って一時間程、夕暮れのチチカカ湖上を統合軍のフェリーが進む。自動航行により、その乗員はシズマとサンドラ、そして彼女の三人だけ。莫大なデッドスペースに詰め込まれたのは、事実と真実、そして全ての無意味さ。

「私は一人の文化技官だった。君と同じだ、シズマ・サイモン」

船のデッキスペースを歩くシズマと彼女に、横からサンドラが声をかけた。穏やかな波の揺れ、時折強く吹く風が轟音となって三者を包み込む。

「私は文化人類学者として、今の人理部隊の前身であるヒューマン・テレイン・システムに参加し、中東での戦争に従軍していた。その時の私の研究分野は主に人類学と、情報工学。つまり今でいう脳神経工学、自己相の研究だ」

老軍人の昔語りにはそぐわない、冷たい視線、冷徹な調子。溢れる風の音に、暖炉の火の代わりに淡く光る船尾灯。遠く厚い雲、フェリーの船影は黒い湖の煌めきをまとう。

「その頃は、情報産業、医療、軍事、ありとあらゆる多くの企業体が自己相の普及に躍起になっていた。私は軍事利用の面で自己相の研究を行い、いくつかの先進的な知見を得た」

「存じています、准将。貴女の研究で戦闘教義が大きく変わったんだ」

「そんなものは些細なことだ。私がこれから話すことに比べれば」

老婆は眼帯によって隠されていない方の眼を瞑り、力なく首を振った。

「研究の過程で、私は別の研究グループと交流を持つようになった。彼らはその当時から問題になっていた戦争難民を研究する一団で、その代表者がディエゴ・サントーニ、君の恩師だった」

　昔を懐かしむように、サンドラは皺だらけの指を一つずつ折って数えていく。

「その時の統合軍の前身の一つ、国防高等研究計画局《DARPA》の主導で、サントーニ教授と私は普及していく自己相の戦時利用と、それに伴う問題についての研究を行っていた。その過程で、私達は自己相の本質的欠陥に気づいた」

「本質的欠陥。それは先生が最後に言ったことです」

「それはつまり、多様性の排除と、感情の平準化だ」

　サンドラの言葉に、シズマは何も言い返せないでいる。

「ある日、サントーニ教授は私にこんな冗談を言ってきた。多くの人間がハンバーガーを食べる。安く、手軽で美味しいから。全ての人間がそれを食べる。やがて全ての人間がハンバーガーしか食べなくなった時、そのハンバーガーには寿命を縮めさせる効果があることが判明した。しかし人々はそれを食べる手を止めない。他の料理を知らないから。そうして人類はハンバーガーによって殺される、と」

「僕も以前、同じ冗談を言われました。その為に、多様性を研究しろ、と」

　シズマが小さく微笑んだ。自分とは違う人生を歩んできた老婆が、この時ばかりは、同じものを見ていた気がしたから。

「サントーニ教授が言っていたのは、全てを画一化することの危険性だった。しかし、多くの人間は、抗いがたい便利さを求め、それを正しいものとして受け取った。その為に、自己相は全地球規模で普及し、人間の生活を大きく支えた。しかし、私達は人間を、人間の善なるものを信用しすぎたのかもしれない」

サンドラの顔に飛沫が飛ぶ。それを静かに払いのけつつ、冷たい調子で言葉を継ぐ。

「キラーエイプ仮説というものがある。知っているかね」

シズマは頷いた。昔、ディエゴの授業で聞かされたことがあった。

「一九五〇年代、レイモンド・ダートによって提唱された概念です。人間は本能的に他者を攻撃する生物であり、それこそが他の類人猿と違って進化することができた理由であるという。コンラート・ローレンツもまた、人間の種内攻撃はシステムとして存在することを述べた。ですが、その仮説は否定されたはずです。科学的根拠もなく、政治的には一九八六年のセビリア宣言で、人間の戦争行為は遺伝子によるものではないと宣言されました」

「そうだ、それは事実だ。ダートの言うような、個体間、種族間での闘争は他の種においても見られる。人間が狩猟社会を持ち、火を使い、武器を作り、組織だって攻撃するというのだって、必ずしもホモ・サピエンスだけの特性ではない」

しかし、と、そう付け加えたサンドラの顔は寂しげに見えた。チチカカ湖を包む夕影が、その横顔に差す。

「セビリア宣言で否定された人間の殺人本能に対し、いくらかの学者が首を振った。人間は犠牲を求めるものだ、と。社会に対する犠牲だ。殺人を、殺意を、善なるものであると証明する為に、多くの儀礼を重ねてきた生物。人間だけが神に愛されている理由は、即ち他者を殺す権利を有しているからだ、と」

その瞬間、船が僅かに揺れ、思わずシズマは隣に立つ彼女の手を取っていた。そしてまた、その手の冷たさに驚き、目を細めた。

殺意。

他者を殺す為の意識。

それはホモ・サピエンスが獲得した、独自の感情だったのだろうか。動物的な敵意とは違い、明確に他者を区別し、利用し、排除する。生存競争に特化した理知的な感情。それこそが争いを生むプロメテウスの火であったのか。

「人類は他者を意識的に殺すことができる。動物的な捕食や狩猟、防衛本能とは一線を画する。人は未来と未知を対象化できる。他者が得をする場面を想像する。他者が自分を害する場面を想像する。欲望、嫉妬、憎悪。見えない他者による将来的な不利益を想定し、感情に則って排除しようとする。人間の社会の平和は、他者の犠牲を含めた総和だ。小さな民族集団は、自集団の秩序の為に、他の集団を攻撃する」

犠牲。社会の秩序を保つ為に儀式の場で殺される存在。ある部族は他部族を襲って、生け贄を用意する。自集団の平和を神に祈る為の、契約の証でもある。

「それは大きくなっても同じだ。国家はその平穏の為に、他の国家と戦争を繰り広げる。では今、国家の枠が消え、全てが同じになり、他者が消えた世界で、その平和は何を犠牲にして作られていると思うかね」

この世界に生まれた、自己ではない者達。

人々は、高く積み上げられた認知の薪に火を灯し、難民達をその戦火にくべる。飽和する殺意は常に他者に向けられる。何度も繰り返してきた進化の形象。

それは愚かな殺す人《ホモ・ネカーンス》。

「私は人間の利他的な行動も信じている。それがいかに生物として尊いものであるのかも」

サンドラが悲しそうに目を伏せた。それは人間そのものを悼む、慈愛の感情。

「しかし、どれほどに他者を愛そうと、どれほどに慈《いつく》しもうと、人間の本質的な感情の中に殺意がある。それを理解していたサントーニ教授は、自己相の普及に伴う人類社会の変化を予見していた」

ディエゴは人類の意識を水瓶に喩えた。そして、その水瓶がいずれ、毒の水に変わることも理解していた。シズマは手を固く握り、次の言葉を待って唾を飲み込んだ。

「やがて自己相を通じて、人類の殺意が飽和する」

人が争い続ける理由。

感情の源泉に殺意の毒が紛れるならば、いかに自己相で倫理的で模範的な〈正しい人〉を模倣しようと、そこには悪意や憎悪といった負の感情が残る。

「人は自己相を利用する。表面上は澄んでいて綺麗だが、その裏では澱んだ瀝青《れきせい》が煮えたぎっている。まさしく毒を流した水瓶だ。個人の感情、その一滴の毒は、自己相の元では薄れて消える。思いやりと共感を保てる。しかし、その毒の総量が感情を衝き動かすまでに増えた時、全ての人間が殺意と憎悪に染まる。どんな善人であろうと、どんな聖人であろうと、他の人間と意識を共有している限り、理由なく他人を殺す原初の人となる」

サンドラの言葉から逃げるように、シズマは視線を逸らし、フェリーの行く先を見た。

——多様性を保つことだ。

赤い空と黒い湖、そしてアンデスの灰色の岩肌。それらが風景として通り過ぎる中で、ふとシズマは、恩師からの言葉を思い出していた。

「自己相の危険性とはつまり、殺意の飽和によって人間が他者に謂れ無き殺意を向ける可能性だ。〈正しい人〉が殺意を自明として認め始めた時、互いが互いを殺しあう。それは隣人に愛を注ぐのと同じ程に、理想的で正しいことであるように振る舞われる」

「先生は言っていました。文化と社会が、人間の意識を作ると。必要なのは文化の多様性」

「生物は遺伝子の多様性を欠いた時、一つのウィルスによって絶滅の危機に晒される。それと同じことだ。自己相は人類から感情の多様性を奪ってしまった」

「しかし、先生はその可能性に気づいていた。では先生はそれを知って、一体何を考え、そして何を為したんです」

「その答えが、その少女だ」

サンドラから向けられた視線に、彼女が身をすくめた。小さく力を込められ、シズマの手が握り返される。

「その少女は、ネアンデルタール人の末裔だ。サントーニ教授は、別の研究の中で、とあるものに行き着いた。彼は、その地で幻の民族の存在を実証した」

――もしもこの時代に、未だ我々の知らない人類の社会が生き延びているとしたら、君はどう思うね？

ある日のディエゴの言葉が、シズマの脳裏を焼いた。

「それが〈太陽の都〉、ですか」

シズマの言葉に、サンドラが深く頷いた。

「君が黄金郷と呼んだそれは、この世界に実在する。ネアンデルタール人の遺伝子を持った者達が、その地で暮らし、社会を形成していた。そしてそれは、可能性でもあった。自己相による殺意の飽和に対抗する為の、最後の可能性」

「それが、人類を救う鍵だというんですか」

「ネアンデルタール人は争いを好まなかったとする説がある。それが為に、殺意を有した現生人類の祖であるクロマニョン人に駆逐され、やがては絶滅した。それは考古学上の話だが、その理由について脳科学の見地から、ある答えが示された――こんな風に」

その時、サンドラは突如としてシズマの喉元に小さなペーパーナイフを突きつけていた。

老人の体とは思えない反応速度は、明らかに自己相の量子信号により体の制動を行っていた。

「今の一瞬、君は私からの殺意に反応が遅れた。それは君が人間であり、事実を観測し、意識の上に現れるまでに〇・三秒のラグが存在するからだ。だが見てみろ、その少女を」

呆気に取られるシズマが首を下に向けると、彼女が強い眼差しをサンドラに送っていた。その手に握られたナイフが、過たず老婆の胸元を狙っている。

「その少女は人間とは違い、〇・三秒以下の反応速度を持っている。彼女は、私が君にナイフを突きつけるよりも早く私が何をするのかを知り、即座に反応したのだ」

サンドラが愉快そうにペーパーナイフを手元に引き戻す。

「ネアンデルタール人の脳の容量は現生人類よりも多い。それがもたらす認知の違いによって、彼らは我々よりも〇・三秒先の世界を知っている。相手が何をしようとするか、意識よりも早く、その行動の準備電位を読み取って自らの行動を決める」

「未来が視えている、ということですか」

「何を以って未来とするかだが、一応はそれが正解だろう。彼らネアンデルタール人は、クロマニョン人よりも先の未来を見ていた。それが何故、争いを好まない理由になるのか。君には解るかな?」

僅かに思考し、その後にシズマは首を横に振った。

「ネアンデルタール人には、未知の他者がいない、ということだ」

「他者が、いない」

「ホモ・サピエンスは想像する生き物だ。〇・三秒の認知の遅れは、目の前にいる他者の行動を予測できないことを示している。攻撃してくるのかもしれない。それならば防御をしなくてはいけない。そして、殺さなくてはいけない」

シズマは思考する。他者とは、自分以外の者。何をするか解らない存在。未知への想像は、個の生存を助けるとともに、悪意となり、殺意を生む。

「しかし、ネアンデルタール人は違った。認知の遅れは存在せず、目の前の別人がこれからしようとする行動の全てが予測できた。攻撃すると気づいた瞬間に、こちらも攻撃をすれば良い。相手もそれを理解する。反撃される未来も予測される。それならば、そもそも攻撃を行うことはできない。核兵器による相互確証破壊で平和が保たれたように、確定された未来が攻撃の手段を奪った。彼らは、殺意を持つことの無意味さを知っているのだ」

それこそが、サンドラの語るネアンデルタール人の意識。人類を救う為の鍵。溢れ続ける殺意に対し、その意識を活用しようとしている。人類の認知速度を向上させ、ネアンデルタール人と同じように争いを、殺意を消そうとしている。

「准将は、彼女の意識を、人間の自己相に転写しようとしているのですか」

シズマからの言葉に、サンドラは意味深な笑顔を差し向けた。

「そうだ。その為に、私は〈太陽の都〉を目指す。彼女の故郷を探そうという、君のその望みにも合致すると思うが」

「〈太陽の都〉へ――」

シズマがそう呟いた時、遠く空に響く音が聞こえた。

一定のリズムで空気を切り裂く、同軸反転《コアクシアル》ローターの音。戦場で何度か聞いたもの。陸軍の攻撃ヘリが輸送フェリーを目指し、チチカカ湖の上を飛んでいる。

サンドラの独眼が強く見開かれた。音の方へ振り返ったシズマが見たのは、沈みゆく太陽の光輪をまとった一羽の黒い猛禽。二枚の羽根で雄々しく空を飛ぶ。鋭い爪の代わりに備え付けられた機銃をこちらに向けている。

「ヴァルチャー攻撃ヘリ。どうしてここに来る、護衛の任務は……」

夕陽にシズマが目を細めたところで、少女がシズマに飛びかかってきた。そのままの勢いで倒れ込んだところで、その音は聞こえた。機銃が奏でる重低音。陽光の中で、白い火が断続的に噴き上がる。銃弾は波を貫き、船体を穿ち、甲板を抉っていく。やがて立ち尽くすサンドラに届く弾雨、肺を横から撃ち抜いた弾丸、腰椎を砕いた弾丸、右腕を千切った弾丸、頭蓋を割った弾丸、弾丸、弾丸、弾丸。

吹きつける銃弾の嵐は、サンドラをぐずぐずの肉塊にしたところでようやく止んだ。

シズマは目の前で起こったことを、ただ事実としてしか受け止められない。削られた甲板が、周囲に塵を巻き上げる。その中で、血の海が広がる。サンドラ・ハーゲンベックだったものが、そこに晒された。

《大人しくしていろ、シズマ・サイモン》

通信相に響いた声を、シズマは知っている。思わず仰ぎ見た攻撃ヘリは頭上を通り過ぎ、その側部で、黒い巨人が笑っていた。

無数の陸軍ヘリがフェリーを囲んでいく。甲板に降下してくる兵士達。全てが夢の中の出来事のように思えた。

「ようやく、君を捕まえることができる」

無数の兵士達とともに降下してきたアルシニエガが、大口径バトルライフルを片手に構えつつ、座り込んだままのシズマの元へと歩いてくる。

「協力して貰おう」

にっかり、と黒い巨人が笑みを浮かべる。赤い太陽を炎のようにまとって、アルシニエガが悠然と勝利を宣言した。

3.

星空の下、アンデス縦断鉄道を軍用列車が南へ疾駆する。

夜の闇が全てを覆う。灰色の山嶺、まばらな草木、大地を駆ける風に細かな砂利が転がっていく。列車から漏れる小さな光の列が、漆黒のベールを引き裂いていく。

薄暗い食堂車で、粗末なテーブルの上に並べられた料理にシズマは目を落とした。皿に盛られたシチュー《チャルキカン》に二切れのチーズ《チャンコ》。列車の激しい揺れに、零れた汁がテーブルに染みを作る。

「どうした、食べないのか。大したものではないが、少なくとも営倉で出される食事よりは豪勢だろう」

対面に座るアルシニエガが、腕を組んだまま瞑目《めいもく》している。

「彼女は、ヒユラミールはどこですか」

「心配するな。前方の車両にいる。拘束はさせて貰っているがな」

シズマは唇を僅かに噛みしめ、テーブルの上に並べられたものを見つめている。

「これも返しておこう。あの少女のものだ」

アルシニエガが無造作に、彼女のナイフをテーブルに置いた。刻まれた杖《スタッフ》を持つ神《ゴッド》の意匠。そこにあったはずの輝きは、とうに消え失せている。

「勘違いするなよ。あの少女を生かしているのは、君との交渉の材料にするためだ」

「交渉？　今更、クーデターを起こした陸軍と何を交渉するというんだ」

シズマはスプーンに手を伸ばす代わりに、そのナイフを手に取った。

「クーデターではない。スパイへの粛清だ。サンドラ・ハーゲンベックと統合軍の上層部の一部に、国防に関する重大な危機を隠匿する者達がいた」

「それがヒユラミールを追う理由ですか」

「陸軍と統合軍では、あの少女に対する見方が違う。サンドラ・ハーゲンベックは、あれが人類を救うとでも言ったのだろうが、我々からすれば、共和制アメリカの根幹を揺るがす大きな懸念事項だ」

シズマはナイフを握りしめたまま、自己相に浮かぶ数々のニュースに耳を傾ける。曰く、コパカバーナ基地に駐留する共和制アメリカの陸軍が、統合軍の一部の者や、数人の学者を拘束したという。

「本当なら、サンドラ・ハーゲンベックは生かして拘束できれば良かったのだが、まあ仕方ない。何をしでかすか解らない相手だったのでね」

「貴方達は、何をしようとしているんです」

「君と同じだよ。〈太陽の都〉だったか、あの少女の生まれた場所を探している。我々は君が事実に気づくより先に、数名の学者を拘束し、統合軍の計画について把握していた。しかし情報を引き出すのに苦労している。そもそも統合軍の上層部や学者連中にも、その場所を知っている人間がいないのだから」

　アルシニエガは背後に控える部下に向けて手を上げた。程なくして、テーブルにコーヒーのカップが二つ置かれた。

「カフェ・デ・オジャだ。黒砂糖とシナモンが入っている。食事が気に入らないのなら、せめてコーヒーでも飲んで落ち着くといい」

　シズマは溜息を残し、ナイフをしまうとカップを手に取った。シナモンの甘い香りが鼻腔を満たす。口に含んだコーヒーの味の優しさが、この場にはそぐわない気がした。

「我々は〈太陽の都〉を探している。そこに、ネアンデルタール人の末裔のコロニーがあるからだ。そして君は事実を知る二人の人物、ディエゴ・サントーニの弟子であり、サンドラ・ハーゲンベックの部下だった。君は〈太陽の都〉の場所を知っているんじゃないか？」

「それを知って貴方達はどうするつもりですか？」

「解っているはずだ。我々は、ネアンデルタール人の末裔などという部族の存在を許さない。

その身体能力は人間を上回り、異なった認知能力を有している。統合軍は、そんな化け物の群れを自己相に使おうとしている」

「それは自己相の欠陥を補う為に」

「サンドラ・ハーゲンベックが何を言ったか知らないが、それは短絡的な答えだ。人類とは違う存在の意識を、自己相に潜ませることの危険性を考えろ。常人を超えた力。もしもそれが軍で掌握できず、外部に漏れた時、それは大きな脅威になる。あの少女一人にどれだけの軍人が殺された？　自己相以上の力を手に入れた者達との間に戦争が起きれば、それ以上の被害が出ることになる。軍の研究した細菌兵器が、テロリストの手に渡り被害を出した歴史を知らぬわけではあるまい」

アルシニエガからの答えに、シズマは嘲笑を込めて言葉を返す。

「その為に、貴方達は難民を虐殺し、今また未知の部族を殺し尽くそうとしている」

「言葉には気をつけろ、シズマ・サイモン。私は人類を闘争から救おうというのだ。平和は正しい力によって作られる」

アルシニエガが飲み終えたコーヒーのカップを置いた。

「君に選択肢はない。君は〈太陽の都〉の場所を教えるだけでいい」

「僕は知らない」

「なら探しだすことだな。この列車がサンティアゴの陸軍基地に着くまでの間に答えを出せ。見つからなければ、我々はあの少女を殺す。君も軍事刑務所で一生を過ごすことになる」

アルシニエガは立ち上がり、頭をぶつけないように、天井からぶら下がった照明を手で払う。埃が冷め切った料理に落ちる。光と影が揺らめいて交差し、シズマとアルシニエガの顔をそれぞれ照らしていく。

「別に君の協力はなくても構わない。多少、時間はかかるだろうが、我々は必ず〈太陽の都〉を探しだし、そこに暮らすネアンデルタール人の末裔を殺すことだろう」

列車がトンネルに入った。車窓が黒く染まり、歪んだ顔を浮かべるシズマを映し出した。

列車の側廊を歩き、個室席へと向かう。区切られた部屋の前には陸軍の兵士が一人。シズマに敬礼を返すこともなく、自己相の認証を行って扉を開いた。

コンパートメント席に、彼女が大人しく座っていた。旅を楽しむ令嬢のように、どこか物憂げに鉄格子付きの車窓の外を眺めている。

「シズマ」

次の言葉を待たず、シズマは彼女の前で跪き、その体を抱いた。

「ヒユラミール、すまなかった」

「どうして、あやまるの」

「僕は」

その先をどうしても言えずに、ただ少女の胸に顔を埋めた。柔らかな肢体を力任せに歪めた。背に回した手にケープの細やかな織り目が触れる。ツツジの花に似た甘い香り。小さな鼓動が聞こえた。

シズマは己の弱さを知っている。軍人と言うには貧弱にすぎる肉体も、再復を拒み続け歪みきった精神も。残されたのは、学者としての傲慢な探究心。そして今、それを誰かを殺す為に使おうとしている。

「僕は、〈太陽の都〉へ行きたい」

シズマがようやくそれだけ告げると、彼女の小さな手が頭に添えられた。

「行こう」

何も知らない彼女が、ただシズマの頭を撫でた。その行為にどのような意味があるのか、果たして彼女は知っていただろうか。

「僕は、知りたかっただけなんだ。君を、この世界のどこかにいる、僕らとは違う存在を、純粋な魂を持つ人を知りたかった」

シズマは涙を流さない。悲嘆も後悔も、全て平準化された自己相のどこかへ消え去っていく。ただ心臓だけが痛かった。

「僕は昔――」

言葉を紡ぐ中で、シズマはふと上を見上げた。そこにあるはずの彼女の顔は、血塗れの少年のものに変わっていた。銃弾に抉られた眼窩《がんか》から、どろどろと血を流している。それでもシズマは悲鳴を上げなかった。ただその幻影を強く抱きしめた。

「僕は昔、一人の少年を殺した。僕の撃った銃弾が、彼の命を残酷に奪った」

自然と震えだしていたシズマの右腕に、彼女の手が優しく触れる。それだけで、あの言いようのない痛みが溶けていく。

「あの少年は、昨日の僕だった。自己相社会に馴染めず、自分だけが違うと信じ、どこかに自分の為の国が、自分の民族があると信じていた。僕はサントーニ先生に会って救われた。だけど、あの少年は違った。僕が救わなきゃいけなかったのに、僕は彼を殺してしまった。ああ、僕は結局、人を殺す人だ」

列車は夜の闇を進む。彼女はシズマの頭を撫で、時にその右腕をさすった。

「そして今また、僕は誰かを殺す手助けをしようとしている。それは君の家族かもしれない、友達かもしれない。君の大切な誰かを殺す為に、僕は〈太陽の都〉を探すだろう」

「シズマ」

彼女からの呼びかけに、シズマは再び顔を上げる。

「ナナクェス、シズマ。苦しまないで」

そこには、すでに少年の顔はなかった。代わりに、不器用に笑顔を作ろうとする彼女の顔があった。

「うれしくない、でも、わらう」

彼女の意識は、すでに人間に近づいている。目の前の誰かの為に、慈しみの笑顔を向けること。それは、シズマとの旅で得た新しい感情だった。

「僕は」

シズマは、自身の心が静かに定まっていくのを感じていた。彼女さえ生きていてくれるなら。無垢な探究心が、黒く澱んだ感情に変わっていくのを理解する。陸軍に従うつもりはない。しかしそれでも、今から一歩でも進むために、追い求めるべきものを探す。

その時、優しく素朴な響きがシズマの耳に入ってきた。

——夜が来る。《トト・ユタエモ》南の空にチャカナの星が昇る。《ラリヤ・ナバシ・ユタムス・チャカナ・バ・ミール》歌おう、《ワヌキ》トウモロコシを植える。《プラエモ・タ・サラ》

「その歌は」

シズマの為に、彼女が唄っていた。目を瞑り、ただその歌詞だけを、旋律に乗せて伝えてくる。何度も何度も、覚えているその部分だけを繰り返して。

「ヒユラミール」

シズマは手を伸ばし、彼女の髪に触れる。彼女のまとうケープのように、シズマの心の全てを、その歌が柔らかに覆っていく。

ふと、シズマの視界に輝く星が冴えた。それは車窓の外で遠く輝く南天の星々の姿。それらを結んで古の航海者が星座を作ったように、シズマは脳内に散る星々から、一つの事実を撚《よ》り合わせていく。

「そうか。それが〈太陽の都《コニス・マリ》〉の場所か」

シズマの言葉に、彼女は唄うのを止め、その瞳を覗き込んだ。黒曜石に似たシズマの瞳が、強い輝きを秘める。

4.

アンデス山脈の最南部、氷河と嵐の大地パタゴニア。

パタゴニアの名は、世界一周を果たしたマゼランが、この地に住む大きな足《ビッグフット》を持つ先住民族をパタゴンと名付けたことに由来する。伝説の中では巨人と伝えられたパタゴン族は、誇張を抜きにしても二メートル近い身長を有していたという。

峻険な山々、凍てつく平地。破いた地図のように、大地に散らばる島々と湖の穴。変わることのない荒涼たる風景に、吹きつける強烈な風。そこは地の果て、この世の天涯。

シズマは灰色の大地に立つ。風に向かい、羽織ったマントをなびかせつつ。

その背後に、黒い軍服をまとった者達が続く。各々がCCWを構え、規律正しい動きを持って行軍を続ける。シズマの横を通っていく小隊の傍らで、ラバに似た四足歩行の奇妙な機械がいななき、人工筋肉の脚部を唸らせて続く。マクラウケニアと呼ばれる、陸軍の運脚分隊支援輸送機《LS3》。長い頸部を馬の尾のように左右に振りながら、忙しなくモノアイのカメラで周囲の様子を探っている。

《第三、第四分隊はCルートを確認しろ、二十分後にアルファ地点で合流する。遅れが出る場合は事前に報告しろ。それ以外の者はこのまま前へ、先行する者を追え》

行軍を指揮するアルシニエガが、通信相で檄を飛ばす。ぞろぞろとパタゴニアの荒野を進む軍人達。転がる無数の岩と、まばらに生えた草。高山植物に目をやる者もなく、それぞれが緊張した面持ちで、とある一点を目指している。

　それは〈太陽の都〉。

　少女が生まれた場所であり、ネアンデルタール人の末裔たる部族が暮らすとされる伝説の土地。その地を征服せんがため、今また、新しきコンキスタドールが進軍する。

《シズマ・サイモン。君は少女から目を離すな。何かおかしな動きがあれば、即座にこちらに報告しろ》

　耳の裏に響く声に、シズマは何も言わずただ頷いた。横に控える彼女が、静かに近づき、その軍服の端を握った。

「ヒユラミール、見覚えのある場所があればすぐに言ってくれ」

　シズマは努めて平静を装ったが、その心の不和を見透かされたのか、彼女は強く服を握って返した。

　シズマは歩き続ける軍人達を見守る。

　その先に見えるのは、風に千切れた細長い雲と、瑠璃の空、そして並び立つ獣の歯のように天へと突き出た絶峰。万年雪をまとう山にあるのは、ただ厳《おごそ》かさ、ただ険しさ。地獄の風景にも似た、その威容は比べるものもなく。

　フィッツロイ、それはパタゴニアに座す神の城。

　その山に、〈太陽の都〉は存在する。

＊

「〈太陽の都〉の場所が解ったのかね？」

シズマは、軍用列車の簡易司令室で休息を取るアルシニエガの元を訪ねていた。

「大まかな場所ですが」

「では、君の推測でも構わない。是非に聞こう」

アルシニエガは何杯目かも解らないコーヒーに手をつけると、優雅な調子でシズマからの答えを待った。

「歌です。ヒユラミールが歌ったものは、昔から聞いていたもの。そこに、〈太陽の都〉の場所を示す内容が見て取れました」

シズマはアルシニエガの前で自己相デバイスを使い、机の上に南米大陸の地図を投影させた。軍用列車が走るチリ領をズームし、さらに緯度を南へと。

「彼女の歌には、夜が来ると南の空に南十字星が昇り、トウモロコシを植えるとありました。まずトウモロコシの作付け時期は、一般的に九月からの春の間、その季節に南十字星が南の夜空に現れるのは、夜になるのが遅い地域、つまり緯度の高い地域です」

シズマは地図を操作し、アンデスの南を辿っていく。

「そこに〈太陽の都〉があるとすれば、人の踏み入らない地域、国道の通っていない地域になります。そして、彼女の話す言語には海という語彙がありません。全て湖という言葉で表されている。そのことから、沿岸部ではなく、アンデスの内陸部であると考えます。チリ南部の多くは島と海に囲まれており、共和制アメリカ領内で内陸部となっていて、なおかつ近くに湖があるのは、限られた地域のみです」

地図はやがて、一点を示して止まった。

西経七十三度、南緯四十九度。パタゴニアの一角、フィッツロイを囲む、雪に覆われた地が映しだされた。

「フィッツロイ実験場、か」

ふとアルシニエガが呟いた一言に、シズマが顔をしかめる。

「なんですって？」

「私が若い頃、軍内部で語られていた噂話だ。統合軍がフィッツロイの一角で何かしらの実験を行っているという。秘匿性の高い軍だ。そんな噂はごまんとあったから、特に気にも留めなかったが」

アルシニエガがシズマに代わって地図を操作し、フィッツロイ近辺の座標を示す。詳細な地形を参照しようとしたところで、警告が表示され、それ以上の情報は得られなかった。

「統合軍による警告だ。確かに、軍事機密という理由で、一般人の立ち入りを禁止している地域はいくつもある。このフィッツロイ近辺もその一つだ」

アルシニエガが机の上を指で叩いた。その都度、投影されていた地図にポイントが浮かび、愉快そうに跳ねている。

「単なる与太話と思っていたが、案外、そこに真実が隠されているのかもしれない。大したものだ。あの少女の為ならば、君はどんな困難であれ乗り越える。シズマ・サイモン、君は実に優れた文化技官だ」

　アルシニエガの不気味な笑みが、シズマの瞳を捉えた。

＊

　時刻は夜の九時を回った。この時間になって、ようやく太陽が傾き始め、パタゴニアに夜が来る。フィッツロイの山麓。溶け出した氷河によって生まれた渓流と、人の通らぬ石の道の間、まばらに茂る林の中で、アルシニエガの指揮する中隊が野営の準備を始めていた。

　簡易テントの前で煮炊きの煙が立ち昇り、兵士達がつかの間の休息に足を止める。空は群青、沈みゆく太陽に照らされ、遠く聳えるフィッツロイの絶壁は炎のように赤い。

「食事を取られた方が良いですよ、サイモン准士官」

　声がかかる。凛然《りんぜん》とした響き、クラウディーナ・シサが立っていた。

「クラウディーナ少尉。いえ、結構です。食欲が湧かない」

「それでは、せめてコーヒーでも」

　シズマが返答に窮していると、それを肯定と受け取ったのか、クラウディーナが背後のテントに潜り込み、次に出てきた時には手に二つのステンレスカップを携えていた。シズマは仕方なく、手近な石に腰掛けると、それを受け取った。

「ヒユラミール、だったかな。貴女は、苦いのは平気？」

もう一つのカップは、シズマの横で座り込む少女へと差し出された。てっきり自分で飲むものと思っていたが、どうやらこの寒さに耐える彼女を慮《おもんぱか》ってのことのようだった。

「熱いから気をつけて」

彼女はおずおずとカップを両手で受け取ると、今度は何の躊躇いもなく一気に口に運ぶ。そして黒い液体が口に滑り込んだ時、顔をしかめた。

「にがい」

クラウディーナは笑った。その切れ長の目が優しく細められ、男性的な容姿とは裏腹に、少女のように魅力的な笑みを作った。

「彼女に対して、貴女は随分と優しく接する。陸軍だというのに」

その言葉に、クラウディーナは首を振ってから、シズマの対面の石に腰を下ろした。短い髪を掻き上げつつ、どこか寂しげな表情を浮かべる。

「私は陸軍の軍人である前に、一人の人間です。アルシニエガ少佐や他の人間が難民を嫌うのは理解していますし、その少女が多くの仲間を殺傷した事実に、私も憤っています。ですが、だからといって道具のようには扱えない。彼女はそこで生きているのだから」

シズマがコーヒーに口をつける。列車で飲んだものよりも硬く苦い、しかし、今はその熱さが行軍に疲れた体を癒やしてくれる。

「ところでサイモン准士官、本当に〈太陽の都〉なんてものが、この地の果てに存在するのでしょうか」

「陸軍の方針は決まってるはずですよ。今更、そこに疑問を持つ必要はない」

「いいえ、純粋な個人的興味です。私はずっと軍に勤めている無学な人間です。自己相で知識はいくらでも補塡できますが、探究心、というのでしょうか、何かを想像し、考察することができないのです。ですから、貴方から話を聞いてみたい」

クラウディーナが食い入るようにシズマの顔を見つめる。その瞳に、近くの焚き火の光が反射する。その純粋な知性、未知のものへの好奇心。それは、学生時代のシズマの瞳に灯っていたものと同じだった。

その輝きにほだされて、シズマはコーヒーで喉を潤してから語り始めた。

「このパタゴニアに、モンテ・ベルデという奇妙な遺跡があります」

それはかつて、自身がディエゴから教えられた内容をなぞるもの。

「奇妙、というのは、その遺跡には、一万四千年前と三万三千年前、二つの時代に人類が暮らしていた痕跡が残っているんです」

自然と始まったシズマからの講義に、クラウディーナは興味深そうに頷く。

「それは、アメリカ大陸で見つかった遺跡の中で最も古いもの。つまりモンテ・ベルデは、アメリカ大陸最古の遺跡であり、この地で暮らしていた者達こそ、アメリカ大陸に渡った最初の人類なんです」

「どういうことですか？　私は、新大陸の人類は氷河期のベーリング海峡を渡って来たものと思っていました。そこから次第に南下していったのだと」

「二つのルートがあったと考えられます。今言ったように、北米大陸にも古い遺跡はあり、そこから内陸部を通って南米に人類が至った形跡がある。しかし一方で、それよりも早く、古代の人類は船を使って、太平洋沿いに移動し、この大陸の南端に辿り着いていたという説もある。とはいえ氷河期が終わり、氷河が溶けた今では沿岸部の遺跡は海の底。その痕跡を確かめることは難しい」

人類の未知は、もはや探ることの叶わぬ海の底。シズマはそうした感慨を含めてカップに口をつける。対するクラウディーナは、面白そうに何度も首を縦に振っていた。

「それでは、ネアンデルタール人が大陸南部に辿り着いていた可能性もあるということですね。ユーラシア大陸を追われた彼らは、現生人類から逃げるように、この地の果てまで辿り着いた、と」

「それがネアンデルタール人の末裔が存在する理由。〈太陽の都〉がこのパタゴニアにある根拠。とはいえ、僕はその全てに確証を持っているわけではありません。全ては仮説です」

「いえ、とても興味深いお話でした——貴方と話せて、良かった」

クラウディーナが微笑んだ。その顔は、凛然としたそれまでの雰囲気にはそぐわない、とても幼いもののようにシズマには思えた。それが、この女性の本当の顔だとしたら。

「クラウディーナ少尉、僕からも貴女に聞きたいことがあります」

「どうぞ。私が答えられることならば」

　シズマは僅かに言い淀んでから、それでも真っ直ぐにクラウディーナの瞳を見据えた。

「貴女は何故、難民を殺すのですか」

　クラウディーナは顔をしかめるでもなく、ただ細い唇を横に開いた。

「それは、仲間を傷つける可能性があるからです。共和制アメリカという、私の、私達の国を不安にさせるからです。任務を受けたのなら、私は躊躇わずに引き金を引きます。それが昔の仲間であっても」

「昔の仲間？」

「私は武装難民のコミュニティに生まれました」

　クラウディーナの言葉に、今度はシズマの方が目を細めた。

「両親は私が物心つくより先に、自爆テロによって多数の人を傷つけ、自らも命を落としました。私と暮らしていた難民達も、普段は長距離バスに乗って国境沿いを移動していましたが、時に自己相社会に向けてテロ行為を行ってきました」

「――そして、陸軍の攻撃対象となった」

「そうです。ある都市での襲撃計画を事前に察知され、大人達は陸軍に殺され、あるいは拘束されました。私もまた、陸軍によって難民の収容施設に送られました」

　どこかで焚き火が爆ぜた。クラウディーナは何かを思い出すように、自身の胸に手を当てていた。

「私の体に巻きつけられていた爆弾のベルトを外してくれたのは、アルシニエガ少佐でした。

そして私は自己相の手術を受け、共和制アメリカの一員となった。その時に、私を笑顔で迎えてくれたのも少佐です。私にとってあの人は、この国での父親でもありました」

シズマはアルシニエガの昔語りを思い出す。テロによって家族を失った男は、一方で難民の少女を救い、その道を示したというのか。

「私は確かに難民を殺します。ですが、その行為の全てを肯定するわけではありません。少佐も同じです。難民であったとしても、自己相の手術によってこの国の国民となれば、それは守るべき対象です」

クラウディーナは中腰のまま、シズマの方へと顔を寄せた。その手が伸び、シズマの肩に触れる。

「准士官、私は貴方の考えにも賛同します。貴方がその少女を生かしたいというのであれば、その為に私も協力します。多くの困難はあるかもしれませんが、決して無理な話ではないと、私は信じています」

「それは、感謝します」

シズマは笑顔を向けた。そして深く、静かに考える。この女性はまさしく自分と相似だった、と。何か一つでも違っていれば、この心優しい女性軍人もまた、自分と同じ道を歩んだだろうか。

「チャカナ」

シズマが会話を続けようとしたところで、ふいにそんな言葉が聞こえた。

「ヒユラミール？」

シズマが横を向くと、それまで黙っていた彼女が暮れ始めた空に顔を向けていた。何か祈りを込めたような表情で、そこに輝く星の影を見つめている。シズマが彼女の目線の先を辿ると、南の空にそれは浮かんでいる。

南十字星。

空の一部は未だに赤いが、そこには確かに十字を結ぶ四つの星が見えた。自己相によって視覚が補正されているシズマとは違い、彼女は自身の視力でそれを見ていた。

「チャカナ、イビ・ラリヤ・コツェ・ユタエモ・アイ……。湖から、南へ」

彼女が突然立ち上がった。手にしていたステンレスカップは地に落ち、乾いた音を響かせてから、コーヒーを撒き散らして転がった。

「コニスマリ・エス・ユタミ・アイ」

彼女はそれだけ言うと、シズマの横をすり抜けて歩き始めた。

「ヒユラミール、何か思い出したのか？」

シズマの声に振り返った彼女の顔。恐怖とも焦りともつかぬ、熱に浮かされたような陶然とした表情で、青い瞳が僅かに潤んでいた。

「行かないと」

彼女はそれだけ言い残し、次の瞬間には駆け出していた。たむろする軍人達の間を軽やかに跳び越え、木立ちの中へと走り去っていく。

「サイモン准士官！」

クラウディーナの声に小さく頷くと、シズマもまた少女の背を追って駆け出す。視界の先で金色の髪が揺れている。

「総員、行軍開始！　第一班は野営の撤去、残りは続け！　少佐への報告も行え！」

シズマの背後でクラウディーナの声が響く。林に入った辺りで、軍人達の足音とマクラウケニアの人工筋肉の奇妙な音も続いてきた。

「彼女は〈太陽の都《コニス・マリ》〉に行く」

シズマは、彼女の小さな体を追って駆ける。

5.

シズマは走り続ける。見渡すばかりの石と雪。道ならぬ道を辿り、ただ先を目指した。揺れる少女の髪が夕陽を反射し、その軌跡を辿っていく。やがて深い谷を越えると、左右に岩棚が広がり、黒く沈んだトーレ湖が目に入った。湖の向こうに、フィッツロイの切り立った絶壁、そして一面の氷河。雪崩の跡のように、あるいは溶け出したマグマのように、岩と砂の荒野を侵食する氷の道。静止した幾百万年の時の塊。

「これが湖《コツェ》か」

毛羽立った絨毯か尖った鱗の如く、幾層にも折り重ねられた氷床。彼女は湖水を迂回し、そこを軽やかに跳んでいく。シズマもまた、その様子を見守りつつ、ブーツにアイゼンを噛ませ、凍った大地へと足をかける。一歩、一歩、足元の氷を削り取りながら、鉄の刃を食い込ませて前に進む。己の身長よりも高い雪の壁を登り、深く割れたクレバスを跨《また》いでいく。流れ出る滝の音、吹きつける風の音、鼻を刺す氷河の清冽さ、空気に混じる白い塵の匂い、軋む足元、寒風に割れていく肌、どこかで崩れた氷河の不気味さ、凍える息、赤い陽、青い氷、白、灰。

　氷原を歩き続けたシズマは、彼女がこちらを見ているのに気づいた。フィッツロイの峰を背に。まるで自分を導くように、高みからこちらを見ている。

　山の人、ウクマール。そんな幻想。

「ヒユラミール」

シズマの声に、彼女は何も答えず、再び振り返ると氷河を駆けていく。

「待ってくれ！」

シズマがさらに一歩を踏み込む。

《准士官、止まれ！》

突如通信相に響いたアルシニエガの声に、思わずシズマは足を止める。

《止まれ、一人で行くな。こちらもすぐに追いつく》

「しかし、彼女は何かを思い出したようで」

《心配するな。その氷河の先は、フィッツロイとセロ・トーレの谷間だ。他に行く場所はない。それに――》

シズマが新たな一歩を踏み出したところで、自己相にアラートが表示される。統合軍による管理区域を示すもの。一般人の立ち入りを禁止するどころか、許可のない者は誰であれ攻撃を受ける旨を告げる、最高レベルでの警告だった。

「安易に近づくなよ」

背後からの声。シズマが振り返ると、そこに武装を固め、進軍を続ける陸軍部隊の姿と、氷河を渡るアルシニエガの姿が見えた。

「どうやら、君の推測は当たったようだ」

アルシニエガが、肩から下げた黒い蛇《トリリテイクコアトル》を構えつつ近づいてくる。ようやく目的を達せられるという事実に、その厚い瞼と唇が、喜びの色を形作る。

「准士官、君は後方につけ。これから進軍を始める」

前に進むアルシニエガに続き、多くの軍人達が氷河を踏みしめていく。ただ純粋な力によって氷が砕けていく様子に、シズマは何も言えずに従う。その時、後から続いていたクラウディーナが列を抜け、シズマの肩を叩いた。

「後は私達に任せてください。悪いようにはしません」

「違う、そうじゃない」

クラウディーナは眉をひそめた。

「フィッツロイ実験場が確かに存在するとして、何故その警告が今も生きているんだ」

「それは、侵入者を排除する為では？　統合軍の管理区域ならば」

「統合軍の計画は頓挫している。人員はいないはずだ。それなら、この場にあるのは――」

銃声が氷原に響いた。

それは――防衛システム。

銃声は続く。そこに人々の悲鳴も入り混じった。クラウディーナは即座に、前方の山影の方へと走りだす。シズマもまた、他の軍人達とともに先へと進む。

走るほどに肌にまとわりつく、砕けた氷河の粒子と夕霞。そのオレンジ色の霧の向こう側で、黒服の者達が横に並んでいた。ぱ、ぱ、ぱ、ぱ、戦場の音がここでも響く。

「アルシニエガ少佐！」クラウディーナの叫び。

「来るなッ！」

その時、シズマが見たのは氷原の上を滑ってくる無数の小さな銀色の球体だった。底部は平らで、扁平形をした銀色の物体は、滑りながら並び立つ軍人達へと殺到する。一部の軍人が叫び声を上げて、迫り来る銀色の物体に銃を乱射する。

銀色の球体が何体も跳び上がっていく。その底部に細長い八本の脚があることにシズマは気づいた。

「逃げろ！」

アルシニエガが叫ぶ。

その途端、赤い霧の中で炎が噴き上がった。

先程まで銃を撃っていた軍人が、およそ人間のものとは思えない叫び声を上げる。その体が瞬く間に炎に包まれる。何が起こっているのか、シズマには理解できない。しかし、今また一人、炎の渦の中に軍人が放り込まれた。

「メタギュンデス、制圧用の攻撃ドローンだ！」

アルシニエガは叫びながら、さらに数を増して突進してくる銀色の球体に向かって銃弾を浴びせかける。

シズマはそれを知っている。ザトウムシの名の通り、八本の長い脚であらゆる地形を這い回ると、搭載されたゲル化ガソリンを撒き散らし、辺り一帯を燃やし尽くす地上制圧用ドローン。そしてそれが、非人道的であるという理由で、十年以上も前に対テロ戦争の場からは姿を消したことも。

「下がれ！」

アルシニエガが叫ぶ。無数のドローンが銀色の波となって蠢き、軍人の進路を覆っていく。球体が脚部を使い、跳ねるように飛ぶ。アルシニエガの傍にいた軍人の胸の辺りにまとわりつくと、口吻《こうふん》のような突起からジェル状のものを噴射する。その直後、カチカチ、と顎の辺りを鳴らすと、小さな火花が起こり、そこに炎の柱が生まれた。業火に包まれた軍人は、肺を焼かれながらも救いを求める。どれほどの熱なのか、軍人の体はみるみるうちに小さくなり、黒い塊となっていく。

あちこちで上がる炎と叫び声、乱雑な銃声。この雪山でさえ、肌を焦がす程の炎が辺りを包み込んでいく。巻き上がる霧と炎の中で、アルシニエガは笑っていた。氷原にこだまする銃声と悲鳴の中で、その高笑いが響いた。

「間違いない！〈太陽の都〉はこの先にある！　怯むな！　各分隊は離れることなく、迫る障害を排除しろ！」

アルシニエガはバックグラウンドで軍人達に指示を飛ばしているのか、騒乱の渦中にあった陸軍部隊は次第に陣形を整え、迫り来るドローンを効果的に足止めしていく。

「今少しだ、進め、進め！　我々の目的を達せよ！」

笑いながらアルシニエガはドローンを撃ち抜いていく。氷原に炎が上がり、硬く尖った氷の足場が溶融していく。

「准士官、こちらへ！」

呆然としているシズマの横に、運脚支援機《マクラウケニア》に騎乗するクラウディーナが現れる。

「道を作ります、我々は先を目指しましょう」

有無を言わせない強い響きで、クラウディーナはシズマの手を取り、機械の背に乗せた。マクラウケニアは二人分の重量を物ともせず、人工筋肉を張って氷河の上を駆け出す。

最後の夕陽がフィッツロイの岩肌を舐める。暗くなる世界に炎だけが浮かぶ。陸軍部隊はクレバスに潜み、メタギュンデスを撃っていく。銃撃をかわした球体の一部はクレバスに入り込んで、断末魔の叫びと炎をもたらす。

「シズマ・サイモン、我々は必ず勝利するぞ」

アルシニエガが、去りゆくシズマの背に笑いながら声をかけた。跳びかかったドローンがアルシニエガの体にまとわりつき、炎を吐いた。しかし、それに動じることもなく、黒い巨人はドローンを掴み取ると遠くへ放った。

「必ずだ。この社会を守るのは、ただ我々だけだ」

軍服に炎をまといながら、アルシニエガは哄笑《こうしょう》する。大口径バトルライフルの重い響きが、氷の大地ごとドローンを破壊していく。


マクラウケニアが氷原を越える。

その先にあったのは、天頂を赤く染める山と黒く沈む湖。そして湖辺に立ち、金色の髪に冷たい霧をまとう少女の後ろ姿。

「ヒユラミール、そこにいたか」

未だに後方で銃声は聞こえている。この場にドローンがいないのは、彼女が自己相を持たない故か、それとも――

「その先に〈太陽の都〉があるのか」

シズマからの声に、彼女は振り向くこともなく、その首を振った。金色の髪から雫が散り、光の粒子になって周囲を飛ぶ。

「湖の、向こうに」

マクラウケニアから降り、クラウディーナとともにシズマは湖辺へと向かう。本来ならば氷河となるべき一角が、大きく溶け、谷間に冷たい湖を作っている。一部の氷壁が崩れ、水の中へと落ちていった。

「不自然です。この場所に湖があるという情報はありません」

横につくクラウディーナが、自己相で地図を確認し、その情報を共有してきた。確かに、これほど巨大な湖があるという事実はない。

シズマは、僅かに違和感を覚えた。

「ヒユラミール、本当にここなのか？」

「そう。そこにある」

彼女は自然と歩き出した。冷たい湖に足を浸すかと思えた。しかし、彼女の一歩は静かな湖面を確かに捉え、そこで静止した。一歩、また一歩。彼女は沈むこともなく、ただ湖の上を当然のように歩いていく。その光景は幻ではないのか。シズマの胸中に不安の陽が差し込む。

「シズマは見えないの」

彼女は振り返る。足元に冷気を漂わせ、幽霊のように霞の中で浮いている。

「これは、サイモン准士官……」

「彼女には見えている」

シズマは彼女の足元、波一つない湖面を凝視する。そこに僅かなちらつき。夕陽を反射する光の塵が、その一点で静止し、歩く彼女の小さな風圧によって舞い上げられた。

「認知マスキングだ」

それは橋だった。人間が認知するより早く、〇・三秒の間隙で透明な構造物に仕掛けられた認知迷彩が揺れ動いていた。光が人間の目に届いた瞬間には、すでにそれは別の色を反射し、脳の記憶には残らない。

「統合軍が隠したんだ。これなら、彼女にだけ見ることができる」

シズマは彼女の足跡を追って、湖面に向かう。確かにそこには、踏み込んだ足にかかる物体がある。湖の上を歩く、その不思議な感覚を脳は処理できないでいる。

「こっち」

彼女は虹色の橋を渡っていく。すでに湖のある谷は、山の影に覆われ、夜の色が満ちた。空気には雪が混じり始める。次第に霧が濃くなり、視界にあるのは前方で聳えるフィッツロイ西壁のみ。

「あれは、島ですね」

背後から続くクラウディーナが呟く。シズマもすでに気づいていた。湖の中、深い霧で覆われた奥に、灰色の地面が現れた。対岸ではなく、四方を絶壁と水に覆われている。シズマはそれがチチカカ湖上の浮島に似ていることに気づいた。

先行する彼女が地面に降りる。湖に晒された小さな砂利と、奥に向かうなだらかな傾斜。丘のようにも見える、一平方キロ程度の小島。そこに降り積もっていく無数の雪片。

「この島に〈太陽の都〉がある」

シズマは砂利の上で立ち尽くす少女の後ろに立ち、その肩に優しく手を置いた。

「ここが、君の――」

言いかけたところで、背後から奇妙ないななきが聞こえた。それは装備を運ぶアクラウケニアのもの。彼女とともにシズマが振り向くと、アルシニエガと十数名の陸軍部隊が、運脚支援機と一緒に橋を渡ってきていた。その軍服は焦げつき、アルシニエガもまた全身に傷を負っている。禿頭にかかった雪が、即座に溶けていった。

「ほう、こうなっているのか。不思議なものだ」

「アルシニエガ少佐、ご無事で」

湖上から島へと降り立った黒い軍勢に、クラウディーナが歩み寄る。

「こちらも随分と損害が出たよ。だが、これで我々は人類の平和を手に入れられる」

祝杯をあげるように、アルシニエガは手を掲げた。それと同時に、左右に展開する軍人がCCWを構え、シズマと彼女に狙いをつける。それはフルオートによる五・五六ミリ弾の射線、逃れること能わぬ殺傷距離。

「ここまでの案内、ご苦労だった。サイモン准士官」

アルシニエガもまた、懐から取り出した拳銃を構える。明確な殺意に晒されてなお、シズマはその光景を冷静に受け止めていた。

「結局、貴方は僕らを殺すつもりだった」

「君の知見と迷いは、我々にとって大きな脅威だ。ここで殺すべきだと判断した」

シズマの瞳が、アルシニエガの横に立つクラウディーナを捉える。その顔に明らかに狼狽の色が見て取れた。

「少佐！　彼は、サイモン准士官は決して我々に敵対するものではありません。考え直してください！」

クラウディーナがアルシニエガの袖に摑みかかる。しかしアルシニエガは、それを煩わしそうに払いのけた。クラウディーナはその場に倒れ、冷たい湖面に自らの顔を浸した。

「クラウディーナ少尉、個人的な感情を持ち出すべきではない。我々は共和制アメリカの為に〈正しき人〉として彼を処断するのだ」

アルシニエガの指が引き金に絡んだ。

「少佐、貴方も自己相の欠陥を知っているはずだ。貴方は〈正しい人〉として僕を殺すわけじゃない。ただ三十億人分の殺意を模倣《エミュレート》しているだけだ」

「なんとでも言え。軍人は、他者を殺すのに理由をつけるべきではない」

銃口がシズマの方を向く。背後でナイフを手に取ろうとする少女を制し、その身を庇う為に前に立った。命など惜しくはない。ただ惜しむとすれば〈太陽の都〉を見ることが叶わなかったことだけ。

シズマはその瞬間でさえ自らの利己的な探究心が浮かぶのに気づいて、僅かに微笑んだ。

「少佐、僕はやはり軍人ではないらしい」

それを最後の言葉と受け取ったか、アルシニエガが引き金にかかる指に力を込めた。

――その刹那。アルシニエガの瞳の色が変わった。

目を見張り、体を強張らせる。自己相の裏で、何者かと対話をしているような、奇妙な空白。ぶつぶつと何かを呟くように、意味もなく唇を動かしている。

「そういうことか」

ふいにアルシニエガは、左目を強く押さえこんだ。不随意となった眼輪筋《がんりんきん》が、ピクピクと顫動《せんどう》している。瞳の奥に映り込む自己相の色が、目まぐるしく変化している。

「なんだ。これでは、最初から勝負にならん」

巨人が縮こまり、激しく息を吐きながら笑っている。その不自然な様子に、思わずシズマは身構える。

「ああ、私は――」

次の瞬間、アルシニエガは押さえていた左の瞼を、周りの皮膚ごと爪で掻き切った。露出した眼窩から、そのまま左の眼球を抉り取る。そこに何ら興味を示すことすらなく。

シズマは訪れた静けさに耐えかね、屈みこむアルシニエガに声をかけた。

「少佐……？」

「サイモン准士官」

それは落ち着いた声だった。

シズマに対し、顔を上げたアルシニエガが片方の眼で力強く睨みつける。

「驚かなくていい。私が誰か解るかね」

「何を、言っているんだ」

「私だ。サンドラ・ハーゲンベックだ」

突如告げられた名前にシズマは何も言い返せない。アルシニエガの左目から流れ続ける血が、砂利と雪の上に広がっていく。

「どこから説明すればいいか、いや、おいおい解るさ。何はともあれ、君の危難は去ったというわけだ」

「何を言っているんだ。アルシニエガ、少佐」

「存外、順応性が無いな。これくらいすれば解ってくれるか？」

巨人はあんぐりと口を開け、手にしていた拳銃を咥え込むと、一切の躊躇もなく引き金を引いた。銃声とともに溢れた血と脳漿が、背後の湖に抽象画を描いた。

巨体は背後に倒れ込み、湖面に大きな水飛沫を上げた。エルラン・アルシニエガだったものは、ただそれだけで絶命した。

「何が、起こっている」

シズマは周囲の軍人達に目をやる。何か行動を起こすでもなく、その者達もまた瞳の色を変えてシズマ達を見つめている。

「これでもまだ解ってくれないのか」

一人の軍人が前に進み出る。

「おい、なんだ」

虚ろな目をした青年だった。名も知らない青年軍人は、アルシニエガの死体を見つめながら、面白そうに笑っていた。

「自己相というのは、つまり人間を集合自我の中に放り込むことだ」

「おい、君は」

「サンドラ・ハーゲンベックだと、さっきから言っているはずだ」

青年軍人は構えていたCCWを使い、器用に自らの腹部を撃ち抜いた。どう、と倒れた青年は、笑顔を浮かべたまま死んでいる。

出来の悪い怪談のような薄気味悪さ。シズマは自分を取り囲む死を直視する。

「彼らの、つまり私の自己相のリンクを断った。私は自死を選択できるんだ」

今度はまた、別の軍人が前に進み出た。壮年の兵士だった。

「シズマ・サイモン准士官。君は自己相の可能性を知っている。自己相は〈正しい人〉を基準にして、人々に人格を模倣させている。皆、記憶と意識は自前のものだと信じ込んでいるが、その実、〈正しい人〉という総体から滲みでた分をなぞっているに過ぎない」

壮年の兵士はシズマの目の前で拳銃を取り出し、胸にあてがってからトリガーを引く。

「我々にとっての〈正しい人〉は、共和制アメリカの国民三十億人の総体だ。しかし、それをローカルな範囲で形成することは不可能ではない」

次もまた一人。その場に屈み、手頃な大きさの石を摑み取ると、自らの頭に激しく打ちつけ始める。溢れ出る血糊。やがて嫌な音を響かせたところで、兵士は倒れ込む。

「私は、サンドラ・ハーゲンベックという存在を、いわば〈正しい人〉の下位概念としてエミュレートしている」

左右に立ち並んだ軍人達が、規則正しく報告を行うように、一言発しては自らの命の火を消していく。

「君も他人の自己相をエミュレートした経験はあるだろう」

「君が君であったのは、そこに意識のバックアップを残していたから」

「それを失えば、人は容易に他人へと変わる」

一人、また一人。

「私はサンドラ・ハーゲンベックだ」

「誰が、というわけではなく、意識を乗っ取ったということでもなく、全員が個として」

「一人の老いた文化技官の人格と意識と記憶を模倣している」

「個人としての死にすら恐怖は感じない」

「同一存在がある限り」

「意識の主体は」

「どこにあっても良い」

鬼気迫る表情のシズマの前に、死体が折り重なっていく。影の中、西日を残す雪の破片。

「君も、ようやく気づき始めたようだ」

一人が石で頭を打った。

「私は、陸軍の人間の自己相の裡にすでにある」

一人が冷たい湖に飛び込んだ。

「これは統合軍が仕掛けた最後の防衛システムだよ」

一人が小銃で隣の兵士を撃ち、その兵士もまた報復のように銃を撃つ。

「私は統合軍を統べる者として、当然のリスク管理として、彼らの自己相の一部に、私という人格の情報網を潜ませておいた。あとは時が至れば、互いにリンクを開始し、全ての軍人が〈私〉という集合自我の元に統合される」

それは安全装置だった。〈太陽の都〉の存在を陸軍が嗅ぎつけた段階で、統合軍は有事の際に軍人が一人の人格によって統一されるように仕組んでいた。

「再復《リジューム》、か」

シズマが問いかける。前方で頷いた兵士は、直後にこめかみを撃ち抜いて死んだ。

「軍人である限り、精神を平均的なものに保つ為に再復は欠かせない。それを取り仕切るのは、我ら統合軍の文化技官だ」

「准将、貴方は再復を施す際に、全ての人間の脳をいじっていたというわけだ。自己相の内側に、認知と記憶のバックアップを仕掛けておいた。時限式の意識の発火装置だ」

「陸軍が〈太陽の都〉に近づいた時点で、もはや彼らの意識は〈私〉が掌握していた」

次々と死んでいくサンドラ達に、シズマはそれ以上、何も問えない。

「人間の意識というのは、この程度のものなんだよ。個などというものもなければ、純粋な自己も存在しない。全く同じ記憶、全く同じ感情を再生する機械があれば、人格などというものはいくらでも再現できる。肉体の死すら、何も意味を持たない」

シズマは死体の山の中から、砂利の上に転がったクラウディーナの体を抱き寄せた。その顔を確かめようとした時、その瞳に浮かぶ色に戦慄した。

「なぜそんな悲しそうな顔をする。〈私〉は君達の命を救ったのだぞ」

クラウディーナの口から、冷たい声が漏れた。髪は水に濡れ、随分と青ざめていたが、その笑みは前と何も変わらない。変わらないはずなのに、シズマにはそれが、耐えようもないほど違うもののように感じられた。

「彼女は、クラウディーナは死すべき人間ではありません」

「まだ解らないようだな。准士官。彼らに〈私〉という自己が生まれた時点で、彼らの意識は消えている。脳のどこかに眠っていると思わない方が良い。上書きされた意識は不可塑性だ。〈私〉はクラウディーナという存在ではない」

クラウディーナの体が、シズマの首に手を回し、その顔を引き寄せた。口づけが交わされる。あまりに冷たい唇に、思わずシズマは身を反らした。

「だがまぁ良い。君がそういうのなら、せめてこの体を端末としよう」

シズマは唇を噛みしめる。クラウディーナだったものを、ただ見つめた。そこにはすでに、あの優しい女性の意識は無い。同じ顔、同じ体を持ったサンドラ・ハーゲンベック。クラウディーナは消えた。消えてしまった。その死は、肉体以外の全ての喪失。

すでに全ての軍人が命を絶っていた。この場にいるのは、シズマと彼女、そしてクラウディーナの体を持ったサンドラだけ。

「今こそ、君は全てを知る時だ。そら、後ろを見たまえ」

シズマが首を回す。それは太陽の沈む最後の一瞬だった。

「ヒユラミール」

金髪がなびく。彼女は軍人達の死に興味など示さない。彼女が見ているのは、霧の向こう、島の上部を覆う巨大な影。やがて強い風が吹き、霧は晴れる。

それを形容する言葉をシズマは他に知らない。

都市。

四方を山と氷河に囲まれた島に、人工的な角度を持った建築物が林立している。高山植物とコケに覆われた長い石段が伸びていく。消えゆく太陽の光が、その上部を照らす。赤く、熱く。その都市の構造物は強く光を反射し、シズマの目を焼いた。

「あれは――」

かつて黄金郷《エルドラド》を探したコンキスタドールに何を言うべきか。マチュピチュを発見したハイラム・ビンガムは、初めてあの都市を見た時に何を思ったか。書物に描かれた探検家達は、シズマに何を伝えられただろう。

もはや言葉は必要ない。

「君に最後の真実を教えよう」

そこにはそれが、存在している。

「あれこそ〈太陽の都〉だ」

それは太陽の如く、アンデスに光り輝く黄金の都市。

6.

シズマは今、幻を見ている。

黄金の尖塔、宝石敷きの通路。鋭角に切り出された石によって造られた街。都市の入口を示す大門には微細なレリーフ。精緻に積み上げられた石塀が都市を取り囲み、その周囲には実り豊かな段々畑と張り巡らされた水路。高く空を裂くように鳥が飛ぶ、ノスリの鳴き声。

その風景は、かつてシズマがペルーアマゾンの森に迷い込んだ時に感じたものと、同等以上の感動を与えてくれる。

古の都市を行き交う人々。アンデスの民族衣装、赤いケープをまとった女性は頭に籠を載せて石段を下る。その横、岩棚から漏れる水が小さな滝になり、地面に引かれた水路へと続いて流れていく。洗い場には女性達がたむろし、服を洗っている。リャマを引く少女をからかい、一人の少年が石畳の上を走っていく。ある男は良く焼けた肌を隠しもせず、石積みの建物の軒先に座り、鋭い視線で手元のナイフを研いでいる。

その幻の人達は、しかしアンデスの他の民とは姿を違えている。いずれも金色か、薄い赤の毛髪。強い日差しに細めている瞼、そこにある青の瞳。

その中を、一人の少女が歩いて行く。

シズマはその背を追いかけた。金色の髪をなびかせて、風の上を滑るように足取り軽く。重ねたケープをひらひらと、山の冷気を逃がすように。彼女は一人ではなかった。ここには全てがある。彼女と同じ人達。ここでなら、彼女は一人ではない。

ここは遥けき空の台《うてな》、霧に霞む谷間に隆起した四方絶壁の地。白い雲と、遠くフィッツロイの頂に白く聳える氷河が、星と月の光を鏡のように跳ね返す。

「ヒユラミール」

シズマは思わず彼女の名を呼んだ。

振り返った彼女、その瞳の色、そして浮かべられた涙。

「どうしてそんな顔をするんだ」

涙が彼女の頬を伝う。雫は磨かれた玉敷きの道に落ち、そこから花が生えた。黄色いロアサの花。ふと風が吹いた。白い風《ビエント・ブランコ》。フィッツロイを吹き抜ける乾いた強風が、周囲を覆っていた冷気と霞のベールを剝ぎ取った。

人々の姿が消えていく。

幻の風景は、首筋にかかる夜の寒気によって取り払われた。

綺麗に並べられていた花崗岩の道は崩れ、林立していた家屋も屋根を欠き、ところどころで石が剝げ落ちている。黄金に見えたものは、焼き締められた黄銅色の屋根瓦。石段には茫々《ぼうぼう》と草が生え、残された僅かな湧水が途絶えた水路を濡らしている。

「シズマ。ここは怖い」

弱々しく呟く彼女。初めて会った時には、こんな表情を見せるとは思いもしなかった。歩み寄り、彼女の頭を抱き、その髪を撫でる。シズマは彼女が自分達と同じ存在に近づいているのを意識し、傲慢な寂しさを覚える。

「大丈夫だ。ヒユラミール」

周囲を見渡せば、すでに幻は取り払われている。ここはすでに打ち捨てられた遺跡のように見えた。人々などいるわけもない。あれは全て幻影だった。認知マスキングが光の干渉を導き、シズマの視覚が記憶と想像に引き寄せられて混線しただけ。

「いやだ。シズマ。ここはいやだ。帰りたい」

「いいや。ここが君の帰るべき場所だった。ここが、君の来るべき場所だった」

胸元で身じろぎする彼女を強く抱き寄せた。

「ここは君の生まれた場所だ」

「ちがう。知らない、知らない」

彼女が震えている。身を刺す寒さなど意味を持たず、ただ恐怖と不安だけが彼女の肌を粟立たせる。今にも泣き叫びそうな彼女を押しとどめて、シズマは崩れ去った都市に立つ。

「よく聞くんだ、ヒュラミール。ここだ。この場所こそが、君の生まれた場所なんだ。僕が探し求めていた場所なんだ」

「ちがう、ちがう！」

何度も何度も、シズマの胸の中で彼女が首を振る。その髪が流星の尾のように散る。

「大丈夫だ、ヒュラミール。僕がいる。不安にならなくていい」

「シズマ。お願い」

そこから先の言葉は無かった。ただ少女はシズマの腰に手を回して、強く、儚くすがってくる。彼女が自分と同じ相へ下りようとしている。シズマはそれを思う度に、答えのない問いを続ける。孤高の眼光、屹立する意志。それらを捨て去ってまで、彼女に人間であることを強いるべきか。あるいは、この失われた理想郷に置き去るべきか。

「これが黄金都市、〈太陽の都〉」

そう呟いた瞬間、背後でいななきに似た音が聞こえた。

シズマが振り返ると、そこにマクラウケニアに騎乗し、優雅にこちらへと向かってくるクラウディーナ、その肉体を得たサンドラがいる。

「端末としての肉体に対してさほど興味もないが、老婆の体では為し得ないこともある。こうしているとユニコーンと貴婦人といった風情ではないかね」

微笑みにも満たない表情を残して、サンドラが四脚の輸送機から降りる。コケに足を取られないよう、静かに、そしてしっかりとした足取りでシズマの方へと歩いてくる。

「少し歩こう。君にこの〈太陽の都〉のことを話さねばな」

サンドラが都市の入口を示す大門をくぐる。そこに刻まれていたレリーフには古代の神の姿。天に伸びる髪飾り、両手に杖を持ち、尖った歯を剝き出しにした独特な威容。

杖を持つ神《スタッフゴッド》。

シズマはこの地が、旅の終着点であることを確信した。


背にすがる彼女の手を引いて、シズマはサンドラとともに古代都市の大通りを歩いて行く。時折吹く風が、シズマの羽織ったマントをなびかせる。

「アルシニエガは最期の時まで、この都市に未知の部族がいると信じていたようだが、無駄な行軍だったな」

サンドラが指を弾き、知覚信号を描いた。都市の大通りに、ぽつ、ぽつ、と松明《たいまつ》の火が灯っていく。明らかに自然のものではない、高度な機能を有した人造物。この地が統合軍によって管理されていたことを示す。

「この遺跡は、〈太陽の都〉は、すでに廃棄されていたんですね」

ふと立ち止まったシズマが、足元の残骸を手に取る。軒先で水盤として使われていた石が、乾燥した空気と度重なる強風によって粉々になったものだと解った。建物に入ってみたい気もしたが、風化した堆積岩が今にも崩れ落ちてきそうで、その欲求には従わなかった。

「そうだ。未知の部族などもういない。過去には、確かにここにネアンデルタール人の血を受け継いだ者達が暮らしていたが、すでに全てが死んでいる。その少女は、正しく最後のネアンデルタール人の末裔だった」

その時、シズマは松明の灯る家屋の石積みを見て、奇妙な違和感を覚えた。

一見すると古代遺跡のように思われたそれが、思いのほか新しい感覚を受けた。花崗岩の敷き詰められた道が、あまりにも整備され過ぎている。その石の断面は、数百年、あるいは数千年という時を経たというには傷が浅すぎる。それだけではない。風化した黄銅色の煉瓦でさえ、この強い風の吹く谷で、未だに形を保っていることが不自然に思えた。

「どうだ、気づいたか。准士官」

シズマは脳裏に浮かぶ可能性に気づいて、思わずその場に立ち止まった。

「そもそも、この世界に人類が未だ到達せざる場所があろうはずもない。フィッツロイは確かに永遠の空白地帯だ。しかし、それでさえ二十一世紀の初めには全てが地図上で確認できている」

「まさか、この〈太陽の都〉というのは――」

「そうだ、共和制アメリカが意図的に造った遺跡だ」

その言葉にシズマは息を呑む。

「確かに遥か昔には、この近くにネアンデルタール人の末裔は暮らしていたらしい。しかし、この〈太陽の都〉そのものは統合軍によって造られた人工の都市だ」

それが答え。それこそが黄金郷の真実。

シズマは自身が追い求めていた夢が、虚ろに醒めていくのを意識した。嘆くことができるのならば、今すぐにでも膝をついて慟哭《どうこく》していた。しかし、シズマの頭は冷静に現実を受け入れる。夢から醒める手がかりは、すでにいくつも手元にあった。この世界に未知の遺跡などないこと。フィッツロイの奥地が統合軍によって管理されていること。それでも見ないようにしてきた。気づきたくはなかった。

「それでは、彼女は。ヒユラミールは一体何者なんですか？」

「言っただろう。統合軍は自己相の欠陥に気づき、それを回避する為の方策として、ネアンデルタール人の意識を利用することを選んだ、と」

その先にある事実を、告げられる未来を察知したのか、背後に控える彼女がシズマの手をより強く握った。

「利用する。つまり、我々はその為にあるものを再現した」

サンドラが再び大通りを歩き出す。シズマは何も言うことができず、ただその後を追った。

「フワニータ、ユーヤイヤコの子供達。そう言えば、君は理解してくれるかな？」

シズマの自己相にサンドラからデータが送られてくる。そこに添えられた画像データに映っていたのは、浅黒く変色した肌をし、手足を折りたたみ、古い民族衣装と黄金のアクセサリーをまとったまま、安らかに眠るようにしている少年少女たちの死体達。

「一九五四年、エル・プロモ山で子供のミイラが発見された。一九九五年には、アンパト山の山頂で少女のミイラが発見され、フワニータと名付けられた。そして一九九九年、ユーヤイヤコ山の万年雪の中から三人の子供のミイラが発見された。いずれもインカ時代に、世界の秩序の為に神に捧げられた生け贄の子供達だ」

　サンドラが左右を見遣り、それに釣られてシズマも両側の家屋を見る。石積みの建物は多くが原形をとどめていない。風化した黄銅色の煉瓦が、老人の歯のように引っ掛かっている。朽ちた木枠、落ちた扉の先で植物が繁茂している。

「二十一世紀に入り、各地で同様のミイラが発見された。そして今から四十年前、このフィッツロイの近辺でも氷漬けの子供のミイラが発見された。しかし、それは我々の想像を超える存在でもあった」

　サンドラが新たな画像を寄越す。それは綺麗な少年の死体だった。僅かに黒ずみ、皮膚の表面は崩れているが形は保たれている。そして少年は骨で作られた髪飾りをつけ、毛皮の服を着ている。しかし、今までの写真で見たものとは大きく異なっていた。

「そのミイラは、インカ時代のものではなかった」

　髪飾りの様式、服の織り目、それだけでインカ時代と異なることがシズマには理解できる。しかしそれ以上に、明確に他の死体と異なるもの。それは肌の色、そして金色に輝く髪。閉じられた瞼の中は見えないが、その色もおそらくは違っている。

「そのDNAを解析した結果、死体は三万年前のものであると解った」

「三万年前……。太平洋を船で渡り、この南米大陸に辿り着いた、最古の人類」

「そうだ。モンテ・ベルデ遺跡の最初の居住者。彼らは三万年前、私達ホモ・サピエンスに先行してアメリカ大陸に渡っていた。山奥に暮らす彼らこそ、我々現生人類にとって神でもあった。このアンデスで、アメリカ大陸最古の文明が栄えていた理由もそこにある。しかし彼らは姿を消した。多くのアンデスの神話で語られるように、白人の姿をした神は人々の前から隠れ、この深く冷たい山へと至った。この地こそ、彼らの最後の楽園だった」

サンドラが両手を掲げた。夜空に浮かぶ星々を摑み取ろうと、その手を精一杯に伸ばす。

「我々人類に追われた人ならざる人達。ホモ・ネアンデルターレンシス。太古の人」

砂と崩れた石が積み上がった広場の中央で、サンドラは何かを慈しむように言い遂げた。

それは悠久の時という、概念そのものであったのかもしれない。

「そして、そのネアンデルタール人の少年のミイラは、国防高等研究計画局《DARPA》によって存在を秘匿された」

「自己相の欠陥を補う、その計画の為に」

「そうだ。発見された少年のミイラは、非常に保存状態が良かった。とても単純な話、彼の精子は完全な状態で残されていた。その答えを、シズマ、君なら解るだろう」

その事実こそ、あの日、ディエゴが死ぬ間際にシズマに託そうとしたものでもあった。

「人工授精、ネアンデルタール人の再現」

シズマが呟き、送られてきた資料の一つが視野に浮かび上がる。冷凍されていたネアンデルタール人の少年の精子が、シャーレの上で提供された個人の卵子に注入される。やがて生まれ来るのは、ネアンデルタール人の血を引く新しい人類。

「今、君の後ろにいる少女は太古から生き延びたネアンデルタール人の末裔などではなく、僅か数十年前に新たに再現された人類の子孫ということになる」

シズマは自分の背にかかる手が、強く震えたのに気づいた。振り返れば、彼女が腰にすがって唇を噛み締めている。

「〈太陽の都〉とは、つまり再現人類達が暮らす為に造られた巨大な実験場だ」

再現人類。

シズマが追い求めた答えは、世界に残る神秘などではなく、傲慢な一部の人間達の手によって造られた形骸だった。

「シズマ」

声がした。呻くように、彼女が渇いた舌を必死に動かしていた。慣れ親しんだはずの寒さに、しかし今は頬を赤く染めて。

「ちがう、ちがう」

彼女は弾かれるように、シズマの背から離れた。にわかに駆け出す。手を伸ばした時には、すでにその体は遠く石畳を踏み、虚空の影だけを摑んでいた。剝ぎ取られた無色のベールは、白い風に吹かれていずこかへ消えたのだ。

「ヒユラミール……」

シズマは彼女を追う。近づく程にすり抜けていく未来の影、それを摑む為に。

失われた黄金都市を歩むシズマの通信相に、サンドラの声が響いている。
《この〈太陽の都〉こそ、人類にとって最後の理想郷になるはずだった》
幾重にも築かれた石塀は、幾度となく敵の侵入を防いだのか。敵とはつまり、人間の持つ好奇心、胸の裡に隠された真実を残酷に引きずり出そうという感情。
《再現人類は人工授精によって次々と生まれ落ちた。やがてコミュニティを形成するのに足りる人数まで増えると、外部から別の研究チームが招聘《しょうへい》された。ディエゴ・サントーニが関わったのも、この時期からだ》
彼女を追って、シズマは石段を登り、また下った。人の到来などあり得ないと信じて、自由に咲き誇っていた花々。それらを無残に踏み潰していく。石壁のコケを濡らした雪解け水に触れ、その冷たさを感じ取った。
《再現人類のコミュニティを作るにあたって、様々な専門家が集められた。文化人類学、考古学、宗教学、言語学、心理学、病理学、地質学、建築学。彼らは再現人類に相応しい文化を与えようとした。各地に残るネアンデルタール人の文化の痕跡を寄せ集めて、この地に彼らの文明を生み出そうとした。彼らの発音体系に適応した独自の言語も作られた。古代のアンデスの神を祀る宗教も考えだした。都市の形も整えられた。神にでもなった気分だったのかもしれない。人類がいかに文明を手にするのか、この地で実験が繰り返された》
崩れた家屋に入り、その窓から山の影を覗いた。炊《かし》ぎの跡。焦げた土は蹴られて散った。
《この場所は再現人類の為の都市として、国防高等研究計画局《DARPA》の主導の下、形作られていっ

た。潤沢な研究資金を、学者達は自分好みのブロックの城を作るのに使い込んでいった》

連続性と対称性を持った家屋、高度に織られた都市の縦糸と横糸。路地を曲がる度に、シズマは揺れる彼女の金糸を見つけ、その背を追う。

《多くの研究者は何故、再現人類に文明を与えようとしているのか、誰も理解していなかった。単なる学問上の好奇心を満たす為に、共和制アメリカが遊び場を提供してくれたのだと、そう理解していた》

空の星、都市を照らす松明。それらに照らされて、複雑に絡みあう影が、遠近感を喪失させる。平面に描かれた幻の都市。ジョルジョ・デ・キリコの絵を思い浮かべた。

《しかし国防高等研究計画局《DARPA》の、統合軍の目的は明らかだった。あの自己相の致命的な欠陥、殺意の飽和を、ネアンデルタール人の意識によって回避する為の、壮大な実験だった》

風は清冽な空気を運ぶ。鼻の奥が痛くなるが、それに構うことはない。組み上げられた円塔に月の光が差し、形のない窓から吐瀉《としゃ》物のように影が広がった。

《そもそも、何故ネアンデルタール人は殺意を持たないのか。前にも話したと思うが、それは彼らが他者を想像しない為だ。優れた認知能力によって生まれた社会の中では、他者と自己との境界が極めて曖昧なのだ》

今にも触れられそうな距離にいながら、シズマは彼女の手を取れないでいる。角を曲がれば、そこに淡く輝いていたはずの色は姿を消し、それを追えば陰影だけが残る。

《一方で、脳が複雑化し、外界に対する感覚と意識のリンクが非常に鈍い人類には、未知を想像する為の空隙《くうげき》がある。それこそが意識の生まれる時間だ。ホモ・サピエンスは未知を想像し、そこから不安と猜疑《さいぎ》心を生み、自己の利益を守る為に他者を殺害することができる》

彼女は結局、シズマにとって手の届かない幻影だったのか。自らが追い求めた、人ならざる人という相に彼女を据えた。自らの魂の居場所を、他の何者かに託そうとした。

《不可視の未来は、自身が突如として目の前の誰かを傷つける可能性を孕《はら》んでいる。そしてそれは相手も同じだ。攻撃されるかもしれない、という不安定な未来への想像が、人間の殺意を生む原動力でもあった》

純粋な精神。自己相という軛から離れた、自由な魂。シズマはその偶像としてしか、彼女を見てこなかった。見ることができなかった。

《しかし彼らは、ネアンデルタール人は違った。彼らにとって、世界の運行の全てが自明だった。想像力がないと言うのか、想像力がありすぎると言うべきなのか。彼らは、他者の思考を想像するというプロセスすら欠いていた》

山の端に雲がかかる。淡い灰色と輝ける星の白が入り混じる。月光で縁取られた雲が風に押し流される。天上の表象、一秒たりとて同じ姿はなく。

《僅かな動作、表情だけで相手が何を考えているのか瞬時に判断し、自らもそれに合わせた行動を取る。相手もそれを理解しているが故に、次の行動は決定されている。一秒後に相手が何をするのか解る。それが解れば十秒先、一分先、一時間先、一日先まで、相手が何をし、自分が何をするのか、自然と理解できる。これが彼ら、再現人類の社会だった》

都市の突端にある広場まで来たところで、ようやく彼女の後ろ姿を捉えた。緻密に組み合わされた石塀に手をやり遠くを見ている。ここは都市の基部、石段に囲まれた広場に、外界との境界になる石塀、水路の跡と周囲の畑へと繋がる細い階段が続く。

《予測できない他者はいない。全てが自分達と同一の存在なのだ。いきなり自らを害する敵などいない。一つのコンピュータを想像してくれて良い。部品の一つ一つが決められた仕事だけを行い、決められた反応を返す。部品が突如として自由意志に目覚め、他の部品を攻撃することはないんだ》

眼下には霧と湖、遠く氷河に山の影が浮かんでいる。

《決定論的な社会だ。お互いに無数の自明的行為の積み重ねを理解して動いている。蟻や蜂といった、社会性昆虫のような生き方だった。何故畑を耕すのか、何故服を織っているのか、疑問に思うことなど一切なく、ただ自分達が構成する生物集団というコンピュータを維持する。その為に、全体が規則正しく動いていた》

「ヒユラミール」

シズマは声をかけた。

《その為に、彼らは決して互いに争うことなく、殺意などという感情を持つことも無かった》

「――昔、ここで星を見てた」

後ろ姿のまま、彼女は答えた。思わずシズマが足元を見れば、舗装された地面にレリーフが刻まれていた。十字の絵、その四方に描かれた、月、太陽、人、そして杖を持つ神。

それは南十字星《チャカナ》の紋章だった。

「それだけ、覚えてる」

シズマは顔を上げる。彼女の細い背と金色の髪。風が吹き、雲と霧が散っていく。凍てつく夜には、無数の星々の調べ。高く、高く、悲しい程に穏やかな、十字に輝く星。

南十字星。それは彼女の為の星。

チャカナの星は、古代アンデスの人間の宇宙観そのものだ。それは光と影によって世界の二元性を示すという。人と神、肉体と魂、物質と精神。人と人ならざるもの。難民、ネアンデルタール人、造られたもの。どちらが理想で、どちらが現実か。

南十字星の伝承がシズマに問いかける。しかし、それらも所詮《しょせん》は、どこかの誰かが彼女に与え、創出された伝統だ。

「ヒユラミール、こっちを向いて」

シズマが呼びかける。

振り返った彼女は泣いていた。

彼女は人間だ。人間だった。痛みと悲しみを得た。人間の相に座す、天に煌めく白い星。

「泣かないでくれ」

彼女は決して理解できない他者などではなく、自分と同じ人間だ。機械などではない。自己相であらゆる認知を補助する自分の方が、よほど機械的だ。シズマは自身が得た感傷の正体と、彼女を求めた心性を理解した。

シズマは彼女の元へと歩み寄ると、自身のマントを羽織らせた。

「いや、違う。君は泣いていい」

彼女は何も言わず、シズマの胸に顔を埋めた。

「僕は君に理想を押し付けた」

「シズマ、ここはこわい。いやな気持ちになる」

「君は不安がっている。そんな君を見るのが、僕は怖かったんだ。君はネアンデルタール人の末裔で、僕の探し求めていた山の人という幻の実証だった」

泣き続ける彼女の髪を、シズマは優しく撫でる。手に残る冷たさ、雪の結晶が払われた。星の色をした髪が揺れる。

「だけどそれは、僕の勝手な理想だった。君はただ一人の人間だ。再現された人類だろうが、その血に何が流れていようが、僕にはもう関係ない」

彼女の全ては造られた。身体だけではない。言葉、宗教、記憶。文化の名を借りた意識の色は、昔の大人達によって塗りたくられたものだった。純粋な魂など存在しなかった。

しかし、それでも。シズマは思う。彼女の全てが造り物だとしても、そこに彼女は存在している。その存在こそがシズマの心を満たす。

星の光が届いた。千々に分かたれた雲が、アンデスの空に消えていく。シズマは彼女を抱き留めながら、それでも失われた愛しき者達のことを思い出す。大空に届いた灰。モーリス、サントーニ、そしてフランチェスカ。記憶と記録さえあれば、永遠の不在を埋められるのか。そんなはずはない。こうして抱くことが叶わぬのなら――。

「人は、何の為に生きる」

彼女を強く抱きしめながら、シズマは呟いた。

「それが、この場所に再現人類の生き残りがいないことの答えだ」

背後からサンドラの声が直に届いた。マクラウケニアの駆動音が響き、山羊のように器用に石段を降りてきているのが解った。

「何の為に生きる」

サンドラが鉄馬から降り、コートを風になびかせつつシズマ達の元へと近づいてくる。

「殺意の旗を掲げる我らホモ・サピエンス、未知と想像と不安こそが、生存の理由だった。明日の収穫を知らないからこそ、今日を生きることになる」

「だけどそれは、ネアンデルタール人にとっては違った。誰がどれだけ働いているのか、集団内でそれは自明だったから。未来の動きが全て予測できていた」

「そうだ、彼らにとって明日は既知の再現だった。彼らには生存の積極的な理由はないんだ。ただ運命の従僕として、その日を過ごしているだけだ」

クラウディーナの顔で、サンドラは左目に手をやり、悩むような素振りをみせた。

「多くの学者が彼ら再現人類に文明を与えた後、いくらかして彼らは気づいた。ある学者は、演算し終えたと表現した。そう、もしも、自分の手元に予め結末を知っている本があったら、君はどうするね。本を開いてみるだろうか。文章の一字一句に至るまで、すでに自分の脳内で想像できている。そんな本を読む意味が果たしてあるのだろうか」

「一体何が起こったんです。どうしてこの場所は打ち捨てられ、彼らは姿を消したのですか」

「彼らは、自分達の小集団がいずれ崩壊することを理解した。自分達が何者かによって造られ、自らの生活が無意味であることを悟った」

雲から漏れた月光が、サンドラの顔を巧みに塗り分ける。白と黒、光と影。

「彼らは、ある時、集団で自殺を遂げた」

告げられた事実に、シズマは顔をしかめることもせず。

「それが彼らの文化の終局だった。何故、ネアンデルタール人は優れた知性を持ちながら、独自の文化を残せなかったのか。文化とは未知への想像そのもので、意識と無意識の曖昧な距離の中でのみ浮動する。彼らは文化的に言えば進化しすぎた。人間のように生存理由に悩むことすらなく、研ぎ澄まされたナイフで自らの喉を裂いた。母親は子供の首を絞め、若者は年老いた両親を谷底へ投げ落とした。それが彼らにとっては完成で、自明だった」

自らが自らを殺す。無意識的な生ではなく、意識的な死を選ぶ。

「自らを殺すことは、最も文明的な行いだった。動物的な生存を放棄し、知性あるものとして人間性を示したんだ。かつてのネアンデルタール人が、現生人類に抗うことなく滅びたのと同じように」

「実験は、失敗したんですね」

「残念ながらな。担当者の定期報告によって、全てが終わったことを知った。そうでなくとも、彼らの文明を自己相に活かすことなどできなかった。いかに殺意を持たない人類であろうと、その果てに自殺がプログラムされているのでは使い物にならない」

「彼女は、その生き残り」

シズマは脇で抱いた彼女を引き寄せた。

「生存者がいるとは思っていなかった。その少女は、積極的に自分を殺すには幼すぎたのだろう。おそらく親が谷底へ投げ落とした。そして運良く生き残った」

「しかしすでに帰る場所はなく、彼女は放浪し続けた」

それが、彼女という存在の答え。シズマが追い続けたもの、その全て。

「その少女のデータが統合軍にもたらされた時、私は驚いたよ。そして、すぐにでも保護しなければと思った。君には色々と迷惑をかけた。様々な行き違いだ」

シズマは下を向いた。白い息が吐き出され、横に抱えた彼女の体を離した。一歩、大きく踏み込むとサンドラの胸ぐらを力強く摑んでいた。

「行き違い？」

「そうだ」

シズマの眼が黒く澱む。

「では、貴女は最初から彼女を確保しようとしていた。僕がやったことは、無意味なことだったのか」

「そうではない。君の仕事は重要なものだった。彼女とコミュニケーションを取り、ここまで守り続けた。そして陸軍を排除し、この地に辿り着いた。それは――」

　シズマはサンドラを強く突き放した。

「僕は、多くの人を殺した！」

　よろめき、地面に腰をついたサンドラが、それでも瞳だけは力強く前を見据えている。

「感情に翻弄されるな。准士官」

「何か一つでも、事実を知っていれば、僕はこんな選択をしなかった！　この道に、人々の死体が積み重なることもなかった！」

「それを運命と呼べば、君の気は済むかね。いいや、それこそが未知と可能性の為に他者を殺す、人間の持つ意識の在り方そのものだ」

　さらに詰め寄ろうとしたところで、後ろから来た少女がシズマの服を摑んだ。

「嘆いてはいけない。君の旅は、人類を救済する為の苦難の巡礼だった」

「何を――」

　その時、シズマの耳に届く音があった。灰色に彩られた夜の彼方からそれは現れる。

同軸反転《コアクシアル》ローターの音。シズマが振り返ると、そこには星を覆い、空を駆る黒い影。構えられた空対地ミサイルが、猛禽の爪のようにこちらを向く。

　一瞬の光の後に、音が轟いた。

獣の牙が背を引き裂いたような衝撃、隣に倒れ込んだ彼女、マントがはためく、小石と砂埃が何度も打ち付けてくる。爆音が頭上で響き、都市の一部が吹き飛んだ。

「走って！」

少女の声に、シズマはようやく自分達が攻撃を受けていることに気づいた。

コンドル《ヴァルチャー》の爪は依然、こちらを向いている。次弾の狙いをつけ、黒い攻撃ヘリは星空を背に迫ってくる。シズマは倒れ込んだサンドラを立たせ、彼女とともに都市の外壁へと下がる。

「陸軍の後続、いや……」

続けざまに二発、さらにロケット弾が放たれた。地形を破壊するフレシェット弾頭。土は激しく抉れ、石塀が崩れていく。体勢を低くし、石壁を伝うように駆けていく。ヘリが近づけば近づくほど、状況は悪くなる。シズマは階段を登り、家屋の集まる区画へと向かう。

その時、ふいにシズマの自己相が反応した。通信相へのコール。この状況で自分に声をかけてくる者など、ただの一人しかいない。

《聞こえるか、聞こえてるだろう》

シズマは振り返る。黒い機体の操縦席で、一人の男がこちらを見ている。どれほどに離れていようと、いかに月光をまとおうと、その眼に灯った憎しみの光だけはシズマに届く。

《さぁ、すぐにそっちへ行くぜ》

心臓を貫くほどに鋭く、研ぎ澄まされた殺意の棘《とげ》。

統合軍でもなく、陸軍でもなく。

デレク・グッドマンがシズマを殺しに来る。

7.

ヴァルチャーの絶え間ない攻撃に〈太陽の都〉は崩れ去る。人々の手によって精緻に組み上げられた、偽りの古代都市。その無残な遺骸がフィッツロイの山嶺に晒される。

幾度目かの砲撃、シズマ達は狭い路地と路地を渡りながら攻撃を回避していく。無誘導弾であればこそ命を繋げるが、その命中精度の代償として得た、兵器としての制圧力には抗う術がない。陸軍の攻撃ヘリは山岳地帯での戦闘に特化し、有無を言わせず大地を壊していく。

《どうだ、シズマ！　まだ生きてるか！》

デレクの声が通信相に響く。逡巡のなか、シズマは一つの事実に思い至った。サンドラの権限をもってしても、未だ攻撃ヘリの機能相が掌握できていない。

「デレク、君はまさか軍を──」

《転職の鮮やかさも、エリートビジネスマンの条件なんでね》

それは何よりも純粋な復讐の意志だった。模倣された殺意などではなく、デレク・グッドマンという男の感情。

「シズマ、上」と少女の声が。

黒い猛禽が頭上を鋭く飛んだ。機体が旋回し、シズマ達を狙って対地ロケットの発射ポッドが煙を吐く。

「跳べ！」

三者が一様に跳躍し、空中から迫るロケット弾から身を隠す。衝撃波の後、家屋が爆散し、石が飛び散った。空中から、的確にシズマ達を追い立てる。

シズマは横を見る。舞踏会の喧騒を楽しむようにサンドラが薄く目を瞑っていた。

「准将、この〈太陽の都〉を守るためのドローンがまだ残っているんじゃありませんか」

「おそらくはあるだろうが、どうするつもりだ」

「僕に操作の指揮権を譲ってください。あのヘリを落とします」

シズマの決意を秘めた眼差しに、サンドラは余計な言葉も加えず、その手に触れた。自己相を通じて、統合軍の管理するドローンの指揮権が一時的にシズマに移譲される。

「そうか、君は、友人を殺そうというのだな。生き残る為に他者を殺し、自らの生存を獲得する。素晴らしい！　実に人間らしい行いだ」

シズマは自己相の裏で、この地に展開している制圧用ドローン《メタギュンデス》の操作を行う。路地の物陰から、井戸の底から、たちまち銀色の球体が転がり出る。

「僕は、自分の罪を清算するだけですよ」

その言葉を残して、シズマは走った。路地から飛び出したシズマを追って、ミサイルが迫る。家屋の陰に飛び込んだシズマに代わって、背後のメタギュンデスが炎を吐いて爆散する。

駆ければ駆けるほどに、周囲で炎の柱が昇り、夜の闇を照らしていく。

「ヒュラミール！　准将を連れて隠れていろ！」

路地を挟んで彼女が頷いた。炎のカーテンが風に巻かれて、二人の距離を分かつ。不安に思うこともないようだ。彼女はシズマが何をしようとしているか理解している。

都市の上空を旋回しながら砲撃を繰り返すヘリが、再びシズマの頭上を掠めていく。今度は機首下のガトリングが唸り、銃弾が壁を削り取っていく。シズマは追い立てられるように跳び、その後で群れとなったメタギュンデスが炎を上げる。

黄金の都市が燃えていく。

栄華などあろうはずもない、実体を持たない虚ろな都市が焼け落ちていく。火柱、火の海。地獄の風景。砂が溶け、石が赤熱する。木枠は煤と化し、全てが灰燼《かいじん》と変わっていく。

シズマが路地から進み出て、大通りに身を晒した。

《ようやく出てきたな》

通信相の声。その殺意を運ぶように、空に響くローターの音。前方からヴァルチャーが迫り来る。ターレットが回り、機銃がシズマの体を捉える。銃弾が目の前の地面を抉っていく。

刹那、シズマは知覚信号を弾いた。

途端に大通りの左右で無数の爆炎が上がった。メタギュンデスが自爆し、腹の中に詰め込んだゲル化ガソリンと爆薬が巨大な炎の渦を作る。

攻撃ヘリの軌道が揺らぐ。大きく仰《の》け反り、シズマを殺すはずの機銃の弾道は、肩と額の一部を裂くだけに留まった。

周囲の燃焼により、急速に失われていく酸素。シズマの視界がぼやける。ヘリを追い落とした猛烈な上昇気流。無数のメタギュンデスが生んだ炎の柱が、風に巻かれ、巨大な火の渦となって空を焦がす。

頭上を通り過ぎたヘリが揺れ、バランスを欠く。きりもみ状態のまま、都市の端にある黄銅色の尖塔に近づくと、その後部ローターが崩れた瓦を次々と巻き上げていく。鉄の軋む、嫌な音を響かせてヘリが滑るように地上に落ちていく。

やがて、そこで巨大な爆音と炎の影が浮かんだ。

「准士官、よくやった」

思わず膝をついたシズマの体を、サンドラが引き起こす。駆け寄ってきた少女もその肩に手を添えた。

「いいえ、まだ」

シズマは大通りの先、紅蓮に揺れる構造物群を見つめる。

《ああ、まだ終わっちゃいない》

炎の壁の向こうから、断続的に火花が散る。ハンドガンが、自己相の補正なしに乱射される。獣が駆け寄るような銃撃音。縫い付けるような弾幕に、風化した石が脆く割れていく。

「俺は、お前を許さない」

じ、じ、と、蜂鳥の羽ばたく音が聞こえ、炎の壁が左右に薙ぎ払われた。そこを越えてくるデレク。その左腕は大きく翻り、焼けた軍服の袖から伸びた粒子義手が炎をまとっていた。

「お前はモーリスを、サントーニ先生を、そしてフランを殺した」

デレクの憎しみに満ちた瞳が、シズマを捉える。殺意の稜線が炎に照らされる。何も言うまい。もはやいかなる言葉も、意味を成さない。

「そうしてお前は自分の好きなことだけをやって、自分の道だけを勝手に歩いて行く。その後に残される何もかもを知らん顔で」

デレクの放った銃弾が、シズマの頬を掠めた。

「准士官、ここは危険だ。離れるぞ」

サンドラがシズマを促して路地へ入ろうとする。後方から炎の渦が迫る。

彼方よりデレクの銃口が向く。しかし、そこに此岸《しがん》より銃弾が飛ぶ。

「逃がすか！」

「走れ！」

ハンドガンを構えたサンドラが、正確にデレクの胸を狙う。先の一発は展開した粒子義手によって阻まれた。

シズマを支える少女と、サンドラが横の路地へと下がる。炎の輪より外れ、ようやくシズマの意識が鮮明になる。背後からは新たに爆炎が上がり、周囲の空気が歪んだ。肺の中の空気まで焼き尽くさんとする爆轟の衝撃。道はすでに火に包まれた。背後を灼熱の壁で塞ぎ、シズマ達は炎の回廊を進みゆく。

アンデスの夜空を照らす赤い色。炎は空に昇るが、それでも辺りに煙が充満する。焼けた花崗岩でブーツを焦がしながら、腕で口を覆って静かに進む。炙られ続けた頬に汗が浮かぶ。落ちた雫が石に当たって蒸発した。

「見てみろよ、シズマ」

慄然すべき声。振り返れば、デレクが粒子義手を振り回して炎を掻き分けている。悪鬼の如き面貌。炎に照らされた瞳に殺意の色。

「これが幻肢だ。痛みも熱さも感じない。お前が与えてくれたものだぜ」

退路なき炎の道、握り込まれた拳銃がシズマ達を捉える。銃火は炎の中でさえ映えて。その刹那、翻る漆黒。

少女が咄嗟に放り投げたマントが舞い、広がった布を銃弾が穿つ。星座の如き光の粒。その間にシズマは跳び退き、彼女は横の石壁を蹴ってデレクへと迫る。

「やらせるか！」

中空からのナイフによる襲撃。彼女の常人には捉えきれぬ斬撃を、デレクは無意識下で制御された粒子義手で防いでいる。襲い来る空気の束に対しては、彼女の攻撃も有効手はない。白い腿が張る。一撃斬りつけては石を踏み込み、天に地に、四方八方から肉体を裂こうと迫るナイフ。背に腹に、足に頸に、焔《ほのお》ゆらめく白刃の群れ。しかしいずれも通ることなく、羽虫を払うように幻肢はうねり、そのことごとくを捌ききる。

「いい加減に、邪魔だな、ガキがッ！」

一撃の為に距離を取って、瓦礫に着地した彼女に、デレクは殺気を向けた。膨張した粒子義手が手近な石壁を貫く。まるで湖面に触れるように、赤熱する小石を掬い上げると、それを人間の反応を超越した速さで放り投げる。

火をまとった礫が、跳び退こうとした彼女の体を突き刺していく。いかに身を庇おうと、いずれかが切り裂き、いずれかが皮膚を焼く。

「ヒュラミール！」

転がり落ちた彼女を救おうとシズマが駆ける。それを見て追撃の手を緩めたデレクが、勿《もっ》体《たい》をつけて銃を突き出す。鎌首をもたげた蛇のように、チロチロと銃身を左右に振る。

「ガキにだけ戦わせ、お前は高みの見物か？　本当に臆病で卑怯な野郎だ」

「なんとでも言え」

傷ついた体を引き起こし、彼女が再びナイフを握り直す。切っ先に込めた感情。しかしシズマは、それを左手で制した。震える右手は拳銃を構え、デレクへと向ける。

「おいおい、散々見てきただろうが。拳銃の弾程度じゃ凝固した粒子は撃ち抜けない。俺はお前が俺を殺そうと思った瞬間にすら、この左腕でお前らの首を掻き切れるぜ」

ジリジリと粒子義手が大気を震わせる。火に炙られた細かな粒子が黒い煤になって、禍々《まがまが》しくデレクの左半身を覆っていく。それは視覚化された殺意でもある。

シズマは荒く息をつく彼女を背に庇い、引き金に指をかける。

火の閃き、凶刃の冴え、遥か。幻肢の手刀が寸断無くシズマの喉元を狙う。

「後ろだよ」

デレクが驚愕の表情を浮かべるより早く、その視界に燃える鉄馬が現れた。

シズマが遠隔で操作していたマクラウケニアが、炎をまとってデレクに突撃する。速さも貫通力もない。ただひたすらの質量が、鉄の蹄で何度もデレクの体を踏みつける。

「お前ッ――」

体の上で暴れる奔馬に対し、デレクは拳銃を構えることもできず、粒子義手で長い頸部を何度も振り払う。

ギッと、デレクが奥歯を擦った嫌な音がシズマの耳に届く。

「走るぞ、ヒユラミール」

シズマは彼女を連れて、炎の回廊を抜ける。

「准士官、この先は広場だ。煙に巻かれることもない」

炎の道を背に、先行するサンドラが声をかける。

「そこで、決着をつけます」

やがてシズマ達が辿り着いたのは花崗岩の敷き詰められた広場と、天蓋を大きく欠いた古い神殿だった。杖を持つ神の意匠が、崩れ果てた表の壁に刻まれている。立ち昇る炎と、辺りを囲む赤い風。いつの間にか降っていた雪は、大地につくより先に溶けていく。

「かつてはここで、祈りが捧げられていた」

サンドラがそれだけ呟いた。

しかし今や祈るべき神はいない。傷だらけで息をつく少女の、その小さな手に握られたナイフだけが信仰を残している。殺意に抗うための、古の人々の祈り。

ふとシズマの震える右手に、彼女の小さな手が添えられた。僅かに感じた熱さけ、その腕から流れ出る血潮だった。すでに彼女の体には多くの傷が刻まれている。悲壮な優しさに対し、シズマは彼女の肩を強く押した。

「准将、彼女を頼みます」

「解った。神殿の方に行かせて貰う」

彼女の青い瞳が不安に揺れた。一歩でも離れたくないのか、彼女の体が強張る。サンドラに手を引かれるも、それから逃れ、彼女はシズマの傍に駆け寄った。

「これ」

彼女がシズマの右手に、神の姿を写したナイフを握らせた。

「ミ・カクラ、一緒に」

シズマは短刀を掲げると、彼女に向かって微笑んだ。それを受け取った彼女も、不器用に笑顔めいたものを作る。一瞬の穏やかさ。それを引き剝がすように、サンドラが彼女の体を引く。

「彼が来る。デレクが、僕を殺しに来る」

しかし、恐怖はない。

それは、彼女が生きていてくれるから。ただそれだけがシズマの心を定めた。サンドラと彼女が遠ざかっていく。やがて神殿の陰に隠れ、後にはシズマだけが残された。

「覚悟は決まったようだな、シズマ」

背にかかる熱気に、シズマは振り返る。粒子義手が黒い煙を掻いて、デレクが姿を現す。右手には捻《ねじ》り切られたマクラウケニアの首が握られている。

「どうして、こうなっちまったんだろうな」

デレクが機械馬の首を投げ捨て、憐れむような視線を送る。

「僕は、君に謝らなくちゃいけないな」

「多すぎるぜ。一晩あっても足りない」

デレクが銃を構える。シズマもまた。

二人の間を流れるのは火の粉と煙と、決して地面に辿り着かぬ雪。

「俺は」

デレクが、一歩ずつシズマの方へと歩いてくる。シズマもまた歩く。辺りで火が爆ぜる。ギターの弦を掻き鳴らすように、絶えず、いつまでも。お互いがお互いに向かって歩く。強く、焼けた石を踏み砕いて。

「お前を殺しに来た！」

デレクが拳銃を向ける。

「シズマ・サイモンッ！」

シズマもまた、拳銃を前へ。

駆け出した二人の影が、広場の中央で炎に照らされ交差する。互いに握り締めた拳銃は、互いの眉間を狙ったままで。

錚然《そうぜん》と金属の重なる音が聞こえた。

引き抜いた拳銃を、相手の喉元、あるいは眉間に突き立てる。零より近い間合い。

「この時をずっと待っていたぜ、シズマ」

「僕もだ、デレク」

お互いの顔と心臓に言わせるように、拳銃が移動していく。どこを撃ち抜いたって、それだけで決着はつく。

「だが、俺は撃たない！」

デレクが拳銃を投げ捨てた。同じくシズマも拳銃を放る。

金属が石を打つ乾いた音が、ただ二つ。

「俺はお前とのリンクをまだ切っちゃいない。俺の自己相は、お前を殺すことを選ばない！」

「僕もそうだ。僕も君とのリンクを切っていない。だから――」

シズマが瞬息の間合いで腕を振る。格闘戦のモジュールの通りに。デレクはそれを受ける、同じくモジュールの基本の形。

「そうだ、それでいい。自己相なんかで決めるんじゃない。自分で選び取って、俺と戦って、そして存分に死ね！」

シズマの蹴り、肺を傷つける熱気と煙の中でなお、確実にデレクの頸椎を狙う。防ぐデレクの左腕は、瞬時に凝固し質量の盾となる。体勢を崩したシズマの足を脇で取り、デレクは右の拳で胸を打つ。それを防いだシズマの腕は衝撃に耐え切れず、大きく骨を軋ませた。不利と見るや、シズマは後ろに倒れる体を捻って、ブーツの先端をデレクの喉元に掠める。デレクもまた体を後方へ反らした。

一瞬の膠着《こうちゃく》、お互いに一歩引き、体勢を整える。

「デレク、君は君のままだ」

「そうだ、俺は何も変わらない」

シズマは話しながら、用意した紙に片手でコードを書きつけている。同様にデレクも粒子義手を展開し、その制動を確かめた。

デレクが左腕を掲げた。粒子義手が唸る。

閃き、デレクの拳が遠間から飛んできた。シズマは咄嗟に身を捻り、それを回避する。焼ける石畳の上に転がったシズマが、そのままの勢いで距離を取り、手にした紙を飲み込んだ。文化代相。一瞬でエミュレートされた感覚が全身を貫く。

人間の認知速度、〇・三秒、そして身体に刻む反応。その間隙を量子信号によって限りなくゼロへと近づける。視覚は見たという事実と一体化し、聴覚は聞いたという事実と一体化する。そこに一切のラグは入り込まない。

「シズマァッ!」

デレクが踏み込んだ。溶けた雪が空中に散る。軌跡が見える。澄んだ輝きは炎を反射し、その煌めきの中で粒子義手が残像を作る。しゃがむシズマに向かっての打ち下ろし、重心を下げ、いなす。デレクもまた、幻肢を使いこなしている。音速に匹敵する反応速度は、人間の知覚を超えて。

谷を吹き抜ける強い風に、火の粉が舞い飛ぶ。

デレクの踏み込み、ただ一歩で距離を詰める。亜音速の手刀、人間の認知の限界、頸動脈を狙う一矢は防御したシズマの腕の腱を切り裂くに留まる。スキップ、スキップ。量子信号の限界まで、シズマは己の認知を引き延ばす。すでに体感時間は常人の数倍。振り上げた右の拳に粒子義手が硬化する、まやかし、引き、左手がデレクの右頬を捉える。

防御に上げたデレクの右腕に僅かに触れた。その瞬間、シズマは左手で知覚信号を描く。接触に伴う自己相への介入、デレクの聴覚の認知速度を僅かに奪う。歪められた聴覚が、左右の耳で異なる音を届ける。ほんのコンマ数秒の認知のずれを与えた。同時に聞こえるはずの音は、不自然に重なり増幅され、デレクの頭を鳴らし始める。

「クソがッ！」

シズマが追撃を放つより先に、デレクは粒子義手で己の左耳を打つ。衝撃によって自ら鼓膜を破り、強制的に聴覚を一元化させた。

その隙を見逃すことなく、シズマが瓦礫を掃いて一歩、膝裏を狙ったローキック。痛みを捧げる、代わりに、デレクの神速の拳が顎を狙う。寸毫《すんごう》の間、頭を反らす、切り裂かれた皮膚からは鮮血。飛び散った血が、空を舞う水滴と混じって蒸発する。

「まだだ！」

膝をついた体勢から、デレクが手刀を振る。下がったシズマ、その隙に自己相の認知野を修復し、再暗号化を図るデレク。ミリ秒の攻防。視覚も聴覚も、すでに置き去りにした。尖りに尖った意識の針を、互いの経絡《けいらく》に打ち込んでいくが如く。

シズマが新たに代相を飲み込む。脳にひしめく数十人分の可塑神経網が、ここで一致をみせ、身体のあらゆる制動を間断なく執り行う。姿なき量子信号の連なりは、細く鋭く、研ぎ澄まされた意識の冴え。

可塑神経網が激しく発火する。第三脳室に築かれた意識の城が、今まさに焼け落ちようとしている。あらゆる感覚が麻痺している。シズマの体は、まもなく人としての領分を越え、機械とも自然物ともつかぬ何かに変わり果てる。

視界が白く覆われ始めていく。それは炎の煌めきか、光しか感じ取れぬ境地へ至った為か。打ち込む拳、その閃耀《せんよう》、灼《あらた》に。シズマとデレク、二人の影が赤い炎と黒い夜の上で交差する。視線の先、何をどう動かし、どうしたいのか。未来のビジョンが、互いの自己相の上に重なりあう。

既視の世界を、なぞり続けて今や幾合。

返す拳、引く拳。

デレクが幻肢を振る。粒子義手がうねる。シズマはそれを受け止める。自身の腕が粒子に巻き込まれるのも構わず、力強く打ち込んだ拳は、デレクの頬を殴り抜ける。

バンバン、と空気が断続的に割られていく感覚。

伸びきった意識の向こう側から、粒子義手の拳がシズマに迫る。振り回したブロック片をぶつけられる程の衝撃で、右の頬に打ちつけられた力の塊。

二人の男が、ここで静止した。

中空に固着していたかのように見えた火の粉が、また風に乗って辺りに舞っていく。

「ああ、なんだよ」

血塗れのデレクが笑い声を漏らした。

「こんなことになるなら、もっと早くお前と殴りあっておけば良かった」

「同感だな」

右目から血を流しながら、シズマも微笑んで応じる。

「フランを取り合っての決闘だ。一回くらいやっときゃ良かった」

「僕が勝つよ」

「馬鹿言え、俺が勝つ」

笑いあった。ただ笑いあった。何もかもを忘れて、また一緒に笑いあえると、この瞬間に確かに感じた。

ここでデレクが腰を落とし、粒子義手を引いた。

シズマも構え直し、右手を背後に添える。

とうに自己相は焼け落ちていた。人間の肉体が耐えきれない速度で、何度も思考と反応を繰り返した。なればこそ、だからこそ。次の一撃で勝負は決まるだろう。

二人とも、それを理解していた。

シズマの脳裏で激しく発火する可塑神経網が、次々とビジョンを重ねては消していく。目の前の友が取るべき全ての動きを演算し、生き残る為に最適な行動を選択する。ミリ秒先、マイクロ秒先、今そこにある世界から、一つずつ未来の破片を集めていく。認知の炎が、細切れになった未来を見せつけてくる。

ありとあらゆる未来の光景が、シズマの意識の果てで浮かんでは消えていく。未知はない。全てが見えてきた。すでにある今に向かい、後はただ肉体を運んでいくだけ。

赤く、赤く、歪んだ黄金郷で。

意識は今、現実を遥か先行した。

――ならば、この結末は。

二人が全く同時に動いた。

全てが必然であるなら、この先にある全ての行為は無意味ではないのか。なんの意味がある。いっそ命を絶ってしまえば、その未来から逃れられるだろうか。

デレクの粒子義手が、シズマの拳が、お互いに向かって真っ直ぐに迫る。

今、シズマが見ている景色を、おそらくはデレクも見ている。その結末を理解している。

しかしそれでも、二人は拳を止めることはない。

己を殺すことなどできない。重く圧しかかった未知が、二人を操っている。たとえ全ての未来を知ろうとも、人はその先へと進むだろう。未知であるからこそ、人は想像する、人は殺す、人は生きる。

人間だ。

それが——人間だ。

——

空は黎明。眠りこけるフランチェスカを車内に残して、二人して焚き火の前に座っていた。まるで薄いコーヒーで体を温める。

「なぁ、シズマ。お前、フランのこと好きか？」

「まぁ、お前よりは」

「じゃあ、お前はエイリアンだ」

どこかで寂しげにコヨーテが吠えた。

「俺がこの世界で一番にフランを愛してる。だからお前は、俺とは別の世界の住人だ」

「言ってろ」

鼻で笑ってから、シズマは夜空を眺めた。暁に向かう空は、すでに星の影を隠し始めている。だがそれでも、僅かに残った光が瞬いた。

「真面目な話でもしとくか。二度としないから聞いとけよ」

笑おうとしたシズマが、真剣な表情で向き合うデレクの姿を見て、開きかけた口を閉ざす。

「俺達ももう卒業だ。だからさっさとフランに告白しとけ。俺もいつまでもこんな中途半端な関係を続けるつもりはない。お前がフランと付き合うのなら、俺はそれを応援するぜ」

「デレク、僕はな――」

「三人でいるのが楽しいんだろ。いつまでも三人で馬鹿していたい。そりゃあ俺もそうだ。だがよ、俺に遠慮するな。フランにもだ。お前はお前の感情を大事にしろよ」

何か言おうとして、それでもシズマは何も言えず、やがて開いたままの口を真横に結んだ。溜息が一つ。

「ああ、楽しかったなぁ」

デレクが惚けたように空を眺めている。

自己相に流れる音楽が切り替わる。アーカイブからランダムで拾い上げられる、どこかの誰かが作曲した、英雄にまつわる楽劇の一曲だった。

「この旅ももう終わりだ。さぁ、帰ろうぜ、シズマ」

手を振りながら車の方へ向かうデレク。ふとシズマが空を見上げれば、あれだけあった星々が姿を消しつつあった。オレンジ色の光の輪郭が、群青の雲に広がってきた。

焚き火が爆ぜる。火の粉が飛ぶ。

遠く東方より、太陽が昇り始めていた。


―

それは自己相の見せた幻か、それとも人間という存在そのものの不具合か。

粒子義手が閃いた。貫手《ぬきて》がシズマの胸を捉える。皮膚を裂き、肉を抉る。空気の束が血を巻き上げ、赤く染まっていく。尖った指先が、シズマの胸を破っていく。ただ一指、あと数ミリで心臓の冠動脈に触れる距離で、デレクの幻肢が止まった。

デレクの胸に深々とナイフが突き刺さっている。

鈍く光る刀身を伝い、血が垂れ落ちた。

「これで……終わりかよ」

シズマがナイフを引き抜くと、デレクの胸から血が溢れた。同じように粒子義手が崩れ、シズマの傷口からも血が噴き出した。

「ああ、終わりだ」

デレクはその場に崩れ落ち、仰向けに体を横たえた。石の上に血糊が染みこんでいく。

「そうか……」

シズマは自分の胸を押さえつつ、友人の脇に膝をついた。デレクの体に火の粉がかかる。

「なぁ、おい、シズマ」

「なんだ」

「煙草、くれよ……。ズボンのポケットに入ってる」

傷を負ったまま、それでもシズマは煙草を取り出した。自分で咥えて火を点けると、それをデレクの口元に差し出す。

煙が血と共に吐き出される。

強い風が吹き、煙と雲が一瞬だけ晴れた。フィッツロイの峰に清浄な夜が現れる。

「ああ、星が見える……」
ジ、と小さく煙草の火が燃える。
デレクが粒子義手で口元の煙草を支えようとする。

「また、いつか見たいもんだ」

灰が落ちた。

シズマは吸い殻を親友の口から離すと、一緒に取り出していた携帯灰皿へとしまいこんだ。

「そうだな」

炎が再び巻き上がる。最後の残照が、周囲を熱く包み込む。

広がる赤い海。胸に添えられていた粒子義手が溶け、無数の粒子が辺りに広がる。風に乗って、それは雪のように飛んでいく。

シズマは立ち上がり、再び歩き始める。

〈太陽の都〉は炎に沈む。

どこかで光る星を、もう共に見ることはない。

8.

　そこにあるのは静寂だった。
　シズマが、サンドラと少女が消えた神殿に入った時、その事実にすぐに気づいた。
　二人の姿はない。崩れた柱、壊された神の像。残されたのはただ、祭壇らしきものの下から伸びる、この遺跡にはそぐわない鉄の螺旋階段。
《准士官、君は勝利したようだな》
　シズマの通信相に、サンドラからの声が届く。
《それでは最後の儀式としよう。その階段を降りてきたまえ》
　声に従い、シズマは螺旋階段を下っていく。
　長く暗い、迷いの道。階段は広い空間に向かって下に伸びる。足元以外は全て闇に沈む。仄かに光るのは松明ではなく、一段ごとに設置された緑色灯だった。
《時に、君はネアンデルタール人の語源を知っているかな》
　シズマが硬い階段を降りる度に、高い音が響く。服を伝って冷たい血が落ちていく。
《一八五六年、ドイツのネアンデルタールという渓谷で人体の骨が見つかった。研究の過程で、それは古代の人類のものであるとされ、ネアンデルタール人と名付けられた》
　膝に力を入れると、腿から溢れた血で靴が滑る。階段を降りていくのが辛かった。
《そのネアンデルタールという名は、十七世紀に、その谷で礼拝を行っていたヨアヒム・ネ

アンダーという聖職者に由来する》
　螺旋階段を下り終えると、その先に広い通路がある。左右で支える太いコンクリート製の柱が、等間隔で連続している。天井はあまりに遠く、小さな電灯が星のように煌めいている。
《ネアンダーとはギリシャ語での名乗りで、ドイツ語のノイマンを訳したものだ》
　通路には雪解け水が溜まり、足元から冷気を運ぶ。人の往来も絶えて久しいのか、コケ類がそこかしこで繁茂している。
《ノイマン。意味は新しい人、だ》
　高い天井を支える柱に挟まれ、いくつものガラス瓶が並んでいた。中に詰め込まれたのは枯れた高山植物、あるいはアンデスに棲む動物のミイラ。それは、この〈太陽の都〉を造る時に使われたサンプルだったのだろう。
《ネアンデルタールとは、つまりその始まりから新たな人類であることを示していた》
　その先に短い階段があった。それは古代遺跡の祭壇に、悪趣味な程に酷似している。
《今、我々はその新しい人《ネアンデルタール》によって救われる》
　その声は壇の向こうから響いてきた。
「待っていたよ、シズマ・サイモン」
　暗い祭壇の前で、サンドラが立っている。黒い軍服に包まれたクラウディーナの体。それが司祭のように、明滅する僅かな光の中で佇んでいる。
「最初の再現人類はこの施設で生まれたんだ」

祭壇の横に並ぶコンソール類を背に、サンドラが手を掲げる。その姿は、あの杖を持つ神《スタッフゴッド》にも見えた。

「准将、ヒュラミールは」

「ここにいるよ。眠ってもらっているがね」

サンドラが体をよけると、鉄製のベッドの上に彼女が横たわっていた。

シズマが思わず駆け寄ろうとすると、サンドラは懐から拳銃を引き抜いた。

「――どうしてですか」

「解るだろう。〈私〉は彼女を使い自己相の欠陥を補う」

シズマは理解している。

今、この場で統合軍の目指した全てが成就しようとしている。自己相社会の崩壊を防ぐ術がそこにある。

「保存された精子から新しく再現人類を作り、計画を一から始めることは、確かにできる。しかし、それでは駄目なんだ。必要なのはネアンデルタール人としての意識。意識は文明から生まれる。新たに始めたとして、社会的コミュニティを形成するまで、一体どれだけ時間がかかる。それまでに人類が先に破滅的な戦争を引き起こすかもしれない」

慈母の表情で、サンドラは安らかに眠る彼女の頬を撫でた。

「それ故に、この少女が生き残っていたのを知った時、〈私〉は狂喜した。再びあの計画を進めることができる。人類を殺意の輪から解放することができる」

「しかし、その先にあるのは自ら命を絶つ未来だ。たとえ人類から殺意をなくそうとも、やがて自由意志の中で、人は自らを殺す」

「〈私〉はそれで良いと思っている」

サンドラの答えに、シズマは眉をひそめる。

「それは正当な進化の形だ。真に文明的でもある。人は自らの全ての未来を知ることができ、その中で死ぬ。夢のようなものだ。一人の人間が、自分の身にこれから起こる全てのことを知った時、それは人生で味わう全ての経験と等価だ」

「その夢はただの傲慢だ。貴女が見たいだけの」

シズマは一歩進んだ。彼女へ近づこうとする。銃弾が足元を掠めた。銃声が空間に反響し、何度も跳ね返ってくる。

「そうだよ。〈私〉は学者だ。〈私〉は、自分が見たいだけのものに、どんな犠牲を払ったって良い。それは君も同じことだろう？」

さらに一歩。サンドラの放った銃弾は、弄ぶようにシズマの体を傷つけるだけ。

「シズマ・サイモン。〈私〉は君にロマンを込めた。かつてサンドラ・ハーゲンベックという存在が、再現人類という未知の可能性に気づいた時に感じた衝動を、若い頃の情熱を君に託した。それは君が羨ましかったからだ。憧れでもあった」

「そんなこと——」

「君は〈私〉の過去だ。だから〈私〉は君に、その少女を託しもした。〈私〉では手に入れられない答えをもたらしてくれることを期待した」

サンドラはシズマにロマンを託した。それはシズマが少女に対して抱いたものと何も変わらない。自分勝手な願いだった。自分が失ったものを他者が持っている。それを求めるのは、隠し得ぬ人間の性質だとでもいうように。

「もしも君が選択を違えれば、この結末は訪れなかったはずだ。だがやはり君は〈私〉と同じだった。〈私〉の見ようとしたものを君も見ようとし、したいことを君もした。〈私〉は〈私〉のことを知る。そこに未知はなかった」

クラウディーナの顔が微笑んだ。

それは絶望だったのだろうか。シズマの歩みが、計画の遂行を決意させたというのなら。

「後はただ、この少女の意識を自己相に反映させるだけだ。それだけで人類は救われる。飽くなき闘争の時代も終わりを告げる」

「それで彼女はどうなるんです」

「どうもこうもない。単なる機械だ。自己相を持つ者の為にこの祭壇で眠り続ける。彼女が我々の新しい〈正しい人〉になるのだ」

「僕は――」

シズマが踏み込んだ。背後に手を伸ばし、隠し持っていたものを掴む。

「それを許さない」

咄嗟のことにサンドラの反応が遅れた。確実にシズマの額を貫くはずだった銃弾は、シズマが投げた銀色の球体に弾かれた。

　メタギュンデス。

　サンドラがその存在に気づいた瞬間、辺りにゲル化ガソリンが撒き散らされた。サンドラの体にも、ベッドに横たわる彼女の体にも。周囲の全てを焼き尽くすのに十分な量が。

「シズマ、君は！」

　地上での戦闘の際、シズマはドローンを一機だけ残していた。自己相に紐付けし、自身の管理下に置いていた。

「彼女を返してくれ。僕が知覚信号を送れば、即座に炎が上がる。そうなれば、貴女にとって大切な彼女の脳だって灰に変わる」

「随分と用心深い男だな。君は――」

　サンドラの銃口が揺れる。撃つことなどできない。その小さな火花ですら、身を焼くことになるだろう。

　シズマは祭壇へと駆け上り、サンドラの横を通り、ベッドの上の彼女の体を抱きかかえた。

「君は、彼女すら自分の為に人質に使った！　ああ、なんてことだ！　あれほどに守ろうとしていた存在すら」

「僕は、彼女にだけは特別でいて貰いたいんですよ。傲慢な願いかな」

　突如として、サンドラが笑い出した。大きな笑い声が、辺りに反響し続ける。巨大な祭壇の空白に、ただ哄笑が満ちていく。

「狂ってる！　君は、自分のロマンの為なら、なんだって犠牲にできる！　黄金郷も、愛すべき全ての者達も、君の探究心の前では、塵芥のように価値を失う！　君は、本当に何をするか解らない男だ！」

満面の笑みでもって、心の底からの喜びを示してサンドラはシズマを見つめる。

「そうですね、僕は日本人ですから」

シズマは彼女を両手で抱きつつ、サンドラに背を向ける。

「ああ、君は最後に〈私〉に未知を提示した」

ふと、サンドラが指を弾いた。その時、天井の方で爆音が響く。

炎、炎、全てを飲み込む炎が祭壇の周囲を覆っていく。それはサンドラ自身が仕掛けていた、最後のプログラムでもあった。

「准将、僕は彼女と行きます」

「いいだろう、その少女を連れていけ。この世に存分に未知を残せ」

天井から床まで、炎が滑るように祭壇の周囲を舐めていく。施設を支える梁の一部が崩れていく。ここはやがて全て消え去る。

「想像することは、殺意の淵源だ。それが為に人は相争う」

シズマの背に、サンドラの言葉が投げかけられる。それでも構うことなく、シズマは彼女の体を抱いて駆け出した。

「人は見たいもののみを見て、聞きたいもののみを聞く。しかし、どこかで未知を求めている。存分に物語れ、意識の空隙に殺意も何もかも刻み込め」

サンドラの笑い声が、構造物の崩れゆく音に紛れる。爆炎が続けて巻き起こる。空気が振動し、周囲を赤く染め上げていく。

「君がこれからどのような選択をするのか、それを見守ろう。〈私〉はどこにでもいる」

地上へ向かう階段に足をかけた時、シズマは僅かに背後を振り返った。

深紅のタペストリーの中で、クラウディーナの顔が笑う。サンドラが笑う。柱が折れ、梁は落ちる。ガラス瓶が次々と割れ、アンデスの生物圏が全て焼け焦げていく。人の手によって織り上げられた意識の間で、それが全て灰燼に変わるまで、サンドラは笑い続けている。

ただ、笑い声だけが残る。


——


〈太陽の都〉が沈んでいく。

燃え盛る炎、爆炎、轟音の中で。その地を覆う氷河が溶け、山の雪も水となって、あの島を浮かべた湖を満たしていく。やがて幾百年、幾千年をかけて、この湖も凍てつき、全てが厚い氷河の底に覆い隠されるだろう。人間が造り出した偽の黄金郷は、真に幻となってこのアンデスの地の果てに消える。

シズマは氷河の上に立ち、あの都市が消えていくのを眺めていた。東の空に仄かな白い光。あまりにも短く、そして儚い夜が明けようとしている。

「シズマ」

腕に抱かれたまま、彼女が目を開ける。

言葉はない。ただ遠くで山を覆う万年雪が溶け、湖に滑り落ちていく音が響いた。曙光がフィッツロイの長い影を作る。その中で、シズマはただ彼女の青い瞳を見つめた。

「星が消えるよ」

シズマは知っている。間もなく朝が来る。再び、このアンデスを巨大な太陽が照らし出す。人々を導いた夜の星は隠される。そこに存在などしないかのように、淡い光を放つ者達を、たった一つの光が覆い尽くす。

この選択が全て、定められた未来だとしても。

人はそこに向かうしかなかったのだとしても、それでもシズマは、〇・三秒先の今が未知であることを信じたかった。

――

今よ、未だ知らざる今よ、そこに至るものは運命などではなく。

9.

シズマと彼女が、星空の上を歩いていた。

ウユニ塩湖。塩で作られた地面が網目状に広がっている。雨によって薄く張った水が、波一つ立てることなく、巨大な地上の鏡となって、地平線まで続く全ての風景を反射している。鏡写しに四人分の影が浮かび、巨大な塩原を進んでいく。一歩、足元に起きた小さな波紋。その揺らめきの中で、天上の星が瞬いている。

「長い旅になりそうだ」

シズマは耳の裏で流れるニュース群を消し、隣を歩く彼女の歩幅に合わせた。星が鳴いているような、シンシンと響く無音に耳を浸した。

「ヒユラミール」

隣に立つ彼女の手を取った。

「これから、どうしたい？」

シズマの問いかけに、彼女は顔を向ける。金色の髪が、二重の星空の中で軌跡を作る。

「シズマ・ミ・カクラ・パセモ・アイ」

そう言って、彼女は静かに微笑んだ。

「そうか」

シズマは、彼女の言葉が記された手帳を静かにしまう。もはや問うべき言葉はない。

何が変わったのか、何も変わらなかったのか。シズマは彼女と二人、このアンデスを歩き続ける。統合軍は未だにシズマを追うだろう。難民達は、解放者《リベルタドール》としてシズマを迎えるだろう。未だ自己相の本質的欠陥を補うことはできず、やがて人類は自ら垂れ流した毒で我が身を滅ぼす。その時を知らず、人々は、全てが自分であることの平穏を謳歌《おうか》するだろう。

一つの流星があった。

白い輝きは、天から地に向かって落ちる。その光は、眼球を通り抜けて頭の奥深いところにまで届く。幾億由旬《ゆじゆん》の彼方の星影を、人は小さな細胞の中に収める。

「人は未来を知らない」

星の海の中、シズマが呟いた。

「想像することは、人間が意識を持っていることの証拠だ。全ての未来が不定であるからこそ、人は選択し、生きていく。時に争うだろう、時に殺すだろう。それが人間に与えられた意識の有り様である限り」

彼女がシズマの後に続く。揺れる少女の影がシズマの背を引いた。やがて波紋が消えると、そこに静寂《しじま》が訪れる。湖面に反転する世界で、二人が並び立つ。ただ空を見ていた。この場所にあらゆる境はない。天も地も、光も影も、虚も実も、そして、人と人ではない人も。その全てが星の中に紛れていく。

「だけど、それを僕は受け入れない」

空から伸びる天の川が、地平線で繋がって、深い世界の底へと続く。

「人は未知を想像する。そして殺意を抱くのと同じ分だけ、知らないものを追い求める。他者からの攻撃を想像する一方で、他者からの慈愛も想像する。そして、そこに物語を作る。他者の物語を知ろうとする限り、人は殺意以外の感情を知ることができるはずだ」

そうして人は、遠くで発火する星々を線で結んで、星の座に相を創る。巨嘴鳥座《きよしちよう》、風鳥座《ふうちよう》、八分儀座《はちぶんぎ》、カメレオン座……。かつての航海者達が見出した、新しい星々。

そして、あの十字の星もまた。

「もし、人類の意識に殺意が溢れるというのなら、それと同じ分の物語が必要だ。人は物語を追い求めて、生きていくから」

銀漢にさざめく無数の物語は、頭蓋の中で結ばれ、照り輝いた神経網によって生まれた影絵。いずれにも語られることなく、焼け落ちていった無数の流星。

「僕は、人に物語を与える」

シズマは幻視した。アンデスの山奥を駆ける、人ならざる人の姿を。大地に広がる鏡面の中を、幻の民が楽しげに渡っていく。

全天の星、その裏返しの星空の中で、人は物語となり、あるいは流星のように消えていくのだろうか。

「願わくは――」

シズマはただ笑い、彼女もまた小さく笑った。

南十字星、その白い星はそこに輝く。

エピローグ

どこかの小さな村で、二人の少年がサッカーボールを互いに蹴りあっていた。

夕暮れ時。鶏が地面を駆け、砂埃を払う。大人達は明日の為に、都市に卸す野菜の準備をしている。僅かな喧騒の中で、少年達はどこへ転がるとも知れないボールを追う。

そのうち、勝負に夢中になった一人が、ボールを蹴る為にもう一人を突き飛ばした。地面に頬をつけた方は、その報復に、相手の足を蹴って転ばせる。お互いが砂に塗れたところで、片方が小さく拳を作って、一人の頬を打った。それをきっかけに、二人の少年は取っ組み合いの喧嘩を始める。

大人達はそれに見向きもしない。よくあること、と、自分達の仕事を優先している。

転がったサッカーボールが、一人の男の足元で止まった。

男はそれを器用に爪先に載せると、楽しそうに膝で打ち、また爪先へ。頭で数度打ってから、肩越しにボール回して踵で蹴りあげる。男がいつまでも続ける愉快そうなリフティングに、少年達は気づき、お互いの首元を握っていた手を離した。

「すげぇ！」

一人が歓声を上げる。もう一人が不思議そうにボールの軌道を見つめる。

「おじさん、それどうやるの？」

興味深そうに、二人の少年が男の足元を見続ける。やがて男はサッカーボールを高く上げると、伸ばした指先で捉えて、今度はくるくると回し始めた。

「誰にでもできるさ」

自己相の技術を使えば、この程度の能力は誰であれ手に入れられる。しかし、男はあえてその言葉を使わなかった。

「練習すればね」

男からの言葉に、二人の少年は、歯抜けのまま口を大きく開いて笑う。汚れた手を、砂に塗れた服で拭ってから、男の方へ差し出す。男はそこへサッカーボールを載せると、爽やかな笑みを残した。

「二人は友達かい」

その言葉に、先程まで争っていた二人は、互いに顔を見合わせてから、さもおかしなことのように笑いあった。息を合わせて、二人はそれぞれの肩に腕を回して、

「親友！」

二人分の笑顔。

男はそれを見て、何か安心するように微笑んだ。

「友達は大切にな」

男の手が、少年達の頭に添えられる。ギター弾きに似た無骨に筋張った手が、小さな頭を何度も撫でていた。

そうして男は少年達に見送られながら、その村の通りを歩いて行く。二度と出会うこともないだろう旅の男に、それでも少年達は手を振り続けた。

男の歩く先で、一人の少女が待っている。

風に金色の髪と赤いケープをなびかせて、優しげに笑う。

そして男は少女と旅を続ける。

どこへ行ったのか、どこへ行くのか、誰も知らない。ただ景色だけが思い出の中に刻まれていく。

沈みゆく太陽に、群青の雲の縁が赤く染まる。広い湖にさざなみ、金色の帯のように夕陽が湖面に揺れる。小さな黒い影が、その上でいくつも浮かんでいた。何艘もの小舟が、帆を上げて滑っていく。水鳥が愉快そうな鳴き声と共に空を飛び交い、一部は湖に降り立って魚をついばんでいる。

港に行けば、そこには船を上げる人々、活気溢れる声。半裸の男が歩み出て、旅をしてきたという男と少女に魚を分け与えた。古くから湖で漁を続ける先住民族だという。

「ありがとう」

男は漁師に礼を告げ、二人は、それからも歩き続ける。

多くの場所があった。多くの人が生きていた。

黄金に揺れる麦畑で笑う農民、深い谷でリャマを引く民族衣装の女性、荒野を自転車で駆ける者達、森の奥で暮らす小さな村の人々。

旅をしながら多くの人に出会い、そこで男はできるだけ話をした。それが男の仕事だった。男の隣には、いつも金色の髪の少女がいて、その微笑みを多くの人に差し向けた。不思議な少女は、どこであれ、初めて会った全ての人間に興味を持たせた。

その度に男は答える。

「彼女は――」

ある時、ある村で、旅の男は一人の少年に会った。

何もない砂利道で、少年は荷駄《にだ》を積んだ牛を引いていた。家族の為に働く少年と、旅の男は話をした。見知らぬ大人の到来に怯えていた少年は、男の傍で笑う金髪の少女の、幾分かぎこちない笑顔を見て安心したようだった。

「おじさんは、なんの仕事をしているの」

旅の男は、日差しを避ける帽子をかぶり直して言う。

「僕は、歴史を伝える者《クロニスタ》なんだ」

本書は、書き下ろし作品です。

著者略歴　1987年東京都生，成城大学大学院文学研究科所属，作家　『ニルヤの島』で第2回ハヤカワＳＦコンテスト大賞受賞（早川書房刊）

HM=Hayakawa Mystery
SF=Science Fiction
JA=Japanese Author
NV=Novel
NF=Nonfiction
FT=Fantasy

クロニスタ
戦争人類学者《せんそうじんるいがくしゃ》

〈JA1222〉

二〇一六年三月二十日　印刷
二〇一六年三月二十五日　発行

（定価はカバーに表示してあります）

著者　柴《しば》田《た》勝《かつ》家《いえ》
発行者　早川浩
印刷者　入澤誠一郎
発行所　株式会社早川書房

郵便番号　一〇一 - 〇〇四六
東京都千代田区神田多町二ノ二
電話　〇三 - 三二五二 - 三一一一（大代表）
振替　〇〇一六〇 - 三 - 四七七九九
http://www.hayakawa-online.co.jp

乱丁・落丁本は小社制作部宛お送り下さい。
送料小社負担にてお取りかえいたします。

印刷・星野精版印刷株式会社　製本・株式会社川島製本所

ISBN978-4-15-031222-0 C0193

本書は活字が大きく読みやすい〈トールサイズ〉です。